LA FEMME-ÉCREVISSE

DU MÊME AUTEUR

Hadamar, roman, Grasset, « Le Courage », 2017.
L'Audience, roman, Albin Michel, 2014.
Mourir est un art, comme tout le reste, roman, Albin Michel, 2013.

ORIANE JEANCOURT GALIGNANI

LA FEMME-ÉCREVISSE

roman

le courage

BERNARD GRASSET
PARIS

le courage

collection dirigée par Charles Dantzig

ISBN 978-2-246-8-82605-7

À Greg

« Car qui donc, lecteurs inconnus, si ce n'est l'objet d'un tableau ou le héros d'une histoire vous a jamais fait une proposition dans la vie ? »

PETER HANDKE, *La Leçon de la Sainte-Victoire*

I

MARGOT

Amsterdam, 1642

Émerge une ville construite sur la vase, en équilibre sur sa disparition. Margot se reconnaît chez elle, face à cette boue qui aspire à l'or. Sur le pont du bateau, elle ne fléchit pas sous le vent tiède et gras de l'automne. Son foulard menthe s'est déroulé et flotte autour de son cou, en laisse coupée. Elle se tient parmi les marins, veut être la première à descendre lorsqu'ils accosteront. Le bateau franchit le barrage de l'Amstel, glisse dans le Herengracht, caresse les bords du canal. Elle a grandi plus haut, sur le port. Dans la bière dégueulée et le chant des cacatoès rapportés par les navires. Les plumes des oiseaux échappés des cales, la pulsation tiède de leurs abdomens contre son ventre de jeune fille. Elle a quitté les lieux il y a longtemps, a suivi le premier venu à seize ans, ne voulait plus dormir seule, ne supportait plus de se taire à table. Elle n'imaginait pas le plat enfer de la province où elle s'est installée avec son mari. Il partait combattre, des mois et des mois, revenait plein d'histoires de corps démembrés, de mains coupées, de lépreux errant dans les ruines. Il ponctuait ses récits de coïts mécaniques. Elle se demandait si lui aussi perdrait un jour ses mains au combat. S'il continuerait à faire l'amour, lorsqu'il n'aurait plus de mains. Si elle ne préférerait pas qu'il perde un pied. Il est mort d'un coup. Sans détail. Noyé. Pas même de corps à enterrer. À terre, elle salue les marins qui l'ont ramenée chez elle et qui se hâtent de décharger la laine des cales. Elle tient un chiffon sur sa bouche pour se protéger de la poussière qui flotte dans les rues. L'eau bat fort sur les éperons aux abords de la ville, à l'entrée de l'Amstel. La mer résiste, rappelle aux habitants qu'ils ont beau drainer les marais, domestiquer les rivières, chasser les hérons et les carpes, ils ne pourront pas l'assécher, la couvrir d'argile et de terre, jusqu'au Nouveau Monde. Mais ces hommes et femmes à chapeaux noirs conçoivent-ils des frontières à leur empire ?

Elle évite dans les rues les coups d'épaule des bandes d'ouvriers pressés par les contremaîtres de retourner aux ponts. Amsterdam, Margot ne l'a jamais connue qu'en construction. On creuse de nouveaux canaux, de titanesques taupes mécaniques traversent les rues, livrent au grand air les intestins de bois qui ploient sous la goinfrerie de cette ville. Margot suit la course des ouvriers sur les plates-formes, ils passent de pilotis en pilotis, dansent au-dessus des marais qui les guettent cinq à six mètres plus bas, vase prête à gober l'un de ces hommes venus de Flandres, de Gouda ou de Haarlem, ouvriers à ongles gris et pupilles jaunes qui bâtissent ce qu'ils ne verront jamais achevé. Elle en aurait voulu un comme ceux-là, à l'odeur de tabac, et de clous de girofle récupérés au port. Un qui ne parlerait pas de cadavres, mais de ville à inventer. Mais quoi, lequel d'entre eux voudrait aujourd'hui vivre avec une femme de quarante ans ? Elle observe leurs mains, rapides et glabres. Ils assènent leurs maillets sur les pilotis dans les canaux asséchés. Les hautes poutres de bois s'enfoncent dans ces terres meubles, ces terres qu'il faut endurcir, dans ce mouvement général du limon vers le granit, du faillible vers le solide. Elle traîne pour écouter les ahanements de ces hommes venus des plaines d'Anvers, ou de Haarlem, qui soulèvent, cognent, et relâchent, voir la danse muette des lombaires sur ces dos surhumains. Ils travaillent sous le constant grincement des poulies. Celles qui délivrent les godets, celles qui actionnent les chèvres, celles qui transportent les masses de bois, ou de pierre. La poulie geint dans Amsterdam les six jours de la semaine, et les enfants naissent en croyant que la pluie est un seau qui pleure. Les poulies hissent les masses de pierre et de bois, craquent, s'effilent, lâchent et couinent. Leurs cordes traversent les rues et les canaux, étendent entre les quartiers un réseau si complexe qu'on craint sans cesse de s'y emmêler. Bientôt, la nuit tombera, et les pilotis qui balancent sous le vent, reliés les uns aux autres par des moises qui jouent sur leurs boulons, ronronneront.

Pour le moment, les échafaudages jurent qu'ils dissimulent maisons de maître et palais des peuples, mais, lorsque Margot les longe, ils semblent des guillotines pour les passants imprudents.

Autour d'elle, on s'affaire sans traîner. Les habitants de la ville acceptent la vrille qui creuse leur cerveau. Peut-être est-ce cette endurance qui frappe le plus Margot après ses années d'absence. La foule subit le bruit et la poussière au nom d'une chose à venir, qui existe déjà dans l'esprit de chaque habitant, et que ces canaux, maisons, viennent ériger sur pilotis : *Eleutherepolis.* L'autre nom d'Amsterdam chez les vendeurs de rêves. *Eleutherepolis.* La ville libre, la ville élue, le lieu des possibles face à la mer du Nord. Par ce simple mot murmuré aux oreilles offertes, Amsterdam est devenue une vaste partie de 421 : si l'on assume son risque et drague la chance, on fait sauter la banque. *Deviens riche en moins de deux ans*, murmure-t-on dans les auberges en un refrain aux paroles sans cesse renouvelées, *La riqueza* t'attend si tu as le courage, *les cojones*, de te lancer, *wealth will toc-toc on your door*, entends ce que l'on te murmure, les nouveaux riches sont les légions de ce vaisseau flottant, *Geld für den neuen Helden*, les marchés, les canaux peinent à délimiter les quartiers de la vieille oligarchie, et de la nouvelle. On ne distingue plus les patriciens dans l'inévitable métissage entre l'Old et le New Money, le capital et l'usufruit, le dividende et le butin des guerres passées. Les guerres ? Elles ne sont plus au goût du jour. Plus personne n'évoque la révolte des gueux qui a terrorisé les peuples pendant quatre-vingts ans : seuls les incontinents ignorent que le monde commence aujourd'hui. Si tu es homme, et que tu as moins de trente ans, il peut même t'appartenir, le bébé-monde. Le globe est un rêve, une bulle de savon à fendre. Les hommes jeunes dévorent le monde, et le monde dévore leur raison. Nous sommes du tissu dont sont faits les rêves, tout est permis dans la gaze de songe.

Margot a grandi parmi les sifflements des promesses. Demain, ce sera à notre tour. Demain, nous serons riches. Demain, nous vivrons au bord des canaux. Chez elle, on parlait d'argent avec la concupiscence des grands rêveurs. Suffit de traverser l'océan, et d'en revenir. Elle a vu ses frères, son père, les amis de la famille, arpenter les quais, et feindre de choisir le bateau qu'ils achèteraient avec d'autres, qui leur ramènerait la fortune des Indes ou des Amériques. Ils rentraient, et à table évoquaient cette entreprise qu'ils lanceraient, avec une telle précision qu'elle leur appartenait. Ils désignaient déjà en ville le lieu de construction de leur demeure à trois ou quatre étages, pas trop loin du port, pour se souvenir d'où on vient. Pour se souvenir qu'on a d'abord déchargé la fortune des autres. Lorsqu'on s'installerait au bord du grand canal, lorsqu'on mangerait chaque soir servi par des bonnes, on n'oublierait pas que tout a commencé par une discussion autour d'une bière dans la pièce à vivre de la petite maison du port. Les matins suivaient les grands soirs. Son père reprenait son uniforme de sous-officier, ses frères la chemise de docker, les paupières bleuissaient à l'aube, lisérées du rouge de la bière, on toussait gras. On ne parlait plus d'argent pour quelques jours. Ils n'étaient pas pauvres. Mais ils n'étaient pas riches. Ils comptaient. Mais ce n'était pas l'argent au fond qui hantait ces soirées. Des millions ? Ce qui manque n'a pas ce prix-là. Ce n'était pas l'argent qui alimentait les rêves, les pièces d'or et les crédits, les tissus et les beautés, non, cette bulle noirâtre qui pesait sur leurs crânes leur inoculait cette certitude bête, nauséeuse, qu'ils n'étaient pas ceux qu'ils auraient dû être. Ce n'était pas l'argent, mais le remords, suivi de sa petite sœur la hargne, qui empourprait ces soirs-là leurs tempes. Certitude qu'ils auraient pu être d'autres, ailleurs. Qu'il suffirait de se pencher, d'être aussi malins que les autres pour encaisser le trésor. Ces autres qui leur volaient leur succès, l'existence qu'ils auraient dû mener. Sur le port, ils voyaient bien ceux qui n'étaient rien devenir quelque chose. En déchargeant les ballots, et contrôlant les bateaux, ils étaient installés au centre du spectacle : l'argent qui part, la fortune qui revient, l'œil de la ville cerné par ses comptes, l'œil de la ville qui engrange ou divise. Sur le port, comment ne pas croire que seul l'océan les séparait de leur propre fortune ? S'éveillant au quotidien sous cette pluie d'or, comment ne pas croire qu'il suffit d'ouvrir la bouche et tendre les paumes ? L'argent irait aux étrangers, qui ne connaissent rien à Amsterdam, plutôt qu'à eux, les gardiens de génération en génération de cet océan ? Leur refrain revenait un peu plus sec et dur chaque mois : il suffirait d'un petit capital, si on s'y mettait à plusieurs, un investissement de départ, un bateau, peut-être deux, et l'on accosterait au Nouveau Monde. Là, il suffirait de se pencher, on ramènerait des coquillages, des bêtes, ou de nouveaux métaux. On n'est pas plus idiot qu'un autre. Ce n'était pas leur argent qui aiguisait leurs discours et haussait leurs tons, mais l'argent des autres, la réussite des autres, la vie fastueuse des autres dont ils étaient les douloureux spectateurs. Margot les écoutait, son frère aîné, son père, bouches affamées et pointues qui devaient toute la journée se trouver une nouvelle histoire à ronger, ineffable preuve de l'injustice qui les maintenait sur le port, au seuil de la richesse. Puis, retournée à la joie de ses quinze ans, observant les oiseaux échappés des cales des bateaux du Nouveau Monde, cacatoès, perroquets d'Amérique, perruches vertes et bleues, elle se demandait si elle aussi, on lui avait dérobé son avenir.

Elle quitte les quartiers des premiers canaux, pour passer dans le deuxième cœur de la ville, le Jodenbuurt. On y creuse ici plus qu'ailleurs. Un nouveau canal s'esquisse, qu'on aura l'audace de baptiser le « nouveau Herengracht », pour dire qu'ici se reproduit la majesté du centre. Amsterdam est une ville à double cœur : le premier, l'originel, fin et délicat, aux petites rues et aux toits gondolés, le second, l'étranger, le bariolé aux larges artères, la pesanteur de la jeunesse, le show off des fortunes neuves, le Jodenbuurt. Une ville à deux afflux sanguins, un qui pulse de l'intérieur, l'autre qui charrie l'oxygène de l'extérieur. Margot n'est jamais entrée dans le Jodenbuurt, n'en avait pas le droit enfant. Son père et son frère lui disaient, tu ne vas pas te mêler à ces gens-là. Ces gens-là, justement, qui avaient récupéré la fortune qui nous est due. Ces gens-là, à fort accent, qui sont venus rafler notre chance, comme des rapaces qui arrachent le vermisseau au bec de la colombe. Tu sais comme ils sont, comme ils vivent, ces gens-là à costumes sombres ? Ils prennent les filles, et puis ils les donnent à d'autres. Ils les goûtent, et puis ils les font tourner. N'oublie pas, Margot, ce sont des lubriques. Elle ne comprenait pas ce mot, cette mystérieuse ordure qui viendrait l'abîmer. Tu sais comme ils sont, avec les petites filles, c'est comme avec l'argent, ils viennent bouffer ce qui ne leur appartient pas. Tu sais comme ils sont, on dit que certains d'entre eux, des ancêtres à eux, mangeaient les enfants femelles. Tu sais comme ils sont, c'est écrit dans la Bible, rien à dire de plus, ils mangent l'or dans les temples et tuent le Christ.

La maison du Peintre, dans le Jodenbuurt. Parmi ces gens-là : les lubriques, les mangeurs d'or. La riche porte en chêne paraît construite hier. Une bonne la fait entrer dans un hall de poutres sombres, pavé d'un échiquier de marbre sur lequel elle craint de glisser. Plusieurs salles de réception. Une cheminée où l'on tiendrait à cinq ou six. Une odeur, le vernis des toiles au mur. Une cinquantaine, autour d'elle. Et au centre de la pièce, un homme nu en pierre. Comment la pierre a-t-elle pu couvrir un homme vivant ? Comment a-t-on pu couler la pierre sur ce corps jeune et superbe ? Et sur le visage, cette impossible joie.

Près de la porte, exposé entre deux tableaux de saints, un dessin inachevé. Une eau-forte, une silhouette animale. Pas de couleur, mais Margot la voit bleue, comme celle des rivières de la campagne où elle a traîné son mariage et son ennui. Bête de fond d'eau, qui craint la lumière. Lorsqu'on glisse la main et agite l'eau des rivières, elle s'enfuit à reculons et disparaît.

Une écrevisse ? Une femme aussi. Petite, lourde, jambes écartées, genoux pliés. Nue. Un ventre, un sexe, des jambes de femme solide, rude. Une peau marquée, pourvue d'un passé. Pas un corps qui s'écroule, mais un corps déjà, qui n'est plus lisse. Pas de bras. Des pinces. De longues et fines pinces d'écrevisse. Et une tête d'écrevisse. Deux yeux en relief noirs et ronds, fixes grains de raisin. Des mandibules pointent sous le museau. Les antennes en jaillissent, souples, battant l'air. Une pince est dressée, l'autre non. La pince dressée n'est pas agressive, mais lancée vers le haut, saisie dans un mouvement de mise en garde, de défense ou de joie. Un corps qui raconte une histoire résistante et molle, incassable et affaissée. Carapatée, et offerte. Est-ce une écrevisse qui se transforme en femme, ou une femme qui se métamorphose en écrevisse ? Ou est-elle née ainsi, entre les deux ? Le bas du corps répond à la pince levée : un pied est ouvert, prêt à suivre le mouvement de joie, ou de fuite, de la pince. Ce corps veut se mettre en marche. Mais les ombres qui l'entourent arrêtent son mouvement. Une sirène ? Son mari lui en a parlé, certains en avaient vu, dans les mers chaudes, dans le royaume du Brésil. Peut-être même que la Bible en racontait déjà. Sa mère lui disait toujours d'écouter à l'église, mais les dimanches, elle regardait les bottines des filles qui partaient après à la fête, ce cuir à boutons dorés que certaines mettaient sous leurs capelines de laine, et ne retenait pas les noms des bêtes fantastiques. Il y avait un dragon. Le dragon, elle sait seulement qu'il attaque les femmes enceintes et arrivera à la fin du monde. Mais une femme à tête d'écrevisse ?

Le Peintre entre. Il n'est pas grand. Une chemise de soie, comme une fille des bords de canaux. Des chaussons pastel. Des pieds délicats. Elle le domine, arrondit le dos pour ne pas le toiser. Leurs deux ombres mobiles se confrontent sous les yeux noirs de la femme-écrevisse.

— Qui vous a envoyée ?

— Ma mère. C'est votre sœur qui lui a dit que vous cherchiez quelqu'un. Pour le petit, et pour la cuisine.

— Votre nom, von Hauser, c'est d'où ? Du nord ? De la Prusse-Orientale ? Il y a une famille de chevalerie à Hanovre, non, qui porte ce nom-là ?

— Je sais pas. Je suis née à Amsterdam. J'ai jamais appris l'allemand. Ce nom, je suis née avec, mon père aussi, ça doit être une histoire d'avant, qu'on a oubliée.

— Vous avez des enfants ?

— Non.

— Vous savez vous en occuper ?

— Oui.

— Vous avez quel âge ?

— Quarante ans.

— Vous savez cuisiner ?

— Très bien me dit-on.

— Qui vous a dit ça ?

— Mon mari.

— Il vient avec vous ?
— Il est mort, à la guerre.
— Le petit, il s'appelle Titus. Il a un peu plus d'un an.

Le Peintre fait signe à Margot de monter s'installer. Pourquoi elle et pas une autre ? Parce qu'elle est la première à se présenter. Parce qu'elle lui rappelle un garçon qu'il aimait bien à l'atelier, rond et rigolard. Parce qu'elle sait cuisiner. Parce qu'elle a du ventre et les cheveux fins. Parce que se creusent, le long de ses lèvres, de longues rides qui assurent qu'elle survivra à tout. Parce qu'il aime son haut front mat, et le moucheté fauve de ses pupilles. Parce que si elle a connu la mort dans son lit, elle n'est pas étrangère à sa douleur. Parce que le petit pleure, même lorsqu'il n'a plus faim. Parce qu'il n'aime pas les gestes pressés, agacés de la bonne. Parce qu'il paierait n'importe quelles mains douces et calmes pour faire oublier à son fils que sa mère vient de mourir.

À l'étage, dans la cuisine, la bonne met entre les bras de Margot l'enfant, son corps lourd. Il fouine dans sa tunique, pour happer son sein. Elle le repousse en lui caressant le nez, il ne pleure pas, la regarde, ahuri. Elle l'emmène dans la cuisine, lui prépare du lait. Il boit. S'endort. Margot n'est pas de ces femmes dont les bouches de bébé apaisent les désirs. De ces mères qui jouissent de serrer entre leurs seins les têtes molles des nourrissons. Mais elle calme le petit, l'apaise. Comme elle le faisait pour son mari lorsqu'il cauchemardait : poser sa main sur le torse, chair à chair, assurer l'autre de sa présence, de sa chaleur de vivant.

La première nuit, elle bouge beaucoup dans ce lit de chêne à battants dans la cuisine, où elle dormira les prochaines années de sa vie. Le lit est court, elle doit replier les jambes pour tenir. Elle aimerait les laisser déborder, mais si elle ne ferme pas les battants, craint que les souris de la cuisine y montent pendant qu'elle dort. Elle glisse l'index dans son sexe en pensant à celui qui l'a accueillie dans cette maison, ce petit homme aux sourires rares et aux chaussons de danseuse, ses poings serrés par instants, ce corps mince, presque nain, à fesses bombées et musclées. Son sexe est sec. Elle ajoute le majeur, souffle bas, rejette les draps. Elle se cambre vers le plafond de bois de son lit, elle ahane doucement, les lèvres se lubrifient, elle convoque la main nerveuse du peintre, devine son sexe court et épais, l'un et l'autre en elle, l'autre et l'un, il la prend devant et derrière, n'arrête pas, il passe d'un côté à l'autre, de son petit corps habile, maniaque, il glisse devant et derrière.

Le lendemain matin, elle reçoit contre son sternum le bébé, cette chaleur sans précipitation, langueur gravide, faim de lait. Il pleure toute la journée. Elle apprend à le bercer. Le Peintre lui rend visite plusieurs fois par jour. Le quotidien s'installe.

De la maison de l'Antoniesbreestraat, elle aime les hautes fenêtres à chaque étage, ouvertes sur la rue, pour laisser voir aux passants curieux les meubles, les tableaux, les statues, les collections de coquillages et les apprentis qui travaillent au troisième et dernier étage, sous la férule du maître. Elle aime aussi le calme, qui résiste au bruit de la ville, ce sentiment que l'on ressent dans les maisons riches, de vivre à l'écart de la communauté des hommes. Elle se dit qu'elle pourrait rester ici toute sa vie, protégée de l'agitation humaine par la largeur des murs. Oubliée par la vie. Au rez-de-chaussée, dans le salon d'exposition, des chapeaux sombres défilent, pour acheter des tableaux, ou simplement « voir ce qui se fait ». Le Peintre partage sa vie entre le dernier étage, l'atelier, et la vente des tableaux, les siens et ceux des autres, au rez-de-chaussée, dans cette salle d'exposition où on singe les manières des aristocrates et les snobismes des fonctionnaires de la Compagnie des Indes. On se sait juif, catholique ou maure, on se sait bourgeois, parvenu, français ou espagnol, mais on se donne beaucoup de mal pour atténuer le naturel, gommer l'accent, lisser le velours des vestons. Le travail, l'argent qui fluctuent, d'hommes affairés. Le Peintre semble aussi à l'aise pour parler prix que peinture. Il passe de l'un à l'autre, de l'aube au soir, cavalcade dans l'escalier, raconte des blagues aux apprentis, charme les acheteurs, leur raconte sa rencontre avec Lucas, Rubens, ses premières émotions à Leiden, force un peu, sort les mêmes anecdotes cinq, six fois par jour, sourit sans cesse, court dans l'atelier avancer la toile en cours, descend, remonte, remonte, descend, inépuisables cuisses qui s'étirent dans l'escalier.

Margot demeure entre le rez-de-chaussée et le premier étage ; accueillir les acheteurs, s'occuper de l'enfant, faire la cuisine. Elle n'imaginait pas tant de travail. Elle croise le Peintre à l'heure des repas, et lorsqu'il rend visite au petit, trois ou quatre fois par jour. Il garde avec elle une distance mesurée. Elle observe sa vie, cette forme de solitude visitée, comme perché en haut du mât : être là, et ne pas être là.

Le soir, il promène le bébé dans ses bras, l'installe à table avec lui, et lui parle comme à un vieil ami, de l'avancée de ses toiles, des affaires qu'il a conclues, de l'hiver qui arrive, de sa mère qui n'avait jamais froid. Il se montre calme et patient avec l'enfant, le berce après le dîner en otarie. S'affole à ses larmes, s'extasie à son premier rire. Et puis le couche, et remonte travailler.

Un dimanche soir, le petit ne parvient pas à s'endormir, les yeux écarquillés par la fièvre, les gestes désordonnés, nerveux. Il est près de minuit, Margot a tenté de baigner l'enfant, mais il demeure chaud. Il faut le donner au père, lui parvient à le calmer, mieux qu'elle. Elle monte dans le vaste atelier, éclairé ici et là de bougies et des premiers rayons de lune. Il est assis à la table, au dessin. Surpris de leur visite, il se lève, lui retire le petit des bras, le pose à terre. « Vous devez cesser de le porter tout le temps, Margot, il a dix-sept mois, il doit marcher. — Mais il est malade, vous ne pouvez pas lui demander ce soir... » Comme pour plaire à son père, le petit a cessé de pleurer. Posé à quatre pattes sur le parquet, il fait deux, trois pas, retombe sur son derrière de géant. « Titus, vas-y, tu peux le faire, allez mon grand ! » L'enfant se relève, doigts au sol et popotin dressé en arrière, puis épaules et tête jetées dans l'altitude avec la fierté concentrée d'un alpiniste touchant au sommet. Il avance les mains cherchant dans le vide d'invisibles amis pygmées sur lesquels s'appuyer. Retombe. Rit. « Tu as raison, on peut rigoler, mais il faut se relever. » Ne pas relâcher une seconde la tension, sinon on s'affaiblit, la forme se chiffonne, coule à pic dans le néant dont elle est sortie. L'enfant n'est pas de nature valeureuse, surtout ce soir, il tremble de fièvre, mais il est soutenu par le regard, les mains, les abjurations du père. Ce harnais qui lui fait relever la tête, offrir les deux perles de ses dents à l'homme qui lui parle sans cesse. Il a retrouvé sa position initiale, assise, buste droit. Peut-être le meilleur dans cette aventure icarienne, est-ce ce début, cet instant avant le risque, l'expérience des hauteurs, la prochaine chute. Il repart, le

Peintre oublie que Margot lui fait face, il murmure, abjure, tient son fils du regard, enrôlé et tétanisé par chacun de ses gestes. L'enfant marche, deux, trois, quatre pas ! Bientôt les lèvres paternelles contre son front, et ses oreilles. Et un vol long dans la salle qui l'amène aux couleurs de papa, aux formes de papa, à l'odeur de papa, aux dessins de papa.

Et aux Rubens, aux Lastman, aux Jacques Callot, aux eaux-fortes, aux toiles, ou aux études de têtes, hirsutes ou brouillées, qui ponctuent les murs de cet atelier. Margot n'a jamais vu un endroit pareil. Dans cette pièce à hauts plafonds et parquet, sommes-nous dans une cuisine, une salle d'opération, une étable ? Au sol, des bouteilles puant le vinaigre ou le lin sont prêtes à se renverser sur des bocaux à chauffer, des verres à poudre, des feuilles, fines ou épaisses, crayonnées, dispersés parmi des poils de pinceau, des taches de vinaigre, d'huile, de couleurs, de miettes, de graisse, des crottes de souris, de sang. Au centre de la pièce, trois sculptures, un lion de plâtre, un taureau antique et un enfant de Michel-Ange. Sur les étagères, des costumes d'Aztèques pliés, une ou deux armures démantelées, des flûtes de bambou indiennes, des javelots, une trompette, un jeu de fléchettes, un masque mortuaire de l'ancien Stadhouder Maurice, deux pistolets, un ensemble de cannes, des coraux ordonnés par teintes, une collection de coquillages, des livres d'anatomie, des bustes romains. Dans l'angle, des chaises à galettes de velours vert sont attroupées en danseuses attendant d'entrer en scène.

Sur la table, là où le Peintre était assis une plaque de cuivre. À côté un dessin au fusain, inaccompli. Margot s'approche, se penche sur la feuille : le dessin du rez-de-chaussée, la tête d'écrevisse. Le mouvement semble être le même, le corps de femme nu donné à voir de plain-pied, sans jeu d'ombres sur le sexe, même tête droite, les antennes qui auréolent sa tête de crustacé se dressent et retombent dans le vide, les antennes qui lui confèrent une majesté. Les mêmes pinces jetées de chaque côté du corps, l'une, à gauche, baissée, inoffensive, l'autre, à droite, haute et ouverte. Une violence possible, et contenue. Une promesse d'épidémie, ou de guérison. Le spectre des possibles déployé entre les pinces. Mais elle a changé. Enfin, le monde qui l'entoure. Derrière la créature, le Peintre a ajouté un paysage, quelques arbres, des buissons sombres et une route dessinée au loin. Margot reconnaît les lieux de promenade du Peintre, elle l'a accompagné quelquefois. Avant l'aube, et l'arrivée des élèves, le Peintre se lance presque en courant, comme s'il avait rendez-vous, dans les marais qui bordent la ville, parmi ces touffes de végétation qui se débattent dans la boue, vestiges d'une flore arrachée, racine après racine, par les mains increvables d'Amsterdam. Placer la femme-écrevisse dans ce paysage, c'est la mettre sous la menace de ces ouvriers qui colonisent et redessinent la ville selon les ambitions des hommes chapeautés et vestonnés. Le Peintre dessine un paysage sur le point de disparaître : les marais qu'on assèche, les bois qu'on rase, les étangs qu'on vide. Je vivais sous le moulin, l'a-t-elle entendu raconter un soir à son fils, je m'endormais sous le moulin, je me réveillais dans le bruit du moulin, le bruit fait partie de moi, l'eau, les coups dans l'air, les sifflements de la mécanique. Et les rivières battues par les pales, et au fond de la rivière, les écrevisses qui s'enfouissent dans le sable, et dont le crissement des pinces se distingue au bord de l'eau, creusement continu dans le lit de la rivière.

Le Peintre berce son fils. La fièvre est tombée d'une traite, le bébé rayonne. Margot désigne la gravure.

— Pourquoi vous la dessinez tout le temps ?

— Je n'arrive pas à la fixer. Elle change sans cesse.

— Comment ?

— Elle bouge. Ce matin je me suis levé, je savais qu'elle était plus grande, qu'elle avait un torse plus long que celui que je lui avais fait la dernière fois. Alors j'ai dû la reprendre. Pour être exact.

— Mais vous avez vu une créature comme celle-là ?

— Tu crois que l'on puisse dessiner des choses sans les avoir vues, d'une manière ou d'une autre ?

— Mon mari disait qu'il y avait des sirènes à l'ouest du Nouveau Monde, entre les royaumes du Brésil et du Mexique, des poissons avec des poitrines de femme, et des têtes rondes. Il y a des gens qui en ont vu, et même qui en ont rapporté chez eux. C'est ça votre créature ?

— Non, je ne pense pas qu'il faille aller si loin pour la trouver.

Elle n'a plus rien à dire, s'apprête à sortir. « Margot, vous partez ? » Le Peintre lui tend la main.

Margot et le Peintre prennent l'habitude de dîner tôt avec l'enfant. Dans la cuisine, ils parlent du froid qui s'atténue, du bœuf qui peut se faire filandreux, du papier peint qui s'écorne d'humidité. Ils n'évoquent ni le passé, ni l'avenir, se baignent dans le présent, commentent les journées pleines, grasses de rencontres, de travaux, de questions. Ils vivent à l'ombre des gens de la rue, de leurs regards d'araignées. Ils sont inofficiels, s'en amusent, se croient assez cachés pour s'en moquer. Ils n'ont de compte à rendre à personne, se disent les premiers à vivre ainsi. Titus devient l'unique témoin de leur couple. Il s'installe dans leurs jeux, leurs rires, leurs discussions du soir. Le petit garçon est doux et taiseux. Ils le placent entre eux à table, lui apprennent leurs gestes, lui confient leurs secrets. À deux ans, il n'a pas prononcé un mot devant eux. Par leur bavardage ininterrompu, ils encouragent, sans le vouloir, son silence. Ils n'ont pas de pudeur avec lui. Il leur arrive de se prendre alors qu'il somnole dans la cuisine. Le petit avale, enregistre, se tait. Lorsqu'il est seul, il se répète leurs noms, Margot, papa, papa, Margot.

Comme d'autres dessinent leurs premiers royaumes. Lorsqu'il est seul, il refait les gestes des mains de son père à table, ces paumes qui se rapprochent et ces doigts qui s'entremêlent lorsqu'il veut dire quelque chose d'important. Ce poing qu'il crée avec ses deux mains. L'enfant n'y parvient pas, mais essaie à tout prix. Il adopte aussi ce balancement du torse qu'enclenche son père lorsqu'il raconte de longues histoires. L'enfant attend le prochain repas, la prochaine sieste, pour observer un peu plus ce père qui lui est seul dédié.

Un dimanche, l'enfant dort, la pluie brouille les fenêtres de l'atelier, Margot et le Peintre sont allongés l'un sur l'autre sur une couverture installée dans un coin, corps repus et humides, noyés dans le somnambulisme des débuts d'après-midi. Ils sont bien. Entre eux, le silence a succédé au dialogue incessant, le plaisir n'a plus besoin de se raconter. Il relève la tête. T'as jamais eu envie d'essayer ? Essayer quoi ? La gravure. J'ai bien vu comme tu me regardes quand je travaille. Mais non, qu'est-ce que tu racontes. Pourquoi on n'essaierait pas ensemble ?

Le Peintre a remarqué la rapidité de ses mains lorsqu'elle fait la cuisine, l'attention qu'elle porte aux détails, aux matières, sa recherche patiente d'accord entre les formes. Ses mains, si elles étaient guidées, deviendraient peut-être de splendides instruments. Il insiste. Plus fort que lui, sa manie de voir en chaque rayon, objet, membre, la possibilité d'un nouveau geste, d'une nouvelle figure.

Et quand on est aussi juste dans l'amour, dans l'approche du corps étranger, on a le sens, peut-être, de la situation des corps lorsqu'ils doivent être saisis dans le dessin. Non, chuchote Margot, c'est pas pour moi. Elle n'a jamais dessiné, ne sait même pas comment tenir le fusain. Mais tu n'as jamais eu la curiosité de dessiner un visage, enfant ? Dans deux pièces pour six, comment veux-tu dessiner ? Hé quoi, lui aussi a grandi dans une unique pièce à vivre à Leiden, il a trouvé la possibilité d'essayer. Il ne croit pas à l'excuse. Il déteste ceux qui jurent que la vie ne peut pas donner plus que ce qu'elle offre au départ. Mets ta chemise, je vais te montrer. Elle obéit, et le suit jusqu'à la table à dessin.

C'est l'encre qui bave, Margot. Il tient sa main, lui transmet la technique de l'eau-forte, les barbes qu'il faut laisser couler avec précision, la main verticale, Margot, comme Dieu qui pose ses formes, le geste précis, unique, de la pointe qui se fraie dans le vernis, pas de dessin préparatoire sur papier, il faut se lancer désarmé sur le cuivre, pense aux enfants qui se jettent en roulant du haut de la colline vers la plaine, ils ne se préparent pas non plus, un geste sûr et léger qui dirige la pointe, une main qui taille et corrige en un même mouvement, cadence mesurée et autoritaire, la pointe flatte et éperonne, le vernis bave sur la plaque de cuivre : agir avant que les formes ne se fixent. Il ne lâche pas sa main, l'agrippe, comme il serait sur le point de tomber. Agir dans le temps de l'informe, tout en acceptant que le vernis et les barbes débordent, chercher même ce débord, provoquer le chaos au cœur du dessin. Il lui parle avec douceur, il veut lui donner ce qu'il a, ne saurait lui léguer plus précieux. Laisser exposer le temps nécessaire, laisser la durée *trancher*. Lui seul, le peintre de l'Antoniesbreestraat d'Amsterdam pousse aussi loin aujourd'hui dans la gravure ce jeu du hasard. Il en a fait son style : cette folle provocation, pied de nez au désastre, funambulisme. Voilà pourquoi des émissaires de toute l'Europe sont envoyés pour en acheter. Ces eaux-fortes circulent dans les cours princières, oui, c'est lui, le peintre d'Amsterdam, l'homme qui dépasse Dürer, Callot, qui joue avec l'eau-forte, l'astringent, comme s'il ne s'agissait plus d'encre sur du papier, mais d'une matière malléable en toutes formes, horizon mobile d'un cosmos neuf. Lorsqu'il évoque lui-même ces fameux « risques » qu'on lui prête, Margot et lui rigolent bien. Risques ? Comme s'il gravissait une échelle sous la pluie, franchissait le cap Horn, comme s'il rejoignait les ouvriers qui travaillent sous leurs fenêtres en temps d'orage. Allons, je ne suis qu'un peintre, finissait-il, et elle comprenait que dans cet atelier, parmi ces centaines de toiles et gravures, régnait aussi la conscience d'une impuissance.

Elle se débrouille. Parfois même oublient-ils de faire l'amour, et s'installent-ils tout de suite à la table. Ils aiment tous les deux dessiner les gens. Jusqu'à maintenant, ils se contentaient d'en parler. À table le soir, ils passaient des heures à se raconter les faits, les paroles, les mimiques, des acheteurs, élèves, amis. Les figures du marché ou du port : le vendeur de serpents rares, et ses tatouages maoris, la créature indienne présentée en laisse, le vendeur de rats, la voisine qui semble avoir cent dix ans, la petite fille dans la rue qui caressait un sanglier, l'ancienne prostituée qui mendie, enfin les trognes, les immanquables trognes de la ville.

Au fil des semaines, le Peintre lui lâche la main lorsqu'elle grave, mais colle son épaule à la sienne, et lui parle bas, menton posé dans le creux de son omoplate. Ils sont apaisés là, tous les deux, tirent sur le cuivre leurs traits sombres, jusqu'à ce qu'apparaissent des corps affaissés, sereins, adipeux, obscurs, des ventres où l'on veut noyer sa tête, des seins qui embrassent le sol, des visages boursouflés et enfantins, des mélancolies riches, de pauvres joies, des buissons sous le vent.

Le peintre observe Margot au travail ; immense, la peau brillante, chignon brun roux, et ses vastes yeux d'une noisette tachée d'or semblent courir sur le plat byzantin de son visage. Il retient d'elle ce large front mat, et les reflets moites de ses avant-bras aux veines enlacées, algues sous l'eau opaque de sa peau, ses poignets larges, qu'il veut tâter, y enfoncer le pouce jusqu'à l'os. Il a toujours envie de caresser cette grosse femme. C'est comme ça qu'il se le dit pour s'exciter, je vais baiser cette grosse femme. Et après, il se dit, elle a l'allure d'une reine. Lorsqu'elle grave, il la dessine au fusain, ses gestes, sa lourdeur, son corps, ses tremblements. Il sait désormais que ce sera ce corps-là, et ce qu'il cache, qu'il donnera à son plus cher monstre. Il n'en dit rien à Margot.

C'est à elle que revient toujours la dernière étape. Il veut qu'elle goûte à cette joie. Il n'en connaît pas de plus grande. Elle remplit le baquet de vinaigre. Saisit la gravure par chacun de ses angles, la plonge dans cette eau salée et puante. La morsure commence. Dans ses pupilles, se reflète la transformation : ce qui n'était qu'une plaque de cuivre gravé s'assombrit sur le bord gauche, s'éclaircit au centre, noircit au ventre. Margot ne la lâche pas, guette dans l'eau les formes qui apparaissent les unes après les autres, le vernis qui coule et se fige dans les creux du cuivre, les crevés qui bavent, l'encre qui s'échappe et se mêle au vinaigre, en avive l'obscurité. Atteindre ce lieu entre le noir et le blanc qui durera des siècles. Elle rit toute seule de la métamorphose, sort la gravure, la plonge, la ressort, la replonge : six bains, pas un de plus, pas un de moins. Six bains au cours desquels l'acide du vinaigre lisse, décape, découpe, repolit et redessine. Qu'apparaît-il ? *Een monster*, les bains multiples se succèdent. *Een kleine monster*, comme le Peintre désigne chacune de ses figures. Elle cesse les bains, et appose enfin la feuille, puis passe dans la pièce à côté, et installe la plaque sous la presse. Dévernissage, impression, encrage, la transmigration a lieu ; le cuivre devient papier, le papier devient estampe.

— Tu viens de créer l'œuvre la plus détaillée que l'on puisse réaliser à l'œil nu.

Il lui répète la même phrase chaque dimanche, en rituel de fin de partie. Pour qu'elle comprenne ce qu'une telle technique impose, de prudence, et d'urgence. Il parle dans cet atelier avec une gravité qu'elle ne lui connaissait pas : on ne fait pas de gravure sans savoir que l'on a le pouvoir de reproduire le monde, au plus près. La gravure, par sa technique unique, impose de témoigner du présent, de l'instant, de s'adresser aux gens de l'avenir, la gravure appelle une vérité, en reproduisant pour eux l'essence de ce que nous sommes. Comprends, Margot, que la gravure peut reproduire ce qui nous entoure, elle est la seule manière de le faire avec tant d'acuité. Avons-nous le droit d'ignorer ça ? D'ignorer le pouvoir de notre instrument ? Le pouvoir de dire ce qui est ?

Pour certaines estampes, il lui a même confié un papier gampi, né d'une fleur japonaise parvenue jusqu'à l'Europe après des mois de traversée en mer. Teinte de perle sauvage, brute, juste crachée dans le sable de la rivière.

Elle hésite, tu n'as pas peur de me donner quelque chose de si rare ? Elle a cette manière traînante de parler, cet accent de port, un peu fille de taverne, qu'il adore. Elle pose des questions, beaucoup. Il lui montre, sait être patient. Elle prend conscience de l'importance de ce qu'il lui transmet. La seule chose qui lui manque, se dit le Peintre, ce sont des expressions, des visages, des formes qu'elle serait seule à percevoir. Elle reproduit ce qu'il fait avec habileté. Cette femme a de l'aisance, mais n'a peut-être rien à nous confier.

— J'aimerais faire la femme-écrevisse.

Elle lui lance cette phrase un dimanche de printemps, après plusieurs mois de leurs rituels de gravure. « Ma version de la femme-écrevisse. » Il dit non. Elle s'écarte, lui tourne le dos, rejoint la fenêtre.

— Pourquoi j'aurais pas le droit ?
— Personne d'autre ne doit y toucher que moi.

Il suffirait à Margot de se taire pour que ce dimanche ressemble aux dimanches précédents, de leurs deux années d'amour. De changer de sujet, de décrocher le *Saint Jérôme à la panthère*, ou la *Médée*, la petite femme cachée dans l'ombre de l'énorme temple, observant le second et traître mariage de Jason, pour la reproduire avec application, et se sentir ravie. Il suffirait de passer à autre chose, d'attendre le réveil de l'enfant, de redessiner une autre gravure, ou dormir un peu. Mais elle s'ennuie de la paix, comme, jeune, l'on peut se lasser de sa santé et désirer la blessure. Elle revient à la charge. Si, simplement, il lui montrait le moule de cuivre, et qu'elle l'imprimait à l'identique, inachevée ? La dernière version, la femme-écrevisse seule sur la feuille. Réemprunter son chemin, ses gestes.

— Tu vas rire, mais je trouve qu'elle et moi, on se ressemble.

— C'est idiot, Margot, de se comparer à une figure de dessin.

— Alors laisse-moi la faire. Si ce n'est rien qu'une figure de dessin.

Insistance des amants à arracher à l'autre ce qu'il possède, à fouiller dans le compost intime de l'autre. Elle devine qu'elle ne devrait pas insister, que le Peintre lui a déjà donné ce qu'il a pu, qu'à forcer la générosité, on la fait fuir. Mais elle se sent puissante, il était si heureux au lit une heure plus tôt, son souffle de rut éclatait à ses tympans, ses mains furetaient dans son cul avec l'impatience des premières fois. « Laisse-moi faire juste une version, que je puisse garder avec moi, juste une copie, qu'est-ce que ça peut te faire ? » Il dit d'accord. Il sait qu'il ne devrait pas. Il n'aime pas batailler. Son courage n'est pas là.

Il lui tend le moule de la femme-écrevisse.

Margot sort la gravure de la presse, l'observe à la lumière. Sa première femme-écrevisse. Une légère pluie bat la fenêtre. Le Peintre est à côté, travaille à une toile en cours. La presse tremble de ce qu'elle vient d'accomplir : une seule impression qui a duré plus d'une demi-heure. Et la femme-écrevisse, étrangère, posée sur la table, qui sèche. Nouvelle jeunesse. Il la regarde de travers, décèle cet après-midi une panique dans le mouvement de la créature. Quelque chose de primitif, qui appelle à foutre le camp. Ses antennes se redressent, ses mandibules, et ses yeux, oui, même les pépins sombres de ses yeux, annoncent un désordre à venir.

Margot esquisse quelques pas de danse, silencieusement, ses pieds nus glissent sur les dalles écartées, elle lève ses mains tachées d'encre vers les poutres de chêne brûlé qui la couvent. Il y a dans la fébrilité de ses pieds qui martèlent le sol cette absence à soi qu'il remarque de plus en plus fréquente chez son amante, son regard rentré, sa nuque raidie, son dos dressé, ses nerfs électrifiés par un invisible orage. Cette impermanence à soi qui lui échappe.

Non, Margot ne commencera pas à craindre une créature de papier, une simple, et même repoussante, créature de papier. Elle ne tolère pas ce qui s'installe en elle, ce qui fige ses cuisses dès qu'elle tente de descendre dans la salle d'exposition. Ce qui lui coupe le souffle, et la laisse pantelante à la troisième marche, parmi les portraits de Saskia. La première épouse semble si lointaine après quelques années enserrée dans son cadre, figure irréelle d'un monde disparu, d'un passé dont témoigne le tracé fin et méticuleux du Peintre, style abandonné depuis des années. Elle souffle long, mais ne parvient pas à descendre la quatrième marche. Une nouvelle *Femme-écrevisse* est exposée en bas depuis hier. Une nouvelle preuve de l'obsession muette de l'homme qui partage sa vie. L'homme à qui, ose-t-elle se dire lorsqu'elle ne se bride pas, elle a donné naissance. Et comme une mère croit tout savoir de son enfant, des scénarios de ses cauchemars jusqu'au nom de son premier amour, elle n'imagine pas que demeurent dans le cerveau de son amant des pans laissés dans l'ombre, des pièces auxquelles elle n'aurait pas accès, chambres ouatées où se poursuit cette aberrante et inlassable reproduction de la sale bête.

La *Femme-écrevisse* semble toujours plus neuve, aguerrie. Même lorsque Margot ne la voit plus, lorsqu'elle s'applique à ne pas la regarder pendant plusieurs jours, elle se repointe, invulnérable. La chose se multiplie, suit le même processus que l'hydre à neuf têtes d'une vieille histoire que lui racontaient ses frères pour lui faire peur avant qu'elle s'endorme : on coupe une tête, une autre repousse. Si tu ne supportes plus de te battre contre ces têtes immortelles, tu n'as pas d'autre choix que de te laisser dévorer. On coupe une tête, et elle repousse : plus grosse, plus souriante. Tenace comme un dieu qui réclamerait, à chaque faute, une nouvelle pénitence.

Le Peintre ne lui en parle plus. Lui qui évoque pendant des heures ses œuvres en cours – il ne parle en réalité que d'elles – ne dit rien du travail qu'il poursuit sur cette gravure : il la reprend, la baigne dans de nouvelles lumières, la décale, l'épure, la surcharge, l'effile ou l'allonge, l'éloigne ou la rapproche, mais dessine les contours du même corps, de la même tête, antennes, mandibules, le même mouvement, fuite ou don, le même air, lointain et supérieur, de la demi-bête. La même absence d'expression, le même regard creux. La même laideur, la même évidente laideur. Et il n'en dit rien. Pas un mot. Il continue, dès qu'il peut, souvent à l'aube, s'enferme avec elle dans l'atelier. Il revient sans cesse à la femme-écrevisse comme un prisonnier creuse un tunnel dans sa cellule pendant la nuit, et le rebouche chaque matin. Il n'a pas le courage d'en sortir, de retrouver la lumière du jour. Lorsqu'il descend de l'atelier avec une nouvelle version, lorsqu'il l'accroche dans la salle d'exposition, il n'espère aucune reconnaissance. Elle remarque seulement un air léger, vaguement triomphant, sur son visage, au cours des jours qui suivent. De quel genre de victoire peut-il se réjouir ? L'ensemble de ses gravures a beaucoup de succès, on vient de toute l'Europe pour en demander une copie. Mais il n'est pas de luron saxon, de Vénitien original, de Parisien joueur, d'obscur Britannique, qui possède une femme-écrevisse dans son cabinet. On reconnaît, oui, ils usent presque tous du même mot, qu'il s'agit d'une « curiosité ». Le Peintre l'expose en bonne place, face à un Raphaël ou un Rubens, mais lorsqu'on lui en demande la valeur, rétorque « ah non, celle-ci n'est pas à vendre ! ». Certains insistent : « Mais enfin, si c'est une affaire de prix, on peut s'entendre. » Jamais il ne cède. Il se justifie par des explications fumeuses, cette *Femme-écrevisse* est un travail personnel, une recherche en cours.

La bête a déclaré la guerre à Margot. C'est ainsi qu'elle se le formule, la créature a attaqué la première, à moi de répondre. Un jeudi, un mois plus tôt. Elle ne l'a dit à personne, n'ose même pas se le raconter à elle-même, la femme-écrevisse l'a provoquée. Elle n'a plus aucun doute sur ce qui est arrivé. Et peu importe ce qu'en penseraient les gens s'ils savaient. Elle n'a plus de doute de toute façon sur ce que les acheteurs, les élèves, les amis du Peintre, les domestiques pensent d'elle. Ce qu'ils fomentent, ce qu'ils jugent, ce qu'ils ricanent, ce qu'ils élaborent contre elle. Elle en rêve la nuit, devine leurs complots, s'éveille en larmes ou en cris rentrés. Mais se concentre désormais sur le combat avec la bête. La femme-écrevisse, plus que tout autre regard étranger, la rend vulnérable. Elle l'a compris jeudi dernier, lorsqu'elle a découvert sa vraie nature. Le jour où elle a compris ce qui l'attendait si elle ne réagissait pas.

Elle passait le balai dans le hall d'exposition. Il venait d'accrocher une énième version : le corps de la bête était décalé sur la gauche, profil découpé par un vide obscur, saisi dans une nuit d'été. La femme-écrevisse gambadait dans la chaleur humide d'août. La femme-écrevisse était à son apogée. La femme-écrevisse ne connaît pas le sommeil qui s'allège, l'estomac qui s'alourdit, rocher entre les côtes, la peau qui s'affine, s'amollit, s'égoutte des joues. Le sexe qui s'annonce éreintant, l'entrain que l'on force. Le plaisir, au prix de gestes forcés, de cris aiguisés, de courbatures. Margot balayait, s'appliquait à ignorer la sale bête, se disait qu'elle disparaîtrait peut-être si elle cessait de la voir. Elle a entendu une petite crécelle, une pluie sur un trottoir : un rire de petite fille. Elle a mis son doigt dans l'oreille, repris son souffle. Le rire, délicat, adorable, est revenu. Elle s'est avancée à la fenêtre, guettant dans la rue une enfant qui, parmi la foule, se serait arrêtée pour éclater de rire. Ou une scène, une chute inopinée, le pet d'un cheval, qui aurait fait rire une enfant. Non, défilaient des voitures, des animaux tenus par des cordes, des foules aux bustes penchés, mais pas d'enfant, pas de jeune fille qui serait tentée de rire ce matin d'hiver. La porte en chêne et les cadrans des étroites fenêtres ne laissaient filtrer aucun son. C'est ainsi que le Peintre l'a voulue, cette pièce, royaume du silence et de son art. Le rire, encore, mais derrière elle. Au centre de la pièce. Les clochettes d'une gorge fragile, d'amygdales à peine formées. Un aigu doucereux, piano, piano. Bien sûr, c'était elle. Margot le sut avant de se l'avouer. Il n'y avait pas d'autre femelle autour d'elle. Elle alla voir la dernière au mur : sage comme une image, pinces figées, regards fixes. L'audacieuse. La sale bête riait sous carapace. Elle n'avait peut-être jamais cessé en cinq ans de se moquer d'elle. Pourquoi ce matin osait-elle rire haut et fort ?

Le Peintre avait peut-être raconté à la créature, puisqu'il se lève de nouveau à l'aube, que Margot cette nuit s'était collée à lui, avait saisi son sexe, légèrement dur, l'avait branlé, léché. Jusqu'à ce qu'il se rétracte, et rétrécisse. Il avait eu ce geste, tendre et glacial, de poser la main sur sa tête pour qu'elle cesse de le caresser, comme à une toute jeune fille qui ne maîtrise pas le rythme. Elle n'avait pu cacher le tremblement de ses mains. La femme-écrevisse riait d'elle.

Et elle recommencera. Il est temps de la faire disparaître. Lui arracher ses mandibules. Effacer son sexe chevelu, bombé, sauvage, si peu ressemblant au sien, pâle et plat. Lune à l'éclat terne d'une nuit finissante.

À six heures, la nuit glace encore l'atelier. Une fébrilité passe de tableau en tableau. Les murs de l'atelier vibrent. Des coups s'élèvent de l'autre côté. On frappe à la masse sur la paroi commune au Peintre et au voisin Isaac de Pinto. Deux varans glissent l'un après l'autre au sol, les étagères tintinnabulent, les céramiques, les coquillages cognent contre leur boîtier de verre, sur le parquet, la peau de fauve se recroqueville et semble chaton affolé ; du coquillage posé au sol s'élève un tap-tap, comme si un crabe essayait vainement d'en sortir. Les papillons se décrochent du liège de leur tableau et planent dans l'air chargé de poussière, puis s'écrasent sur le parquet tourné blanc. Les lances tombent une à une, en soldats mitraillés sur le champ d'honneur. On s'acharne à la masse de l'autre côté du mur. Quatre ou cinq coups par minute : le mur s'effrite, en haut, puis sur les côtés. La poussière surgit à chaque angle des murs comme la salive au coin des lèvres des épileptiques. Sur le grand chevalet, le drap tombe : la tête d'Homère apparaît, hirsute, inachevée, seule sur la toile. Aristote debout auprès de lui, la main posée sur son crâne ? Effacé. Le blanc de plâtre suinte des murs, coule sur les gravures qui y sont accrochées : Balthazar est emporté par la poussière, l'oracle annulé par le blanc, bête et ange de la Mélancolie se fondent en une mélasse indistincte, Pygmalion nage dans une piscine de plâtre, Mardochée sur son cheval s'enlise dans les sables mouvants, la femme de Potiphar s'agrippe en vain au bras de Joseph, les dessins préparatoires de la Danaé se disloquent en bras, jambes et fesses couverts d'une étoffe de poussière, une femme glisse de son lit, un satyre perd son sabot et sa fourrure. Et de l'autre côté du mur, la masse cogne, ne s'arrête plus.

Sur la table, la femme-écrevisse en cours disparaît sous le plâtre, étouffée. Rien n'échappe à l'avancée précise et fulgurante de la poussière. Néant farineux qui ne tolère aucun relief.

Le Peintre, Margot et Titus accourent en chemise de nuit. Le Peintre crie d'arrêter ça, hurle, menace Pinto qui a lancé ses travaux sans l'avertir, les ouvriers, les masses, la rue entière, la ville d'Amsterdam, le jour qui se lève. Les coups cessent. Le mur a résisté, le mal est fait. Le Peintre fait le tour de son atelier, ses chaussons laissent de fines empreintes dans la poussière de plâtre, abruti et sans un mot, il observe sans les toucher ses gravures, ses dessins, ses toiles drapées de la poudre grumeleuse. À chacun, ses épaules s'affaissent un peu plus, ses mains agrippent le vide. Il ne ramasse pas les pots de carmin, de vert-de-gris, de lazuli renversés sur la table. Ses pieds cognent contre le buste romain à la nuque fracturée, piétinent les plumes dispersées sur le sol, taches bizarrement vivantes dans ce calme laiteux, cette mort par recouvrement.

La dernière *Femme-écrevisse* suspendue au mur, inachevée, semble un carré blanc, épuré, très lumineux, presque aveuglant. Il la prend, descend à la cuisine, l'essuie longtemps, la ramène. Un carton gondolé et caoutchouteux.

Margot passe la journée dans l'atelier, apporte de la colle et de l'eau vinaigrée, ramasse les débris, balaie ce qui peut l'être, nettoie un à un les tableaux, les dessins, en jette un certain nombre. La dernière *Femme-écrevisse* tombe entre ses mains, elle étale la poussière sur la gravure, la déchire et la jette.

Lorsque les huissiers entrent dans la *kunstkamer*, et entament leur inventaire, le Peintre précise :

— La poussière vient de faire de moi un homme ruiné.

Les deux hommes notent le col renard de sa veste, la hauteur des pièces de la maison, la chemise de soie de l'enfant qui se tient auprès de son père, et ne répondent rien.

Margot ne quitte pas la pièce. Elle travaille dans cet atelier depuis trois jours, le Peintre l'a rejointe le lendemain, a quitté son silence affolé : ils ont rangé tous deux, sans échanger un mot, comme un frère et une sœur mettent de l'ordre dans la maison d'une mère, après son enterrement. La plupart des dessins ont été jetés, les gravures sont essuyées une à une, beaucoup sont abîmées, décolorées. Les toiles en cours ont dû être aussi sacrifiées : six mois de travail effacés en quelques minutes. Les acheteurs n'attendront pas qu'il les refasse, demanderont à être remboursés. Elle entend sa plainte, sourde et continue depuis trois jours. Elle essaie de le rassurer, il l'écoute, hausse les épaules. Cet homme de quarante-trois ans en paraît soixante ces derniers jours. À voix basse, il compte et décompte la valeur de ses pertes. Il ne parle que de chiffres, en ruminant, sans remarquer son fils qui ne le quitte pas, ou Margot qui tente de lui prendre la main. Lorsqu'il s'est plaint à Pinto, il l'a renvoyé à l'argent qu'il lui doit. Le voisin poursuit ses dettes à la masse. Tant qu'il ne paiera pas, les travaux continueront.

Les huissiers se dirigent sans hésiter vers la Bethsabée. L'immense toile de l'atelier était longtemps installée dans le hall d'exposition afin d'impressionner les visiteurs. Pour les huissiers, le Peintre a cru bon de la ramener ici, de la placer sur son chevalet, en toile inachevée. Atténuer le clinquant de cette femme couverte d'or. Mais la Bethsabée affiche cette fatuité cristalline des femmes lisses qui détonne dans cet atelier poussiéreux. Les hommes en veston de laine se figent devant ce corps massue et brillant, ses tétons de laiton qui fusent, ses pieds aux orteils d'impératrice lavés comme ceux du Christ. Sous ce nombril, sourire noir débordant sur la peau du ventre tendu, le cœur de l'enfant bat déjà, secret minuteur de la tragédie à venir. Ils scrutent ce bracelet incrusté d'émeraudes que Bethsabée porte dans le gras du bras, semblable à l'étiquette que l'on accroche aux orteils des cadavres pour ne pas les confondre à la morgue.

— Messieurs, ne perdez pas votre temps avec la Bethsabée, regardez plutôt ça, je pense qu'elle vous plaira, et vous serez les premiers à la voir.

Le Peintre montre l'une des toiles qui, tapie dans un angle, vient d'être récupérée de la poussière : un bœuf mort et éviscéré, en plein jour. Un vrai bœuf, dit le regard effaré de l'huissier. L'estomac du second huissier esquisse une vrille. Il n'aurait pas cru, en entrant, faire face à ces chairs, féminines et animales. Ce peintre n'est-il pas plutôt médecin, cuisinier, croque-mort ? Peut-être aurait-il mieux dû, il ne croulerait pas sous les dettes. La peinture, l'art, enfin, les huissiers le savent mieux que quiconque, est une affaire d'esprit, de sensibilité, de nerfs, de vapeurs. Pas de viande. « C'est un boucher », répondront-ils bientôt aux curieux, « il étale la peinture sur la toile au couteau », ajoutera l'autre dans un jeu de Janus qu'ils rodent depuis quelques années, « nous l'avons vu faire, un vrai couteau et il découpe la peinture comme du jambon ». Pourtant, le moustachu s'était porté volontaire pour cette affaire. Comme beaucoup d'habitants d'Amsterdam, il était allé voir *La Ronde* la première fois qu'elle avait été montrée à la Maison des Arquebusiers, il y a cinq ans. Quand d'autres s'amusaient à reconnaître les commanditaires, ricaner du gros nez de l'un, de la suffisance de l'autre, du pourpoint jaune vif du troisième, lui avait cru saisir d'emblée sa valeur historique. L'huissier raconte son enthousiasme pour *La Ronde* au Peintre qui le remercie. Encouragé, l'huissier poursuit ; il avait même écrit un texte, oh, rien du tout, sur cet ordre nouveau instauré dans *La Ronde,* qu'il avait fait lire à quelques amis, et imprimé en quelques exemplaires. Le Peintre se concentre pour montrer le plus grand intérêt. L'huissier sort un feuillet de sa poche, « on reconnaît dans *La Ronde* le feu sacré qui anime les miliciens à l'heure où ils descendent dans la rue protéger nos concitoyens, ce feu sacré qui aborde la nouvelle ère d'une prospérité républicaine, d'un monde nouveau qui porte ainsi le grand artiste vers le lieu de sa gloire ».

L'huissier se contenterait d'une étincelle pour ne pas condamner le Peintre. Il demande à voir les esquisses, les dessins épargnés par la poussière, ne se heurte qu'à des vendeurs de mort-aux-rats, des mendiants à gros nez, des enfants sales, et puis...

— Celles-là, les trois gravures, vous les avez réalisées cette année ? C'est effrayant. Comment avez-vous pu imaginer enfin dessiner ça ? Un homard à corps de femme ?

— C'est une écrevisse. Une femme à tête d'écrevisse. Je ne les vends pas. Vous voulez vraiment qu'on discute de gravures qui ne valent rien ?

— Comment procédez-vous ? Vous faites poser des femmes comme celles-là nues, et vous leur faites revêtir un masque ?

— Non, je ne travaille pas sur modèle. S'il vous plaît, passons à autre chose.

À cet instant, Margot saisit qu'il y a trois ou quatre hommes sous la figure du Peintre. Son visage se trahit sans cesse. Quelque chose semble bouillonner sous sa peau, et le transformer, un liquide brûlant qui gonflerait ici une veine, rentrerait la lèvre, ensanglanterait la pupille, engendrant ainsi l'idiot, l'arrogant, le peigne-cul, le rabat-joie, le tendre, le jovial. Demeurer en mouvement, sans cesse, et devenir ce que l'autre veut qu'il soit. Ici, l'idiot de service. L'on ne se place jamais mieux en embuscade qu'arbre dans la forêt.

— L'animal est tout de même un très bel accomplissement. Vous devriez les vendre. Vous en avez d'autres ?

— Non. Et je ne les vendrai pas, c'est encore ma liberté, non ?

— Avec vos dettes, c'est moins que certain.

Le Peintre ne lâche pas les huissiers dans l'escalier étroit de chêne noir, traversant les deux salons marbrés et à cheminées à large cadre où quelques toiles d'anciens apprentis attendent d'être vendues. Ces pièces ont été aménagées pour impressionner le visiteur, l'assurer qu'ici il pénètre dans la maison d'un *meester*, là où d'autres n'ont qu'un seul salon, le Peintre avait choisi cette maison pour ce rez-de-chaussée haut et vaste, rêvait d'une halle dédiée à la présentation de la peinture, la sienne face à celle des autres, bal permanent de l'art à peine achevé et ouvert à tous ceux qui sauraient l'apprécier. La magnificence de ce hall assure les huissiers qu'il faut saisir.

Avant de quitter la maison, l'huissier sans moustaches, le taiseux, le toujours d'accord, se tourne vers le Peintre. Ses tempes sont pourpres.

— J'aimerais vous commander un portrait. Oui, un portrait de ma fille. C'est ma seule fille. Elle va quitter Amsterdam pour se marier. Et, enfin, après ce qu'on vient de voir, je crois que vous pourriez faire quelque chose qui ferait qu'elle resterait un peu avec moi.

Le Peintre prend l'argent et signe le contrat. L'huissier ne recevra jamais son portrait. Une cinquantaine de commandes s'alignent déjà sur sa liste.

La ruine d'un homme se reconnaît au bruit qui s'installe chez lui. À l'Antoniesbreestraat, cet hiver 1647, ce sont cinq sonneries par jour, huissiers, messagers, huissiers, messagers, huissiers. S'y ajoutent les coups de masse. Isaac de Pinto prend un certain plaisir à rendre la vie du Peintre et de sa famille impossible. Les coups s'inscrivent dans les journées, assomment les heures, laissent les gens de la maison hagards, saouls de bruit, éreintés. L'équilibre savant de dettes aménagé par le Peintre s'effondre : ses dettes se revendent et s'achètent, il devient débiteur de la moitié de la ville. Pour calmer la pression, coule dans l'atelier la bière à dix-sept heures, pas avant, mais sans discontinuer, il boit seul ou avec quelques amis peintres, orfèvres, émailleurs, anciens apprentis, marchands juifs, rabbins voisins. Au bord de la ruine, comme lui. Dans cette rue, on feint souvent d'attendre des sommes qui n'arrivent jamais. Aucun élève ne fréquente désormais l'atelier du Peintre, on y est trop souvent dérangé. Les enfants des canaux princiers ne parviennent pas à travailler dans le bruit, et font preuve d'une répugnance vindicative envers les histoires d'argent. Même ceux qui viennent de la campagne, qui ont été recommandés par Van Leyden, ceux qui paient peu, n'ont pas envie de suivre les cours d'un homme à mauvaise réputation. Les journées du Peintre se vident et se ternissent en coquillages rejetés à la mer.

Margot n'est pas invitée aux heures de bière à l'atelier. Il lui demande d'amener le garçon, de le faire entrer, et de repartir. Titus tient compagnie à son père, observe les toiles en cours avec concentration, constate en silence leur non-avancée, ne saisit pas l'immobilisme de son père, n'en dit rien, n'a pas six ans, croit faire bonne figure. Ignore qu'il lui suffit d'être beau comme il l'est, ses boucles rousses bouffant sur sa nuque, ses cols de chemise chiffonnés sur son cou de cygne, chemises de voile transparentes qui contrastent avec sa veste de docker boutonnée sur son étroite poitrine, pour ravir son père. Il dessine son fils chaque soir. Ce corps qu'il habite en locataire indolent. Le pommelé haut de ses fesses. Ses hanches qui refusent de s'ouvrir. Ses épaules de fin matamore. Sa manière absurde de marteler le sol au lieu de marcher, général du quotidien. Son sérieux, même dans les blagues. La lenteur de ses sourires. Cette infime maladresse qui électrise chacun de ses gestes.

Le soir, à table, le Peintre et Margot placent l'enfant entre eux et le laissent parler. L'interrogent, forcent leurs rires à chacune de ses remarques. Ils n'ont de leur côté plus rien à se raconter. Les journées sont sans événements.

Leur vie semble s'étrécir comme un canal envahi par la boue. Lorsque l'enfant se couche, le Peintre monte dans son atelier. Il n'a plus goût au sexe. Il n'est d'ailleurs plus à rien, enseveli sous la poussière, figé dans le plâtre, et dans un ménage à la Sisyphe qui le voit chaque soir essuyer les gravures et toiles qui seront empoussiérées le lendemain. Ses pas s'impriment dans la poussière, il prend un fusain, esquisse un cercle. Hommage à Vasari, le génie est de tracer un rond parfait. Avant de se coucher, il recouvre ses toiles de draps, ne s'occupe que de les protéger, comme des enfants que l'on soigne mais que l'on n'éduque plus, parce qu'on ne discerne aucun horizon vers où les mener.

Lorsque Margot chaque soir se présente à l'atelier, il n'ouvre pas, ne veut pas de son aide, « tu n'as rien à faire dans ce désastre », lui murmure-t-il à travers la porte. Il ne veut infliger à personne ce travail absurde, sans but, qu'il s'est assigné. Il a horreur, une horreur maniaque, qu'on se sacrifie pour lui. Si lui est là, à nettoyer ce qui va être sali le lendemain, c'est parce qu'il ne se connaît pas d'autre possibilité de vie que de monter chaque jour dans son atelier, trente ans qu'il se rend dans un atelier au quotidien, il ne saurait vivre autrement. Mais elle n'y est pour rien, elle n'appartient pas à cette histoire, il ne veut pas de son aide, de sa présence affolée. De ses regards de biais qui le mettent de plus en plus mal à l'aise. Et cette respiration pleine et oppressée qu'elle révèle depuis quelques semaines, dès qu'elle doit accomplir un effort. Ses souffles, et ses ruminements de poitrine, qu'elle ne parvient pas à contrôler. Il perçoit ce lourd corps dès qu'il entre dans une pièce en menace indistincte. Margot n'insiste plus à la porte de l'atelier. Se réfugie dans des sommeils sans apaisement, souffleries technicolores saturées qui dispensent chaque soir le même rêve.

La maison s'effondre et, dans les ruines, des souris courent autour des tableaux renversés au sol. Margot est couchée parmi eux. Le Peintre apparaît, empoussiéré, dans l'encadrement de la porte d'entrée. Margot lui tend la main pour qu'il la sorte des ruines qui recouvrent son corps, et l'empêchent de se lever. Mais sa main gauche se fige, ses phalanges se durcissent, ses doigts s'unissent en un geste unique, de pince. La porte claque, en gong de caveau. Restée seule, sur le sol, elle trace des formes de ses pinces : des arabesques, des cercles parfaits, des visages sans noms. Dans le brouillard des ruines, l'interrompt un grattement au sol. Elle n'est plus seule. Pour attirer l'attention de l'autre créature, elle applaudit : clac, clac, clac, clac, clac...

Lorsque Margot entre, l'atelier n'est éclairé que par une faible lampe qui consume son huile de baleine. Le Peintre est à la table, il trace ses cercles, l'ignore.

Sur le sol, Titus dort, jambes nues, bras écartés. Fragilité blanche et rousse, de la famille des Danaé, Bethsabée, Saskia. Il a réclamé son père avant de s'endormir. Les doigts du Peintre tremblaient sur le bras de son fils.

Une demi-lune traverse avec vaillance le givre de la fenêtre.

Face à eux, en train de sécher, la *Vénus à l'enfant*. Le portrait de Margot. Celui qu'elle espérait depuis cinq ans, et qu'il laisse inachevé. Pas une vierge, non, ce n'était pas possible d'aller jusque-là, mais une Vénus. Elle aime sa rondeur espagnole, les plissés de son cou dans lesquels le petit enfouit son nez, ce chignon mou qui la fait facile, joviale, cette jeunesse que le Peintre lui a octroyée, dix ans de moins que ses quarante-cinq ans, superbe maternité tardive, vénusienne, ce sein droit, prêt à déborder de la toile. Cette femme ne va pas donner le sein, cet enfant qui lui caresse le sein n'est pas un bébé, il a les boucles et le modelé de Titus à trois, quatre ans, Chérubin figé dans le prélude de la jouissance. Le Peintre a placé Margot entre les mains d'un ange sexuel. Elle porte les boucles d'oreilles, saphir vert et or, qu'elle préfère.

Il faudrait qu'il l'achève. Il préfère dessiner l'enfant. Elle ne supporte plus le regard que le Peintre pose sur son fils. Cet émerveillement qui croît de jour en jour. L'enfant et cette beauté taiseuse. Un enfant taciturne, auquel elle n'a jamais su s'attacher. Un enfant délicat, un peu lent, à qui il tente en vain d'apprendre à dessiner. Margot lui demande de la former à de nouvelles techniques, il refuse désormais. Il s'enferme ici, et personne ne sait ce qu'il y fait. Il ignore les commandes, le négoce des tableaux. Il lui adresse la parole rarement, et toujours débattant avec lui-même. Comme ce soir. « Il y a un espace nocturne, murmure-t-il sans la voir. Il y a une éclipse devant mes yeux. » Il se tourne vers elle, il la découvre, comme il ne la voyait plus depuis plusieurs semaines, il s'assoit auprès d'elle, raconte.

Il y a quelque part une pièce remplie de portraits qu'il sait qu'il ne peindra jamais. Il a passé plus de vingt ans à peindre ces hommes à chapeaux et femmes à voilettes dans des salons de chêne, mains posées sur la bible, devant une carte du Nouveau Monde, couples unis dans un geste de fondation, maris et femmes en capelines et zibelines, Mercator Sapiens, sages bourgeois à chapeaux noirs qui ont acheté la ville, l'Europe, et son art. Il ne s'en est jamais plaint. Il a exercé son pinceau sur ces joues blafardes, cette prétention de l'argent qui veut être plus qu'argent : aristocratie, grandeur, élection, œuvre. Il leur greffait des dignités, creusait des perspectives dans leurs intérieurs, des pensées dans leurs regards, et les voilà qui l'adoraient, qui le payaient cher, il savait ce qu'il faisait, qui il servait, c'est ainsi qu'il s'est fait connaître, qu'il s'est installé dans cette ville, c'est ainsi qu'il envoyait à Leiden de l'argent, c'est ainsi que continuait à tourner le moulin, trembler la maison, terrifier secrètement celle qui lui confia l'histoire de la femme-écrevisse. Mais aujourd'hui, il n'y arrive plus. Plus personne à Leiden n'est là pour recevoir l'argent, le moulin a été détruit, plus personne n'habite l'humide pièce à vivre. Celle qui lui racontait l'histoire de la femme-écrevisse a disparu un soir d'été – un accident, mais que faisait-elle seule au moulin, pourquoi l'a-t-on laissée à elle-même ? Ce moulin a ruiné le calme de son enfance, lui a assuré qu'il y aurait une logique intérieure, un système de poulies et de moteur qui régirait son existence. Et le voilà aujourd'hui incapable de saisir la corde d'un avenir.

La poussière est la meilleure chose qui pouvait lui arriver. Elle lui donne une raison. Un prétexte pour arrêter leurs portraits. Pour ne pas leur avouer qu'il ne peut plus. Qu'il ne peut même plus leur faire face.

— Mais qui ?
— Les princes de la République.

Ces gens l'invitent à des dîners, lui demandent de les voir, de sentir leurs corps de sœurs, pères, mères, de redevenir, comme avant, le portraitiste des puissants, le fils spirituel de Rubens, d'accorder, comme lorsqu'il arrivait dans cette ville et qu'on lui présentait le monde, la même profondeur, dignité, aux marchands qu'aux héros grecs. Cette foutue grâce qu'ils veulent tous. Cette foutue grâce que l'Église donne si peu. Ils sont bien obligés de l'acheter dans des tableaux. Au dernier dîner dans une demeure au bord du Herengracht, deux visages se sont tournés vers lui, un jeune homme cultivé, une femme avec de beaux seins. Il ne les voyait plus. Des ovales plats et mous. Des soucoupes flapies. Leurs bouches ne cessaient de s'ouvrir, se fermer, s'ouvrir, se fermer, s'ouvrir, se fermer. Lorsqu'il commença leur portrait au fusain le lendemain matin dans son atelier, il prit un temps fou pour se débarrasser de l'image de ces faces poudrées à minuscules bouches susurrantes. Il y a tant de gens désormais qu'il faut écouter, séduire, tant de pouvoirs multiples, consacrés, à qui il faut plaire, pour remplir le carnet de commandes. Et pas un nez, une lèvre, qui se distingue. La République est une façade sans accroche.

— C'est à cause d'elle que tu n'arrives plus à les peindre.
— Hein ?

— La femme-écrevisse. Ces gravures sur lesquelles tu t'acharnes, mais que tu ne vends pas. Ça te fait du mal. Si tu arrêtais, je suis sûre que tu pourrais reprendre les portraits. Elle t'empêche de travailler.

— La femme-écrevisse n'y est pour rien.

Il s'étend sur le sol, le bras sous la nuque, respire doucement. Espère-t-il qu'elle se couche contre lui, en chien de fusil, qu'ils se réchauffent l'un l'autre ? Attend-il qu'elle lui caresse le creux des bras, lui titille l'intérieur du coude ? Titus à l'heure du coucher tend ses poignets à son père, ferme les yeux, et il passe ses ongles entre les veines jusqu'à ce qu'il s'endorme.

Elle n'avance pas vers lui, ignore la main de l'homme qui furète sur le sol, à la recherche de son corps.

— Margot, je sais que tu as vendu les boucles d'oreilles de Saskia. Je l'ai appris par un ami bijoutier. Comment tu as pu faire ça ?

— …

— Quand tu as vendu les boucles d'oreilles, tu as dit que tu étais envoyée par Saskia, qu'elle t'avait livré un message du ciel, pour que tu les vendes. Tu as dit ça au bijoutier.

— …

— Et je t'entends la nuit, te lever, et parler à je ne sais qui, dans le noir.

— …

— Et tu as de ces regards, Margot, que je surprends et qui me font peur.

— …

— L'autre jour, tu as enfermé Titus dans un placard, parce qu'il avait dit quelque chose qui ne t'avait pas plu. Il me l'a raconté. Il a eu très peur.

— …

— Qu'est-ce qui t'arrive, Margot ? Je ne sais plus qui tu es, je ne sais plus avec qui je partage mon lit.

— C'est parce que j'ai vendu les boucles d'oreilles de Saskia que tu dis ça ? Mais franchement, qu'est-ce qu'on allait en faire ? Elle n'existe plus Saskia, à l'heure qu'il est, les vers ont dû sucer sa dernière moelle… Ils le disaient à la messe quand j'étais petite, les rousses entretiennent avec le diable une relation secrète. Comme ton gosse, tu vois bien qu'il n'est pas net…

— Retourne chez toi, Margot.

— Je suis ici chez moi.

— Je ne veux plus que tu vives avec Titus et moi.

— Si tu me chasses, je finirai de te ruiner. Et je récupérerai toutes les femmes-écrevisses. Tu crois que je n'ai pas reconnu mon corps ? Tu crois que je ne vois rien, que je suis aveugle, comme ton père dans ton moulin ? Que tu es le seul à voir les choses comme elles sont ? Ces sales bêtes m'appartiennent, elles sont à moi, elles sont moi.

Il se lève, dans l'obscurité de l'atelier, lui tourne le dos : « Tu ne sais plus ce que tu dis, Margot. Tu pars de chez moi. C'est fini. Sors d'ici. »

Elle passe dans les escaliers, sans un mot. En bas des marches, elle n'entend qu'une centaine de bourdons continus, sa tête est une ruche éventrée. Elle descend dans la cuisine, observe dans la vitre du poêle son visage rougi et enflé par la colère, elle se déshabille, ses gestes tremblent, elle va dormir, les choses s'effaceront, le sommeil est un astringent puissant, elle se couche, éteint. Rien ne s'apaise, la nuit est une houle qui ricane. Elle se tourne, se retourne, mord son oreiller, sanglote. La nuit se moque d'elle, siffle à son oreille, s'assied sur son corps, l'écrase, l'air s'échappe entre ses côtes en un long pschitt.

Elle passe une laine sur ses épaules, par la fenêtre, le soleil se lève sur Amsterdam, se fige dans l'azote de l'aube, arrose de rayons impuissants les faces violettes et rouges qui traversent l'Amstel, éclaire les cages givrées du marché aux oiseaux, et leurs chants gutturaux, découpe dans la glace de la nuit la perspective du jour.

Les mots du Peintre galopent dans son cerveau en ânes ivres, tu vas foutre le camp, pas même à une pute il parlerait comme ça. Pas même une pute, on la met à la porte pour une pauvre histoire de boucles d'oreilles, et d'enfant geignard. Nettoyer le désordre de la nuit. Faire place nette. Abolir ce qui a été dit. Agir, mouvement par mouvement. Elle est la plus organisée de cette maison. Elle doit reprendre la main. L'astringent est rangé dans l'arrière-cuisine. Sur une étagère à l'écart et en hauteur, afin que l'enfant ne puisse pas jouer avec. La transparence de l'acide, dans la bouteille de verre, et la poussière qui nuance son épaisseur de sirop. Elle avance vers l'étagère, pieds nus, ne tient pas compte du chuintement des souris éveillées à son arrivée, attrape la bouteille, éternue à la poussière, s'assure qu'elle s'ouvre facilement, la coince sous son bras.

Elle réemprunte l'escalier à toute vitesse, tape à la porte de l'atelier, elle n'entend qu'un bruit de grattage, elle tape encore, quoi, n'a pas peur de lui, ce qui bout sous son sternum est plus fort que les menaces de ce petit monsieur en chaussons, elle tape encore : tu es un porc. Tu entends, tu es un porc. *Varkensvlees ! Varkensvlees !* Porc ! Porc ! Porc ! Porc ! Porc ! Porc !

Il ouvre, n'a pas dormi non plus. Il ne la regarde pas, c'en est fini de leurs yeux qui se croisent, de leurs regards qui s'échangent, il est des lieux dont on ne revient pas, des gestes qui tranchent à vif.

Elle sort la bouteille d'acide, le porc et la pute, la pute et le porc, elle domine ses yeux minuscules gonflés d'eau salée, deux grains fichés dans sa peau grasse, comme ceux de la créature, un petit animal qui au moindre bruit recule dans le sable jusqu'à ses incertaines origines, elle tient la bouteille en l'air, au-dessus du visage de son amant qui ne bouge plus, il finira aveugle, défiguré, sa faute incrustée dans la chair, l'acide brûle jusqu'à l'os, tous les peintres le savent, la peau fond sous l'astringent, elle tient la bouteille au-dessus de lui, il ne s'enfuit pas, il sera masqué par la blessure comme la créature par sa carapace, les narines brûlées, la face plane, l'acide reflète la lumière mauve du matin, la possibilité d'un jour nouveau, d'une ville sans pute ni porc, épurée de petit maître. Il avance la main vers elle, vers son ventre, elle espère le plaisir, même furieux, même brut, le silence de la main posée sur elle, la fin des mots, la guerre reportée. Il tire son bras d'un coup bref, la bouteille explose au sol.

Brûlure des gouttelettes qui jaillissent en étoiles sur les mains de Margot.

Il parle, bas et vite, n'a pas un regard pour les trous minuscules qui se creusent entre les doigts de son assaillante :

— Tu sais comme ils traitaient les porcs, nos voisins à Leiden ? Je n'ai jamais pu peindre de porc, à cause des cris que j'entendais de chez nous, certains matins, même pas des cris, des trombes de douleur qui jaillissaient des cours de ferme et arrosaient les environs. J'aurais préféré boire leur sang que les dessiner. Tu me diras combien je te dois. Tu vas ajouter mille florins. Tu partiras. Ne reviendras pas. Tu ne parleras pas à Titus. Tu ne lui feras pas tes adieux.

Il ferme à demi les yeux, elle enfouit les mains dans sa chemise de nuit. Une odeur de chair brûlée.

Amsterdam, 1661

Loin du calme rose qui s'étend sur le centre-ville, de rares marchands et curieux s'aventurent dans ce quartier d'ouvriers et de macs, à l'affût de ce vieux peintre passé de mode qui s'est installé là-bas. Ils sonnent chez lui, très vite, demandent à voir les dessins préparatoires de *La Ronde.* Je les ai perdus, leur répond le Peintre. Ils repartent. Titus au fond de l'appartement s'agace. Pourquoi leur mentir ? Absurde coquetterie de vieux. Ils n'ont pourtant pas le luxe de ce genre de mensonge. Le Peintre n'arrive pas à lui dire la vérité. Lorsqu'il revoit *La Ronde*, il découvre l'être sans indulgence qu'il était à trente-cinq ans. Le scepticisme qui l'animait et qu'il ne supporte plus près de trente ans plus tard. Il perçoit désormais un mauvais présage dans le succès de *La Ronde*, l'intuition qu'il eut à l'époque du retour de cette force monarchique doucereuse qui anime désormais la ville. Ce portrait de groupe est l'inverse du groupe. Il raconte les origines de la guerre. Ce sont des hommes, élégants, riches, qui s'élancent chacun vers un point différent. Parce qu'ils sont jeunes, ces hommes se veulent neufs. Ils érigent un hôtel de ville, aspirent à une *tabula rasa*, croient que leur énergie leur confiera un dogme. Ils disent : la République c'est nous ! Trente ans ont passé. Les princes d'Orange sont sur le point d'abolir la République. Les vieux et les forts reviennent au pouvoir, et personne ne s'en plaint. Ce tableau ne représente rien d'autre que l'impossible union de jeunes ambitieux incapables de reconnaître la menace qui rôde. Dans quelle mesure à trente-cinq ans le Peintre ressemblait-il à l'un de ceux-là ? Il n'ose imaginer jusqu'à quel point il s'est cru petit maître de la ville. Il peignait *La Ronde*, et Saskia était vivante. Titus allait naître. Il n'avait pas rencontré Margot. Il peignait *La Ronde* et son ascension se dessinait dans la terre meuble de cette ville. Il fut cet homme à chemise jaune au premier rang, l'homme à la plume au chapeau, l'homme qui aspire à être vu.

Et la plume traîne aujourd'hui entre les jointures du parquet de cet appartement du Rozengracht, loin des canaux, où ils vivent désormais, père et fils. Titus, à vingt ans, s'est accordé le titre de responsable des transactions financières de son père. Il assure les affaires courantes : courses de toutes sortes, rares négoces. Plus de toiles de maîtres italiens, de sculptures, de tableaux d'apprentis, tout a été vendu, ou repris par les derniers élèves, mais quelques gravures, ici et là. Le fils s'invente un commerce pour ne pas quitter le père. Dos à la fenêtre, le Peintre continue à peindre, indifférent à l'activité sans but de Titus.

Il ne demande plus à son fils de poser. La fulgurance blonde, irréelle, flotte encore sur ses traits, mais s'amollit dès les tempes, sa silhouette légère s'est gonflée et affadie, en baudruche plissée par le vent. Il semble porter le costume de son enfance, devenu trop étroit. Son torse, puissant et glabre des épaules aux abdominaux, devient gras et frissonnant, du nombril au pubis. Il affiche ce mélange de timidité et de fronde qui naît en charme à quinze ans et survit en minauderie à vingt. Les ouvriers des manufactures qui croisent Titus dans la rue l'observent, sans bien saisir le pas de promenade de ce jeune homme qui devrait être parmi eux, à chercher un coin de repos pour manger, avant de repartir au travail, plutôt que de donner ses vingt ans à faire le coursier pour son père. Ils ignorent qu'il donnerait le double pour redevenir son modèle. Occuper toute l'image. Mais sait-il quelle taille fait l'image que veut explorer son père ? Titus compte les heures entre lesquelles il voit son père, et celles qui le laissent seul, désœuvré, à traîner dans les auberges, feindre de chercher un métier, aimer une femme. La vie sous tension, et la vie inerte. Lorsqu'il est immobile à atteindre un hypothétique client, assis face au Peintre, il vit. Mais lorsqu'il est actif, à vendre des toiles, parler à celle qu'il s'est choisie pour femme, il s'absente. L'électricité de l'amour, ce qu'elle inocule de fébrilité, d'angoisse, de terreur, ne le traverse qu'en présence de son père.

L'homme à accent français qui frappe à leur porte bouscule leur face à face. Il n'est pas ici en archéologue de *La Ronde.* Il est trop jeune pour ce genre d'initiative. Titus l'accueille et se poste devant la porte de la pièce à vivre, en gardien du musée de son père. Il évite de croiser les yeux de l'invité. Les mots, les simples mots pour rejoindre l'autre, d'où venez-vous ? Que faites-vous ? Il ignore comment les dire. Son père lui a déjà fait remarquer : « Tu mets mal à l'aise les gens en te montrant si nerveux quand tu leur parles. » Depuis, Titus préfère ne rien dire. Recevoir les gens en portier. Il se ronge le pouce, recrache les ongles dans le creux de sa main, et les met dans sa poche. Habitude de ses sept ans.

L'invité se place près de la fenêtre. Réflexe : mesurer la lumière, l'angle d'éclairage. Jauger la possibilité, entre ces quatre murs, de peindre. Minime, concluent ses lèvres plissées.

Le Peintre l'aperçoit, sait qu'il ne le laissera pas repartir. Un visage, un corps pareils. Il le salue, s'agite, tourne autour du jeune homme. Une créature comme celle-là, vivante, ça n'arrive qu'une fois dans la vie.

Une énergie furieuse est passée sur cette tête. Le pas-de-bol, la grosse misère se sont infiltrés dans le ventre de sa mère. Sûr qu'il y eut là un accident de naissance : la bête a rongé le visage de l'embryon, raccourci les narines, creusé les orbites, réduit la bouche à celle d'un poulpe, raboté le cou en un tuyau étroit, et effacé les sourcils. Il ajoute à cela d'être maigre, long et osseux, comme un vieux ou une jeune fille. Mais là où la plupart travestiraient un tel corps, il offre à la laideur son triomphe ; il moule ses mollets exsangues dans un collant, laisse saillir ses côtes, souligne ses omoplates dans une chemise étroite, le cône de ses pommettes éclate sous la poudre de riz. Nul doute que cette maigreur ne naît pas de la faim, mais de la volonté : sa veste de velours mauve atteste qu'il n'est pas d'une classe où l'on crève. Il doit se priver consciencieusement, s'émacier, laisser la faim dévoiler les trous de son nez, assombrir ses orbites, étendre la peau sur ses tempes, révéler le bosselé de son crâne. Il fait de la maigreur une ouvreuse du spectacle de son corps. Tout comme les cheveux qu'il laisse pousser jusqu'aux épaules, et dont il assume le gras qui frise, et ses vêtements, qu'il associe en brun et mauve, assurant un éclairage de morgue au gris de son visage. La laideur est son trésor. Il en prend soin, comme une vieille dame d'un cactus. Il y a des années, le Peintre avait tenté une esquisse d'un homme installé dans les rues de Corinthe, croupissant dans ses déjections, qui jetait à l'empereur passant devant lui : « Ôte-toi de mon soleil. » L'homme qui cherchait à être chien. À dire au monde qu'il vivra en chien. À dire à Dieu, tu as voulu que je ressemble à un chien, regarde comme je te surpasse dans ton œuvre. Le Peintre n'avait pas réussi. L'homme-chien lui demeurait foncièrement étranger. Il n'avait pas pensé à ce sentiment d'élection que confère l'humiliation choisie. À cette supériorité de l'homme qui délaisse le reste de l'humanité pour s'avilir. Il n'est pas parvenu à cette dimension grotesque, farceuse et sale que peut prendre le visage d'un homme. La laideur n'est pas son langage. La beauté non plus. Mais face au nouveau venu, il sait qu'il réussira.

« Je m'appelle Gérard de Lairesse », annonce l'étranger en une phrase traînante, je suis venu vous montrer mon travail, ses mains se lèvent et s'abaissent si lentement qu'elles semblent tirées par des fils, il sort de son sac une série de dessins qu'il étale sur la table libre au centre de la pièce. Des bras, jambes, pieds ouverts, et en trois dimensions successives. Muscles, tendons reproduits avec une telle précision que l'os du fémur semble balancer sous les tissus qui le recouvrent. « Je travaille seulement sur des corps qui viennent de mourir. Ils sont encore vivants d'une certaine manière. — Non, ils sont morts. » Le Peintre a répondu un peu vite, mais n'écoute pas l'homme, fixe son visage. Lairesse raconte les heures passées sur ces jambes dépecées, le changement de couleur des muscles à l'air libre, les reflets de la chair à la lumière, le virage mousseux du tendon couturier sur la rotule, cette ligne mécanique qui détermine le mouvement entier de la jambe, l'écoulement du sang par les plaies, longtemps après la mort.

Titus observe les dessins avec la jalousie des créatures de pose. Il est proche de ces enfants, quatre siècles plus tard, photographiés une centaine de fois par jour, au lever, au pot, au bain, à la purée, au puzzle, à la télé, au jardin, au coucher, à la tétine. Des enfants à qui l'on fait croire qu'ils sont les premiers à danser, rire, mâcher. On surprend ces enfants, à certains instants de la journée, seuls, se redresser et sourire, face à des objectifs absents. La pose est devenue un instinct, comme de fermer les yeux aux rayons du soleil. Et les enfants grandissent, et continuent à sourire dans le vide. Machines débranchées hors du flash. Titus est né dans un tableau, ne sait pas quoi faire de son corps lorsqu'il n'y est pas. Comme le homard et la pomme pourrissant sur la table, lorsque la nature morte est achevée.

Lairesse ne s'adresse qu'au Peintre. « Je suis venu de Bruxelles, en arrivant ici, je voulais vous voir en premier. J'ai beaucoup étudié vos gravures. Je vous considère comme un maître. » Tant que Lairesse parle, le Peintre s'approche de ses instruments, et comme le criminel glisse le couteau dans sa manche, il choisit un fusain, et prépare ses couleurs. Il observe le sourire, les fines coupures sur la peau, les orbites qui s'élargissent, il tourne autour de lui, « ah oui, Bruxelles, pourquoi la quitter, vous n'êtes pas catholique ? » Il choisit son angle, prend un bloc de feuilles, s'installe à sa table, fait signe à son invité de s'asseoir dans le fauteuil face à lui. Titus essaie d'intervenir, de rompre le charme qui s'installe entre son père et Lairesse, ne trouve visiblement pas le mot juste, se ronge un troisième ongle, lape le sang.

« J'ai cru comprendre que vous travailliez sur une chose très spéciale, une chose qui m'intéresse, une sorte de demi-bête, et demi-femme… » Lairesse chuchote plus qu'il ne parle, d'un ton détaché, au bord de l'ironie. On ne sait s'il est infiniment respectueux, ou simplement séparé du reste des hommes. Sa voix de loutre n'arrange rien. Une voix comme arrachée à la glace. Le Peintre lui fait signe de se tourner, et dans un coin sombre de la pièce, désigne un petit cadre de sapin. La deuxième version de la *Femme-écrevisse*, celle à paysage, s'y dresse, du haut de ses quarante centimètres, un peu pâlotte dans le matin. Lairesse se penche et recule, recule et se penche avec une concentration de diagnosticien.

— Les Aztèques ont un génie familier, à tête de chien je crois. Vous vous êtes inspiré d'un de ces codex que l'on trouve sur le marché du port ?

— J'ai perdu trop d'argent en mer pour m'intéresser à ce qu'ils ramènent du Nouveau Monde. Et les dessins dont vous parlez me paraissent très forcés, contraints sans doute. Ils n'ont pas le choix, produisent ce que l'on attend d'eux. Trop proches de l'idée que l'on veut se faire, ici, des barbares. Vous êtes un voyageur, monsieur Lairesse. Un homme de votre temps. Pas moi. Je ne suis ni marchand, ni aventurier. Je n'ai jamais quitté le pays.

— Pourquoi l'écrevisse ? C'est une bête banale.

— L'écrevisse est un animal de fond de rivière, et de nuit. Son seul point commun avec la chouette. Je peux vous raconter qu'à Leiden, quand j'étais petit, il m'arrivait les soirs d'été d'aller voir le réveil des écrevisses vers vingt-deux, vingt-trois heures. Une manière de ne pas rentrer chez moi. Je m'avançais sur la rive sableuse, je cherchais l'ombre bleue de leur carapace lorsqu'elles marchaient, à reculons, vers un trou, j'entendais les frottements de leurs pinces sur ce gros sable humide. Voilà à peu près tout mon savoir sur les écrevisses.

— Je voudrais vous l'acheter.

— Elle n'est pas à vendre. Vous avez un visage terrible, monsieur Lairesse, je peux vous peindre ?

Surprise, terreur, docilité apparaissent et disparaissent sur le visage de Lairesse. Personne ne lui a sans doute parlé si franchement de son apparence.

— Je ne pose pas. Je suis peintre.

— Vous avez un visage. Laissez-moi vous peindre. S'il vous plaît.

Lairesse s'avance, crispé, à l'avant du fauteuil.

— J'accepte que vous peigniez mon reflet, dans un miroir. Je veux voir comment vous travaillez vos lumières.

— Titus ?

— Oui, papa.

— Qu'as-tu fait du miroir ?

— Lequel ?

— Le grand. Celui de mon atelier, qu'on avait acheté au marché, encadré de nacre.

— Tu m'as demandé de le vendre la semaine dernière.

— Il faut que t'ailles le racheter.

— Quoi, le miroir ?

— Oui, tout de suite, je voudrais que tu le ramènes, pour peindre monsieur Lairesse.

Une heure plus tard, Titus tente de franchir le porche de leur immeuble, les bras écartés autour d'un large miroir. Il essaie d'entrer, la porte est étroite. Les coins du miroir se coincent dans les chambranles de chêne de la porte. Il force. Les passants s'arrêtent, amusés et curieux. Titus déteste se faire remarquer : ses gestes qu'il croit discrets exacerbent les rires. Le chambranle tremble, il continue. Il rougit, ses orteils se replient dans ses chaussures, ses épaules balancent d'un côté à l'autre, il recule, recommence. Il croit que ce ne sont pas cinquante, mais mille yeux qui marquent son dos, y tracent la lettre de l'idiot. Il tape des coudes sur le chambranle de bois. Les manches de son manteau remontent sur ses avant-bras : comment est-il devenu si grand avec un père comme le sien ? Il fait un pas en arrière, pose le miroir à terre, reprend sa respiration. Il se penche sur le miroir, se tord et s'observe. Il ressemble à cet oiseau de plaine, l'aigle vocifer, moins rapace qu'inoffensif, majestueux que boiteux. Il y va, réaffronte ce cadre de bois qui résiste, pour mieux le narguer, pour mieux le rendre impotent, lui, le fils à papa, l'adorateur impuissant, qui ne peut rien faire d'autre que de vivre aux côtés de la seule personne qu'il aime. Dans son miroir se reflète le ciel inconséquent d'Amsterdam. Il ressaisit l'objet, la petite foule de la rue siffle pour l'encourager. Ses doigts tremblent sur leurs reflets, il avance, les phalanges se râpent, il insiste, le sang coule sur l'index. Il s'est choisi cette mission, comme d'autres une pénitence, il doit se montrer à la hauteur, peu importent les regards et les chambranles, peu importe cette large porte ouverte à sa droite, il passera par celle qu'il s'est choisie, la sortie latérale. La voie étroite. Il recule, sans poser le miroir cette fois, écarte les doigts sur le nacre coupant. Il se met de profil, gonfle ses joues d'un nouvel oxygène. Il se lance, le miroir à la verticale, la tête baissée. Le chambranle glapit. Le verre s'aiguise et s'évapore. Une pluie d'étoiles et un fracas cristallin.

— Titus ? Et le miroir ?

— Tombé.

— Quoi tombé ?

— Je l'ai fait tomber en essayant d'entrer dans la maison.

— Je ne pensais pas que tu puisses être si maladroit. Mais c'est pas grave. Monsieur Lairesse a eu la mansuétude de me laisser le peindre de face.

Le Peintre termine sa toile. Il a confié une dignité, une majesté à l'homme qui lui fait face. L'homme-chien, maître des apollons. Il vient d'achever le portrait dont il est le plus fier depuis des années.

Le Peintre poursuit pendant plusieurs semaines ce qu'il a initié face au visage de Lairesse, la voie qu'il a ouverte ce jour-là.

Jusqu'à ce soir d'été. Le Peintre n'a reçu aucune visite depuis trois jours. Titus est parti en promenade. Il sort de ses affaires le strict minimum : une pointe sèche, un couteau, un chiffon, une bouteille d'acide, une cruche d'eau. La nuit dispense une lueur tiède sur les toits de la ville.

Il va chercher dans un coffre une couronne de plumes qu'il place sur sa tête, des gants en peau de singe, attrape une lance, se met face au miroir, et ébauche des grimaces. Il y a quelques années, il appelait Titus et tous deux étiraient leurs peaux, leurs langues, leurs nez, leurs paupières face aux miroirs. Concours de monstres. Père et fils en orangs-outangs. Mais avec l'âge, le fils a acquis un sérieux, une gravité des traits, une gêne face au père.

Le Peintre retire son pantalon, passe un jupon sur ses jambes fines, ses cuisses galbées, il est fesses nues sous la dentelle, adore sentir l'air entre ses cuisses. Il retire sa chemise, couvre son torse d'une parure de plumes, noue la corde au-dessus du nombril, en une tunique indienne. Il avance vers le miroir. Il recule, s'observe, balance les hanches, sans sourire, rien de plus sérieux que ça, son corps a l'air plus souple, plus changeant que vingt ans plus tôt, son ventre ne bedonne plus, il a diminué la bière, son visage s'est allongé, et ses tempes se sont éclaircies. Un perroquet d'Amérique avec ses plumes sur le crâne. Il se marre, ne peut pas s'en empêcher : quoi, vous avez dit koaa ? Il imite le toucan, paraîtrait qu'il y en a un qui chante des chansons cochonnes sur le port. Il se regarde, se tire la langue, une, deux, trois fois, puis se sourit, un peu longtemps. Il cherche son crayon, dans la semi-obscurité de cette soirée d'été, dessine sa nouvelle allure, ses joues de petite vieille, les poils qui se hérissent, ce regard d'ingénu, les plumes tombées au sol, il lève les sourcils pour aplanir le front, la peau du visage est une encre qui bout et reflète ses créatures : femme à pieds gourds, homme en dentelles, Indien en fuite.

Il retire sa couronne, et sort d'un tiroir une ancienne plaque de cuivre gravée à la pointe sèche. *Les Trois Croix*. Une de ses gravures de jeunesse. Les trois crucifiés du Golgotha. Il décide ce soir-là de la reprendre, la réinventer des années après. Il recoule l'encre dans les débords, passe le bain, sort une feuille de vélin, tourne la presse, l'imprime. Les trois mourants sont des moustiques brûlés sur une lampe. Irradiés. Est-ce parce que nous sommes dans un atelier obscur, troué d'une nuit blanche, qu'il va rechercher cette eau-forte aveuglante ? Une lumière venue du ciel, d'une précision d'ovni. L'instant où, selon un certain Matthieu, *il y eut des ténèbres sur toute la Terre.*

Il colle une feuille de vélin, fait trois bains, passe la feuille à la presse. L'accroche au mur. Le Peintre observe cette nouvelle version de sa gravure, éclatante. La flèche blanche efface presque les femmes aux pieds du Christ. À gauche, la foule est renvoyée dans un océan ombré, vague d'armes et de figures endramées, indistincte et écartée de la scène centrale. Le Peintre n'est pas d'humeur eschylienne : pas de chœur, de tragédie collective. Il veut une scène minimale autour du Crucifié. Le Peintre piste quelque chose, qui ressemble plus à l'homme qu'il est ce soir, léger et joueur, poursuivant le travail après plusieurs années d'huissiers, de constat de ruines, phases d'impuissance qui ponctuent sa vie, chronicité de la déchéance. Il se place au départ d'une nouvelle existence, peut-être la dernière. Sur le côté de la foule, un homme a la tête blanche, toute blanche. Passe-muraille. Cette créature doit donner le ton de la gravure : l'être de rien, effacé par la lumière. Le Peintre passe la plaque de cuivre au chiffon d'acide. Il recommence. L'encre glisse dans les rainures, en boa sur une patinoire. Les bavures s'écartent. Il imprime. Le cône de lumière est devenu pluie. Le condamné à la droite du Christ est rejeté dans l'ombre. Emporté. Au centre, l'homme choisi, ce torse luminescent strié par les verges romaines, et à ses pieds, un centurion à genoux implore d'être pardonné. Les bras écartés, la tête levée. Il ne faut plus de visages. Simplement des corps, des gestes, des signes.

Les passants du Rozengracht, s'ils regardent par la fenêtre du premier étage, aperçoivent une silhouette en jupon et tunique bouffante qui marche d'un côté à l'autre d'une pièce très éclairée, en portant parfois un objet entre ses mains, avec une précaution de sage-femme.

Il manque quelque chose. Il fouille de nouveau dans le coffre. Sort une petite boîte : à l'intérieur, une collection de médaillons. Choisit un profil de Pisanello. Il appartenait à Raphaël au siècle dernier. Le Peintre s'en balance. A déjà dépassé Raphaël, raconte-t-il en rigolant à ses amis.

Il place le médaillon au-dessus de sa plaque de cuivre. Il prend une loupe pour étudier la forme de la bête. Aucun affaissement de la chair. Métallique dans sa perfection. La copie d'un cheval antique : sobre, puissant, surhumain. Un cheval qui force les mondes fermés. Un cheval irréel, pour un lieu irréel : le Golgotha, *depuis la sixième heure jusqu'à la neuvième.* Un lieu où la nuit n'en finit pas.

Il sort une nouvelle plaque. Redessine la scène du Golgotha. Ajoute le cheval. Il fait nuit l'après-midi. Le silence dans l'obscurité. Les centurions ont cessé de jouer à déguiser les prisonniers en rois à couronne d'épines. Ont cessé de lui cracher dessus, de les injurier. Ils ne font plus les enfants. Les enfants qui torturent pour vaincre l'ennui. Règne un calme lunaire. L'on entendra bientôt l'unique parole : *Eli, Eli, lama sabachthani ?* Le cône de lumière annonce la parole imminente. Le Peintre place la scène quelques minutes avant que les paroles ne soient dites. Contrairement à la première fois, il ne les écrit pas. N'importe qui les entendra en voyant la gravure. Il se raccroche au temps de la parole. Éclat bref sur la tête du Christ, qui jaillit de sa couronne d'épines, abominable blague suggérée par Ponce Pilate : « Puisqu'il est roi, couronnez-le. » Et cette pancarte sur la croix, ici irradiée, blanchie, effacée par la lumière : *Roi des Juifs*. L'humour suant et paresseux du préfet de Judée. Puisqu'il est roi… Ponce Pilate ne le sera jamais. Une nouvelle fois, un homme dont l'avenir se dérobera sous ses pieds. Mais non, Ponce Pilate ne rêvait pas d'être roi. Ponce Pilate avait peur des rois. Quatre fois il demande à Jésus : « Es-tu le roi des Juifs ? » Il ne peut pas croire que le roi soit cet homme. L'autre répond mal. « Qu'est-ce que la vérité ? » Ponce Pilate ne voulait rien d'autre qu'une réponse. Un éclaircissement. Et le voilà dans un lieu qui lui est étranger, un lieu de questions qu'il ne saisit pas. Qui ressemble à l'histoire. Il n'est pas fait pour entrer dans l'histoire. Veut simplement se recroqueviller, et laisser passer la tempête au-dessus de lui. Il ricane, donc. *Puisqu'il est roi, couronnez-le !* Il cherchera tout au long du reste de sa vie pourquoi il a dit ça. Pourquoi, à l'instant de donner la mort, il n'a trouvé qu'à ricaner. Il ne sera plus élégant. Il ne sera plus cet homme aux mains propres, aux ongles récurés, qui faisait beaucoup l'amour, et maîtrisait l'art de l'à-propos et de la citation, *puisqu'il est roi*. Il aimait se croire quelqu'un de bien. Il avait des amis intellectuels. *Couronnez-le*. Il ne saura plus comment il était devenu préfet, oubliera ce qui le motivait à quérir ce genre de mission. Il se sentait bien auprès de sa femme, et entouré de gens qui le distrayaient. Il ne connaîtra plus la tranquillité.

Puisqu'il est roi. Il ne ricanera plus. Ponce Pilate a flambé. *Couronnez-le*. La couronne crépite de lumière, buisson de feu dans la nuit. Elle nous annonce qu'une dernière parole va être dite : *Eli, Eli*... Le langage va traverser les lieux : passer d'un monde où l'on parle la langue forte, ivre d'elle-même, excessive par nature, l'universelle langue de la brutalité, les rires gras des soldats, les plaintes surjouées des repentants, les râles des larrons, les pleurs des femmes, à ce second lieu, où seule une phrase sera prononcée, à l'adresse de Dieu. *Eli, Eli*... Le Peintre ne croit pas au fantastique : Bosch l'amuse, mais son imaginaire d'évêque truculent et sadique le bat froid. Il cherche les changements d'atmosphère. Les glissements, de monde à monde.

Et pour cela, il faut un témoin. Un homme venu d'ailleurs. Un chevalier. Comme celui du livre que tout le monde lit en ce moment en ville, un chevalier à triste figure, un homme de papier. Le Peintre va chercher l'armure qu'il a refusé de vendre en quittant la Breestraat, la trouve désossée dans un sac de tissu. Il passe le heaume sur la tête. Il l'enlève en toussant, comment respire-t-on là-dedans ?

Ça ne va pas : l'armure, ses reflets, sur le mont chauve du Golgotha. Une affaire de contrastes. La lumière pointera sur le heaume, heurtera la nuit. Le chevalier doit être en simples habits. Et ne doit pas être chevalier. Il faut quelque chose de plus délicat, humble. Que connaît-il de fragile ? Titus. La taille de danseuse, le menton glabre, la fumée blonde de la chevelure de l'adolescent qu'il fut. Le Peintre n'a pas trouvé d'autre corps à la beauté, que le souvenir de son fils. Placer son fils auprès du Fils. Son Chérubin sur le mont chauve. Mais le témoin ne doit pas être un enfant. Un jeune homme sur un cheval de métal. Le Peintre l'habille en Florentin du Quattrocento. Le Peintre s'assied à sa table, et lit plusieurs fois à haute voix, dans sa bible de cuir marine : *les sépulcres s'ouvrirent, et plusieurs corps des saints qui étaient morts ressuscitèrent.* Le présent et l'avenir en une seule nuit. Conte fantastique : les morts se croisent, issus de tous les temps du monde. Le Golgotha du Peintre accueille la Renaissance florentine et l'invasion des barbares. Le Golgotha est le lieu où les morts, tous les morts, viennent assister au sacrifice. Le temps est aboli. Les heures n'ont plus de résonance. Le Peintre, dans cette nuit chaude, élabore son refuge. Le lieu où il se rendra, ces dix prochaines années, chercher ses visages, ses gestes, ses récits. Comme l'oiseau construit son nid dans un arbre choisi, le Peintre dessine à la pointe sèche cette demi-obscurité du mont du crâne.

Il ne le sait pas mais son allure change au cours de cette nuit. Ses gestes s'élargissent, ses épaules et sa nuque se musclent, il rapetisse, ses cheveux s'assèchent, la peau de ses phalanges se durcit jusqu'à la corne. Dans son jupon, il semble une guenon. Il marche pieds nus sur le chêne nervuré. Le bonnet blanc sale qu'il ne quitte jamais lui donne un air louche. Le porc de Margot est devenu sauvage, ruminant. Il ressemble au sanglier qu'il a gravé, affalé sur le bord d'une route, entouré d'enfants. La bête impose son odeur, la forme de son groin aux regards, oublie qu'il est proie, vulnérable, offre son ventre à gratter.

Quelle femme voudrait partager son lit avec ce nouvel homme-sanglier ?

Il grave dans le cuivre, sans dessin préparatoire. D'une traite, à la pointe sèche. Il verse l'encre, laisse baver, attend. Plus d'une minute, l'encre recouvre les deux tiers de la plaque. Jamais le Peintre n'a laissé tant de temps à l'encre pour étouffer le jour. Des personnages disparaissent, le mauvais larron est gobé par l'obscurité. Il passe aux bains, très vite, raccourcit le temps de morsure, refuse l'acide, son néon idolâtre. Deux, trois, quatre fois, les mêmes gestes. Il sort un papier gampi. Il imprime. *Les Trois Croix*.

La lumière s'élève du sol, puis se resserre sur le cavalier et le Crucifié. Ils ne se regardent pas, ne peuvent être contemporains. La prière de l'homme à cheval poursuit le cri de l'homme qui meurt. On frappe à la porte. Une nouvelle au mitan de la nuit.

Il tourne dans la pièce, sa figure se dessine à contre-jour sur le mur blafard. Il halète, de courts cris, saccadés, qui cognent entre les côtes sans parvenir à sortir. Ses yeux forment une plaie plissée, vitreuse. Il se débat, c'est un nerveux, l'a toujours été, a passé sa chemise par-dessus tête, l'a jetée à ses pieds, la piétine. Le combat est rude. La nuit a été blanche. Comme celle d'avant. Et d'encore avant. Et d'encore encore avant. Il a dit aux amis venus ce matin voir comment il allait depuis trois jours que c'est arrivé : j'ai dormi trois heures. Il ment.

Il se plante à la fenêtre, non pas pour regarder la foule du Rozengracht, non pas pour entendre les filles qui arrivent à leurs postes, non pas pour goûter au portugais, espagnol, yiddish, allemand, français, polonais des ouvriers à la sortie des manufactures, pas même pour compter les cochons, chiens, chevaux qui s'échinent dans la rue, ni pour sentir l'odeur lointaine et moisie du Prinsengracht qui en cet été d'épidémie a fondu sa noblesse en vapeurs de pus. Le Peintre ferme les yeux, bombe la poitrine, s'offre au souffle contaminé de la ville, à la maladie transparente qui flotte dans l'air : vas-y ma grande, puisque tu tiens à faire le chiffre.

D'autres pères, en des temps plus proches, se rendront chaque jour à la gare pour guetter les trains, s'approchant un peu plus du bord du quai, se précipitant un peu plus à la rencontre de la locomotive. Ce sont des pères qui se donnent à celle qui les a épargnés.

La cloche des brigades sanitaires dans la rue d'à côté : des hommes masqués tirent des brancards dans le coucher du soleil. La mort s'est partout installée dans cette ville, sur des chariots ou en fumée, pellicule de cendres sur les toits, broderies noires tendues aux fenêtres, taches aubergine sur les joues de jeunes femmes, souffles courts au coin des phrases. Sur l'eau aussi. Des centaines, des milliers de bébés ou petits enfants glissent sur les canaux de la ville, soigneusement alignés dans les barques, saupoudrés de poudre blanche antiseptique, semblables à de petits pains couverts de farine, convois de boulangers charoniens qui glissent vers les cimetières de pestiférés.

Titus ne sera pas parmi eux. Il n'est pas un bébé. Vingt-six ans. On l'a ramené parmi d'autres cadavres il y a trois jours. Tombé d'un coup. Parti le matin pour une course. A traîné sans raison. Une manie depuis toujours de ne pas aller droit aux choses, de dériver, de s'abandonner au vent. Mais ici le vent est charognard. Il est revenu en chariot sanitaire. *Vous voulez dire qu'il est malade ? Il est mort, monsieur. Mais on ne meurt pas si vite. Il devait être déjà malade, monsieur. Mais il ne m'a rien dit. Il vous l'a sans doute caché, monsieur.* Bien sûr qu'il était fragile. Enfin, la beauté.

Où sera-t-il enterré ? Le Peintre s'est rendu ce matin à la Westerkerk. Il a dit au pasteur : mon fils est très beau. Il a le sens du commerce. Il va être père dans trois mois. *C'est un pestiféré.* Le pasteur devenu thaumaturge des malades de la ville : *il faut trouver l'argent au plus vite pour l'enterrer, sinon on le brûle.* Le Peintre n'a pas d'argent, ses dernières toiles ne se vendront ni aujourd'hui, ni demain. Cinq jours qu'il cherche comment payer la tombe de son fils. Il s'est même dit furtivement, je devrais demander à Titus. Lui saurait comment trouver l'argent. Il répète dans cet atelier : mon fils a le sens du commerce, pas comme son père. Ça, avant, il le disait en souriant, aux copains, à Menasseh et aux autres, remplissait leur verre et répétait : Titus sait faire de l'argent, pas comme son père ! Et tous riaient autour de lui, dans la pièce à vivre de cet appartement aux murs convexes.

Debout, les bras tombants. Les mains qui ne cherchent pas les palettes, les mains qui ne caressent pas les pinceaux, les mains qui ne remplissent ni ne vident les pots de vinaigre, d'eau chaude, de chlorure de sodium qui s'alignent sur la table, crânes vides sur une planche de dissection. Le Peintre attend que la minute passe, puis entame la suivante. Cet homme qui a passé sa vie à se lancer dans des projets minuscules ou immenses, des visages, des mains, des pieds, sales ou bosselés, des paons plus beaux morts que vifs, des perroquets aux ailes moirées, des corps massifs, des fesses tombantes, des jeunes hommes superbes, des filles laides, des vieilles savantes, des joues creuses, des lèvres lasses, des ombres du Christ, des vestes de velours ambré, des capes de soie, des pieds de lit d'or massif, des chaussons brodés, des tissus transparents qui laissent voir les seins gonflés, des sexes qui s'entrouvrent, des lèvres qui se rétractent sous les poils, des joues de femme creusées, des pénis retroussés et taquins, des doigts lubriques de vieillard, des robes décolorées, des terreurs de prince de Babylone, des corps éventrés, de dignes magistrats, de simples condamnés à mort, cet homme demeure debout, les genoux rentrés, les mains dans le vide. Son dos mou est couvert de plaques rouges, quelques poils blancs sortent de ses tétons comme un lait moisi.

Il est blessé derrière le crâne. C'est pour ça qu'il a cette lumière verte sur les tempes ? Il est mort dans la rue, tombé devant les passants, personne n'a eu le temps de le retenir.

Ton fils a vécu vingt-six ans, et toi tu entames ta soixante-quatrième année, la providence t'a choisi pour survivre à ton fils, comme tu as survécu à ta femme, comme tu as survécu à tes parents, à ton frère, comme tu as survécu aux deux Cornelia, tes filles, et à ton premier fils, Rombertus, le petit qui n'a pas traversé sa première nuit. Tu te réveilles quelquefois à l'heure où tu crois que le cœur du petit Rombertus a lâché, entre quatre et cinq heures du matin, ce jour où tu pensais te réveiller père. Rombertus ce fut le premier coup, rude, mais tu pouvais encore t'échapper, te planquer dans le travail, tu avais ta vie à faire, tu devinais qu'un autre fils viendrait. Tu avais trente ans, la force d'affronter la douleur, de la ruminer, de la diluer dans ton sang. Titus, c'est trop lourd, c'est Énée qui porte Anchise, pas le vieux qui porte le corps mort de son fils.

À la fenêtre, torse nu, il veut narguer la peste, lui cracher à la gueule, lui montrer sa tête épuisée, ses nuits blanches, ses soixante-quatre années de vie ininterrompue. La maladie, en l'épargnant, lui renvoie l'évidence de sa force. Il déteste se sentir du côté des lions. Se souvenir qu'il fut, qu'il demeure un dominant. Un père. Ce matin, il veut en finir avec cette arrogance biologique. Il y a quelque chose de haïssable dans le patriarcat qui vieillit.

Il se retourne, ses yeux passent sur la *Femme-écrevisse*. La gravure accrochée dans la lumière du jour. La seule qui lui reste, après la poussière, les déménagements, le départ de Margot.

— Il a l'instinct de l'argent, mon fils, le sens du commerce !

Il gueule fort le Peintre, et tombe à quatre pattes. Le fils est tombé dans la rue, d'un coup, bien sûr qu'il est tombé, sinon quoi ? *Il n'est pas tombé monsieur, il s'est lancé, il n'était pas malade, il s'est rué sous les roues*. Il rampe jusqu'à la table, attrape le dessin de Titus. Il le roule en boule et le met dans sa bouche. Il mâche et déglutit, déglutit et mâche, son regard passe par la fenêtre.

Bien sûr qu'il est tombé, la peste l'a poussé sous les roues du chariot, dans ce quartier pourri du sud de l'Amstel où le Peintre ne l'a jamais emmené enfant, il a toujours veillé à ce qu'il grandisse dans un lieu calme, beau, riche. Mais Titus n'a pas souffert du changement.

Je crois que je préfère le Rozengracht à la Breestraat c'est mieux pour ton travail, papa, c'est plus divers. Et je resterai vivre avec toi, papa. Non, je n'ai pas envie de me marier. Laisse-moi encore un an, papa. Juste un an et je partirai.

Il veut l'enterrer parmi ceux qui leur ont tourné le dos depuis qu'ils sont ruinés. L'enterrer au centre de la ville. Dans le plus beau des temples. La Westerkerk se présente au bout du Rozengracht. Flambant neuve. Animée par la foule qui la pénètre. Ses hauts murs blancs, à peine jaunis par la pluie. Le plus vaste temple du continent. Un lieu pensé pour la cohue. Est-ce une halle aux grains, une Bourse, une église ? Y vend-on ? Y négocie-t-on ? Y prie-t-on ? Chaque habitant d'Amsterdam sait que la Westerkerk est devenue l'emblème de leur ville : une église qui ressemble à une halle, une halle qui se veut un lieu sacré. Temple de la République. Dans cette église, les tombes affleurent au sol par des dalles où sont gravés les noms, les dates d'existence du mort. L'enterrer parmi les nobles. Titus Van… Nous rendons les hommages à notre prince. Dans la Westerkerk et sa folle austérité, la Westerkerk et son refus des recoins, des chapelles, des sculptures, des serpents piétinés, des anges implorants, des femmes à genoux, des démons édentés, des têtes ombrées, des chagrins infinis et des grâces éclatantes, des chérubins et des templiers, des gorgones et des archanges, des évangélistes et des derniers juges, des enfants qui viennent prendre la main du Seigneur, des couronnes de lumière, le Peintre va offrir une noblesse à son fils. Prince du vide. Dans le temple des Mercator Sapiens. Le Peintre riait il y a dix ans encore du discours de Barleus magnifiant le Mercator Sapiens, cette sagesse commerçante qui devenait l'unique pensée de cette ville. Nous n'avons rien à cacher. Nous disons ce que nous faisons, faisons ce que nous disons. Nous ne sommes pas des démagogues français. Celui qui refuse la lumière des lieux de rassemblement est celui qui dissimule. Nous ne dissimulons rien. La vie de chacun peut être connue par tous. Notre violence est droite, notre temple haut et clair, nos morts piétinés et libres.

Vivre dans la lumière ? Le Peintre est devenu riche grâce à leur désir de retrouver ce qu'ils avaient perdu : ces hommes aux âmes de cristal lui achetaient une ombre. Il les a suivis en tenant leurs ombres, comme un tailleur marche derrière les princes, portant leurs costumes de rechange. Mais maintenant c'est à son tour d'acheter la transparence. L'éclat cristallin d'une tombe d'aristocrate, en centre-ville.

Et revoilà Leiden sous les yeux du Peintre, la terre qu'il a fuie, le paysage qui se pointe dès que le monde s'effondre. A-t-il assez parlé de Leiden à Titus ? La pièce à vivre qu'il doit quitter au plus tôt, la roue des moulins qui chasse les survivants, la roue du moulin qui broie les natures faibles, ces turbines grincent si fortement à son oreille, elles vont le rendre sourd, lui interdire la peinture, il faut entendre ce que les gens se disent, ce qu'ils ruminent, ou hurlent, pour les représenter. Il ne veut pas finir comme l'autre, le vieux, *c'est ton père, embrasse-le*, non c'est un vieux qui a toujours été vieux, qui montrait son cul aux gens qui passent, *il a des habitudes ton père*, qui se saoulait à en crever, à en devenir aveugle à cinquante ans. Et ce vide de l'hiver qui s'ouvre les matins de gel, ce blanc poisseux, ce grand désert du pré figé par la glace, ce grand rien qui est la seule échappée – cet enfant court tout le temps, il finira par se faire mal – non il ne court pas, il va quelque part, veut franchir le mur de cet air glacé, sucré, glisser au plus loin dans les prés, que les turbines folles ne le rattrapent jamais. S'il n'y avait pas eu celle qui lui parlait le soir, chaque soir, serait-il devenu sourd ? *J'ai rencontré dans un pays proche d'ici une drôle de chose, une femme-écrevisse. Une femme-écrevisse ? Mais ça n'existe pas, maman. Si, je te dis que moi je l'ai vue. Tu as vu, toi, tout ce qui existe ? J'ai vu une femme-écrevisse dans une de mes promenades, quand j'étais enceinte de toi. C'est une créature inoffensive, je l'ai su tout de suite. Elle m'a rassurée, elle m'a dit qu'il ne m'arriverait jamais rien de grave, et à toi non plus.*

Depuis dix-sept ans, le Peintre n'a pas retracé les contours d'une femme-écrevisse. Il a essayé, n'a jamais retrouvé le mouvement initial à l'origine de chacune des variations. Il se sait proche de ces musiciens qui poursuivent un accord fondateur et archaïque, annihilé par les milliers de sons qui ont suivi. Le corps lui fait défaut. Margot est partie. A quitté la ville. En a été expulsée. Envoyée en maison. Prescience du juge. Et lui qui acceptait.

Le Spinhuis de Gouda, je n'en ai jamais entendu parler. Une maison humaine ? Bien sûr, croyez-vous que la République tolérerait des territoires d'inhumanité sur ses terres ? Une maison humaine et droite, pour les femmes perdues. Ne m'avez-vous pas dit qu'elle était folle ? Je ne sais pas, elle a des moments où elle n'est plus elle-même, c'est vrai, mais folle, je ne sais pas. N'est-elle pas dangereuse ? Elle me guette tous les jours, devant ma porte. N'est-ce pas une preuve de sa violence ? Je ne sais pas. Oui, je pense que si elle pouvait, elle m'attaquerait. C'est là-bas donc, monsieur, qu'il faut l'envoyer. Elle ne vous y ennuiera plus. Pensez à votre fils, il faut protéger votre fils.

Était-elle devenue réellement folle parmi les folles ? Le juge ne l'a pas tenu au courant. À l'époque, il avait déjà si peu dit. Et dix-sept ans ont passé.

Le Peintre n'a jamais pensé revenir la chercher. Il a la mémoire facile à purger. Il l'a internée pour protéger Titus. Il n'était pas possible de dire, de se dire à voix haute : je l'ai internée parce que j'avais honte. Honte de l'avoir désirée. Honte d'avoir été son amant. Honte de s'en être contenté. Honte de ne valoir pas plus que cette femme violente, grossière, ras de terre. Honte d'avoir cru qu'elle deviendrait autre chose qu'une femme sans imagination. Honte de s'être dit, avec une femme si franche et brute, je pourrais être moi. Honte de lui avoir fait croire qu'elle serait artiste. Honte de l'avoir habillée avec les vêtements de Saskia. Honte de n'avoir plus eu d'argent à lui donner pour la faire taire. Honte de ne longtemps pas avoir eu honte. Elle n'a jamais cessé de réclamer, d'abord elle a porté plainte au juge des affaires familiales, a voulu le contraindre à l'épouser, et puis elle est passée à l'argent. La première fois, elle est venue sonner, lui a lancé un chiffre, inouï, il a claqué la porte, et fait envoyer une enveloppe de plusieurs milliers de florins. Un simple mot est revenu : tu crois que je vais m'arrêter là ? Il a vendu quelques gravures, lui a donné les fourrures de Saskia, jusqu'aux bijoux. Sauf les boucles d'oreilles. Tu crois que je vais m'arrêter là ? Il est allé voir le juge des affaires familiales de la ville d'Amsterdam, celui qu'elle avait consulté un mois plus tôt pour se faire épouser – leur guerre privée était devenue publique, la risée de la ville : *Cette femme ne veut pas me laisser tranquille. Elle doit sortir de ma vie. J'ai un fils, monsieur le juge, il n'a pas sept ans, je ne peux pas faire sa ruine.*

Combien de fois avait-il rêvé qu'elle essayait de le tuer ? Elle était comme il l'avait connue, si imposante lorsqu'elle était nue, ses cheveux dansaient sur ses énormes tétons et ses lèvres ouvertes sur l'ivoire clair de ses dents d'éléphante, elle tenait une corde, il pensait qu'elle allait le pendre, mais non, elle doublait la corde, elle voulait l'étrangler, lui faire tirer la langue bleue. Un porc, elle voulait le tuer comme un porc. Et puis le passer à l'acide, l'écorcher vif et le frire. L'écrevisse était prête à tout.

Il avale le papier, calme. Sait comment il va payer la tombe de Titus.

Lairesse le trouve allongé au sol, à demi nu, somnolent sur une couverture, au pied de son chevalet. Une longue trace d'urine s'étale sur la jambe de son pantalon.

Le Peintre ouvre les yeux, un visage est penché sur lui. Il ne le reconnaît pas. Enfant, il en aurait eu peur.

Il refuse la main qu'il lui tend, s'agrippe à l'unique chaise de l'appartement et se hisse debout. Il se perd dans un voile sale, aux poignets brodés, la manche gauche est tachée et décousue, deux longs fils pendent sur ses cuisses, le tissu chiffonné ondule des épaules aux hanches, des auréoles jaunes partent de l'aine, et se rejoignent au diaphragme. La chemise du fils. Titus était plus grand, plus large que lui. Dans cette chemise, la sueur paternelle se mêle à la sueur froide du mort, fermente un alcool qui fera tout oublier : les yeux exorbités du cadavre, la maladie cachée, l'enfant de Titus qui va naître sans père. L'argent que le grand-père ne peut pas donner à son petit-fils. La puanteur soudaine de son corps. Une odeur installée un soir, et qui ne l'a plus lâché. La moisissure qui chemine en lui. Il a trente ans de plus que l'homme qui lui fait face. Il semble issu d'un monde précédent. Agamemnon, sorti des Enfers.

Lairesse, les mains enfoncées dans les poches de son veston, le dos légèrement voûté, se penche sur les gravures dispersées au mur. Il n'a pas perdu un centimètre de laideur.

— Vous avez toujours votre petit monstre, je vois. Comment avez-vous conçu le mouvement ? L'asymétrie des yeux, et des pinces et des antennes. La bête et la femme, vous les avez pensées ensemble, dessinées ensemble ? Pour l'écrevisse, c'est Karst, vous êtes parti de Karst ?

— Vous voulez prendre des cours dans mon atelier, monsieur Lairesse ? C'est le jeudi et le mardi. Mais il faut passer par Margot, c'est elle qui enregistre les nouveaux apprentis. Vous avez rencontré Margot, non ? Elle n'est pas là, s'occupe actuellement de Titus. Mon fils. Il vient d'apprendre à lire, elle lui fait réciter un conte, le flûtiste de Hamelin. Beaucoup de rats dans cette histoire. Je suis sûr que vous avez déjà dessiné des rats, monsieur Lairesse.

Lorsque le Peintre parle, ses doigts pianotent dans le vide.

Lairesse le dévisage avec sa rigueur de légiste, note les mouvements à contre-rythme de l'homme décrépit qui murmure d'une voix de ventre, ou même plus bas, une voix qui coule au gré des phrases, comme un chien se débat dans un tourbillon d'eau.

— Il y avait un jeune homme, qui était venu me voir, et qui s'intéressait à la *Femme-écrevisse*. Il avait une sorte d'orgueil radical dans ses traits. Je l'ai peint. Je crois que c'était vous.

— C'était moi. Je venais d'arriver en ville. J'avais beaucoup d'admiration pour vous.

— Vous n'avez pas d'enfant ?

— Deux fils.

— C'est beaucoup ça. Moi je n'ai jamais réussi jusque-là. J'étais bon qu'à engendrer des petits cadavres. Trois petits cadavres que nous avons mis au four avec Saskia. Mais Titus me suffit bien. L'éducation d'un fils, c'est une aventure, l'exploration d'un territoire. Je n'envie pas les rives du lac Texcoco, puisque j'ai Titus.

— C'est une grande chance.

— La dignité que vous aviez en venant chez moi ce jour-là. Une droiture, une chose impeccable. Vous savez ce que j'ai dit à Titus ? Je lui ai dit, ce serait bien que tu deviennes un homme comme ce Lairesse.

La peau de lait qui couvre les yeux du Peintre tressaille brièvement.

— Vous avez rencontré Titus ?

— Oui, ce jour-là. Il a l'air d'un homme bien.

— Il n'a jamais été un homme. C'est pour lui, la *Femme-écrevisse*. Je l'ai travaillée pour lui. Vous pouvez comprendre, vous avez fait une *Iphigénie*, je me souviens. Une eau-forte. Faut être coriace pour Iphigénie.

— On peint ce qu'on peut.

Le Peintre baisse les yeux, aiguise sa voix.

— Iphigénie n'a pas vingt ans. Et le père lui dit : allons nous promener avant mon départ à la guerre, ma chérie. J'aime cette façon qu'il a de lui murmurer, allons nous promener, le soleil se lève à peine, allons nous promener, ma fille...

Le Peintre tourne autour de sa chaise, monte dans les aigus puis redescend, ses yeux demeurent couverts d'un blanc intact. Il parle, parle, et évite sans cesse de regarder son interlocuteur, ou de se tourner vers la lumière ; un comédien dont on aurait bandé les yeux, affolé par le jour.

— Le problème, c'est la mère. Elle ne dit rien. Elle les laisse partir. Si la mère avait été mère, elle aurait prononcé un mot. Mais Iphigénie ne l'aurait pas écoutée, Iphigénie ne supporte pas l'odeur de sa mère. Vous comprenez, monsieur Lairesse, c'est une histoire de répugnance, Iphigénie, d'odeur que l'on ne peut plus supporter, parce qu'il y a trop de corps au palais et que la mort réclame son dû... Vous voyez bien, monsieur Lairesse, non ? L'odeur d'huile et de sperme de sa mère. Iphigénie l'a appris depuis qu'elle est enfant, ses parents sont comme des crabes, grimpés l'un sur l'autre, pinces enfoncées dans les sexe et anus de l'autre. Ils sont roi et reine d'un royaume qui décline. Sa mère s'enroule dans des tissus qu'elle commande de Pergame, des soies grenat qui la moulent de haut en bas, son père en devient furieux et aveugle, il suit la trace d'escargot de sa femme, les tissus trempés de son désir. Les deux autres, les aînés, ont accepté ce couple qui s'enivre de lui-même, Electre et Oreste se coursent, hurlent et se battent, ils sont les enfants terribles, les nourrices ne veulent plus les dompter, ils s'épanouissent dans leur solitude à deux, ce couple parental qu'ils singent, cette limite qu'ils frôlent sur leurs matelas mous. Mais Iphigénie est seule. La petite dernière. Savez-vous la vie d'un enfant qui grandit seul, sans attention ? Les mondes qu'il érige ? La certitude instinctive d'être un accident, une erreur commise et regrettée, qui croît d'année en année ? Iphigénie ne veut pas avoir été engendrée pour rien. Une chair crachée au sol. Iphigénie voudrait retourner de là où elle vient, du ventre où elle a poussé, elle se lève la nuit, et tente de rejoindre ses parents dans leur lit. Quelle idée, il n'est pas de place pour une enfant entre ces draps parfumés de myrrhe et brodés d'or sur lesquels leurs sexes tracent des nuages. Les domestiques sont réveillés pour la ramener à son lit. Mais Iphigénie insiste, elle est pénible, n'a pas dix ans, elle frappe la nuit à la porte de ses parents. On la raccompagne, elle pleure à la porte, elle supplie, même par terre elle dormirait, au pied de leur lit, on s'énerve, on menace, elle ne revient plus. Elle grandit, ressemble à sa mère, elle a hérité des formes et des creux de son corps. Ses hauts seins pointent, même sous d'informes tuniques. Mais la place est prise, et pour longtemps. Clytemnestre, à cinquante ans, parvient, encore, toujours, à faire éructer le père. Il faut parfois de l'aide, des instruments ou l'intervention de corps tarifés, mais peu importe, le chiffre demeure : trois fois par jour, tous les jours. Agamemnon, c'est la grande affaire de Clytemnestre, ce vers quoi elle tend chaque heure de son existence, le gage de sa réputation ; elle demeure celle qui le remembre, le dresse dès qu'elle le souhaite.

« Iphigénie, viens, allons nous promener, le soleil se lève à peine, allons voir la mer. » C'est ça qu'il lui dit, viens, le soleil se lève, viens ma fille...

Ils sont dans ce séjour lumineux du palais, le marbre rosit à l'aube, « viens, allons nous promener, Iphigénie ». Il est enfin temps d'être celle qu'elle attend d'être. Elle revêt un voile blanc, le blanc ne lui va qu'à elle, il n'est plus question pour Clytemnestre de porter du blanc, des émeraudes ou des fuchsias qui rehaussent son menton de brune frémissante, brune du nord aux yeux clairs, mais le blanc la tourne moribonde. Iphigénie a toujours bonne mine, et son père, qui ne lui a jamais fait de compliment, la voit arriver, et lui dit, « tu as bien fait de mettre du blanc ». Elle décèle une douceur dans sa voix qu'elle ignorait, sans doute est-ce cette guerre à laquelle il s'apprête à participer sans enthousiasme ni désir, qui l'humanise, il a même hurlé, l'autre nuit, elle l'a épié par l'entrebâillement de la porte, il se dressait dans le lit, en sueur, enragé contre d'invisibles ordonnateurs, sa mère pour qu'il se calme l'a longuement sucé. Iphigénie a pitié de son père, elle connaît ces images qui vous poursuivent, des animaux baignant dans leur sang, des porcelets dont on ouvre le ventre, nous les connaissons tous ces images, n'est-ce pas monsieur Lairesse ? Peut-être Iphigénie a-t-elle vu, toute petite, ce qu'elle ne devait pas voir ; il lui arrive de se réveiller en pleine nuit, une tête coupée de porcelet flottant sous ses yeux. Vous parvenez à dormir, monsieur Lairesse ?

Lairesse est incapable d'interrompre le récit du Peintre. Le jeune homme aux gants perle est tenu par la voix du vieux, et les tours qu'il accomplit autour de sa chaise.

— Agamemnon lui propose de grimper sur la falaise. Peut-être veut-il lui montrer l'armada de voiliers, lui décrire le débarquement qu'il a préparé depuis plusieurs mois. Peut-être a-t-il deviné qu'Iphigénie, dans l'ombre de leurs salons, s'est passionnée pour la stratégie navale. Que pensez-vous, monsieur Lairesse, il est possible qu'Iphigénie, morte à vingt ans, ait été un génie de la guerre ? Elle planifie l'arrivée des flottes, se projette des accostages sur des côtes sauvages, calcule le temps, l'allure des bateaux royaux. S'invente de minutieuses épopées jusqu'à Carthage ou Troie. Ils marchent, elle hésite à raconter à son père l'un des derniers plans de bataille qu'elle a élaborés, peut-être serait-il temps qu'il découvre qu'il peut compter sur sa fille. Il lui dit, « reposons-nous là, au cœur de la forêt ». Elle attend qu'il s'adresse à elle, ses tétons brun mauve fourmillent sous le voile blanc, c'est un jour de juin, un vent tiède s'infiltre entre ses seins, elle aime se sentir vierge, prête à se donner, ses cuisses se décollent l'une de l'autre, s'humidifient doucement, le père montre au loin un mouvement sur la mer, elle cherche au ras de l'écume le point désigné, il la contourne, attrape ses cheveux, raidit sa tête, elle supplie, le reflet du couteau sur le granit du rocher, « ne me tuez pas, papa, la lumière est douce à voir, la nuit souterraine ne l'est pas ». Agamemnon, le plus courageux des guerriers de Grèce, tranche la gorge de sa fille d'un mouvement sec, sans douleur s'est-il juré, comme s'il savait le mal d'être égorgé. La voix de sa fille coupée. Voilà l'histoire que vous avez peinte, monsieur Lairesse. Le tableau qui, si vous deviez mourir à l'instant, vous résumerait. Vous avez très tôt compris la passion de la mort qui règne dans cette ville. Et moi je n'ai rien su voir. Pourquoi êtes-vous là ? Titus va arriver, il va vous demander de partir, j'ai du travail.

— Vous m'avez fait appeler. Vous voulez me vendre la gravure. Votre petit monstre.

— Non, vous n'êtes pas venu pour la gravure, monsieur Lairesse, mais pour moi. Pour que je vous applaudisse de votre succès. Vous croyez que j'ignore à quel point vous êtes devenu célèbre à Amsterdam ? Vous croyez que Titus ne me raconte rien de ce qui se passe en ville ? Mon fils a le sens du commerce voyez-vous, il m'a dit à combien on vendait vos toiles. Vous êtes là pour que je vous dise que vous êtes superbe. Vous êtes Iphigénie, monsieur Lairesse, vous voulez que papa vous parle, et vous admire. Le succès l'impose. Le succès est terrorisé par le manque. Le succès est une bouteille percée, qui doit se remplir jour et nuit. Il lui faut avoir tout le monde, que tout le monde applaudisse. Plus on est aimé, plus il faut que l'on nous aime. S'il y a une chose que le désir de succès ôte, c'est la dignité. Observez les anonymes, monsieur Lairesse, observez leur grâce : Titus, Iphigénie, ce sont eux qui arrachent la dignité aux survivants. Vous et moi ne sommes pas dignes. Ne l'avons jamais été.

— Je suis simplement venu pour vous acheter la gravure.

Le Peintre ne dit plus rien, abruti par le calme déterminé de l'homme qui lui fait face. Il décroche la dernière *Femme-écrevisse* qu'il possède et l'emballe.

Le soir même dans un salon au bord du Prinsengracht, Lairesse lancera au milieu d'un cercle de gens : « Le Peintre ? Je sors de son atelier. Il n'est plus capable de rien, on dirait qu'il peint avec sa merde. »

(En 1700, Lairesse devient aveugle. Il a cinquante ans. Un effet, disent les médecins, de la syphilis qui rongeait sa mère lorsqu'elle l'avait mise au monde. Ce n'était donc pas une bête, mais une maladie qui créa Lairesse, lui dicta sa chasse à l'harmonie. Lorsqu'il perdit la vue, il cessa de peindre, même avec sa merde.

Son fils récupéra la *Femme-écrevisse* et la vendit l'année suivante à un armateur belge. Celui-ci la vendit ensuite à un collectionneur du nord de l'Italie. Mais en 1720, au cours du voyage entre Anvers et Padoue, la *Femme-écrevisse* fut placée dans une malle qui, lors du débarquement dans un port du Rhône, tomba à l'eau. La réaction fut immédiate, la malle remontée à quai, mais le mal était fait : la *Femme-écrevisse* était irrémédiablement abîmée. Grumeleuse et gluante, comme un foie de veau moisi. Les hommes de l'armateur belge la jetèrent, et remboursèrent le collectionneur de Padoue.)

Gouda, 1655

Elle me met au monde accroupie, les jambes écartées, la jupe relevée, la sueur qui graisse le crâne sous le chignon serré au sang, les pectoraux cambrés, rares muscles non affaiblis par les opales mauves, bleues et jaunes qui ponctuent ses épaules. Margot se fiche de la fatigue qui vient tordre ses vertèbres. Elle s'est cachée dans l'arrière-cuisine du Spinhuis de Gouda, l'autre nom de la prison pour les femmes de ce pays. Pour la première fois, elle va tenir entre ses mains quelque chose qui lui appartient : moi. On s'est appliqué à lui arracher tout ce qu'elle possédait. Une vieille fille de cinquante ans, jamais mariée, la nourrice du petit d'un célèbre peintre d'Amsterdam, jetée dehors du jour au lendemain, se croit-elle propriétaire de quoi que ce soit ? C'est une femme à dos de nageuse et chignon brun gris. Des lèvres serrées qui furent charnues. Des mains de ménagère, courtes et carrées. Elle s'est cachée depuis plus d'une heure dans l'arrière-cuisine. J'y vis mes premiers instants.

Margot reprend sa respiration, essuie ses doigts sur la non-couleur de son tablier – je sais qu'il n'existe pas de non-couleur, mais comment désigner ce lin sauvage, entre le brun chique et le vert fiente dont on pare les femmes d'ici ? Margot n'en est pourtant pas effacée. L'effet s'avère même étrange, et ce n'est pas là, je crois, le produit de ma mémoire enfumée. J'aime retenir d'elle ce front mat, inca, les reflets moites de ses avant-bras aux veines enlacées, algues sous l'eau opaque, sa peau de créature du Nouveau Monde.

Elle remplit son baquet de vinaigre. Me saisit par chacun de mes angles, me plonge dans cette eau salée et puante. La morsure commence.

Dans ses pupilles, se reflète ma transformation : moi qui n'étais qu'une plaque de cuivre gravé, m'assombris sur le bord gauche, m'éclaircis au centre, me noircis au ventre. Elle guette dans l'eau les formes qui apparaissent les unes après les autres, le vernis qui coule et se fige dans les creux du cuivre, les crevés qui bavent, l'encre qui s'échappe et se mêle au vinaigre, en avive l'obscurité. J'atteins ce lieu entre le noir et le blanc où j'habiterai pour quatre siècles. Elle rit toute seule de la métamorphose, me sort, me plonge, me ressort, me replonge : six bains, pas un de plus, pas un de moins. Six bains au cours desquels l'acide du vinaigre se fait abrasif, me lisse, me décape, me découpe, me repolit et me redessine. Margot applique les règles que lui a apprises l'autre petit salaud : *een Monster*, les bains multiples, qui doivent se succéder. *Een kleine*

Monster, le petit salaud n'en ratait pas un. Quand elle se le désigne, elle se le précise toujours petit. Ils s'en amusaient qu'elle soit haute et bruyante, et lui nain et tendre. Le petit nerveux et la grande flegmatique.

La dernière fois qu'elle a prononcé son nom fut le jour où la charrette est venue la chercher pour l'emmener ici, à l'asile de Gouda. On lui a montré l'ordre d'internement, elle a lu trois fois le nom du Peintre apposé au bas de la feuille officielle.

Spinhuis, maison pour femmes créée par la République. Envoyée parmi les homosexuelles, prostituées, mendiantes, folles. Il fut simple de lui attribuer l'un de ces crimes. Elle a perdu ses esprits, témoignait le Peintre, se présente chez moi tous les jours, me demande de l'argent, ou le mariage, me menace. En arrivant ici, elle a cru qu'il s'agissait d'une mise en garde. D'un passage de deux ou trois jours, pour lui faire peur. Personne ne peut imaginer vivre dix-sept ans en asile.

Elle cesse les bains et appose la feuille, puis m'installe sous la presse qu'elle s'est construite en cachette, dans cette arrière-cuisine où peu affrontent l'odeur des navets blets. Dévernissage, impression, encrage, ma transmigration a lieu ; de cuivre je deviens papier, de métal, je deviens gravure.

Margot que l'on dit aveuglée, « vous êtes perdue dans la nuit de votre esprit », vient de créer l'œuvre la plus détaillée que l'on puisse réaliser à l'œil nu. Elle m'a créée sur papier gampi. Elle n'avait qu'une feuille. Il lui a fallu quatre ans pour l'utiliser. Quatre ans pour se jeter à l'eau. Si elle n'était parvenue à graver ce matin ce qu'elle voulait, elle aurait dû choisir un papier plus commun, et je ne serais pas de cette teinte de perle sauvage, brute, juste crachée dans le sable de la rivière.

Margot me brandit au-dessus de sa tête, triomphante et épuisée, m'observe à la lumière amputée d'une fenêtre à barreaux. La presse qu'elle a construite tremble de ce qu'elle vient d'accomplir : une seule impression qui a duré plus d'une demi-heure. Étant donné l'état de la presse, les bras tordus et le bois effrité, moisi par l'humidité, il y a de grandes chances que je sois sa première et dernière création. Je suis dès ma naissance un objet rare, unique : une fière aberration. Elle me caresse du bout des doigts, s'assurant que ma présence n'est pas un de ces rêves délirants qu'elle fait une ou deux fois par an : elle dessine quelque chose de si puissant que le Spinhuis s'effondre, et dans les ruines, le Peintre revient et demande de lui pardonner. Elle refuse. Il supplie. Elle refuse encore. Il s'en va. Elle l'appelle. Ils reprennent la vie telle qu'ils l'ont partagée au début à Amsterdam. Le petit nerveux et la grande flegmatique.

À haute voix, elle me baptise : *Femme-écrevisse.* Au bas, à droite de l'eau-forte, elle signe de sa plume, *Rembrandt. 1655.* Efficace comme cinq coups d'éventail sur une table en verre. Dans cette minuscule arrière-cuisine où je vois le jour, cette chambre noire qu'elle s'est installée, ne se trouvent ni table basse, ni éventail. Une poignée de céleris moisis pour se donner un peu d'air, et une caisse vide pour faire résonner mon nom. Si le lieu de naissance déterminait la vie à venir, j'aurais envie de retourner dans le rien précédent. Si ce n'est ce que m'annonce le corps ivre et éléphantesque de cette femme qui esquisse une danse de son cru, célébrant son indéniable et absolu triomphe : créer quelque chose comme moi dans le dos du monde. Emprunter à ce salaud de petit salaud sa meilleure technique, et son nom. S'inventer toute seule, par ma naissance à moi. Comme d'autres avant elle ont tracé des formes vivantes sur les parois des catacombes. Notre arrière-cuisine vaut une grotte, l'odeur de pourriture en plus. Margot danse, silencieusement, pour n'alerter personne, ses pieds nus glissent sur les dalles écartées, parmi les caisses et les bouteilles vides, lève ses mains tachées d'encre vers les poutres de chêne brûlé qui la couvent. L'euphorie d'un chien qui s'approprie un nouveau territoire.

— Premier service !

Elle vide l'acide de ses pots de céramique, couvre la presse, emballe la pointe sèche, précieuse, volée elle aussi dans l'atelier du monstre. Elle me glisse sous un torchon au fond d'une étagère, nichée contre une pile de casseroles d'étain.

Je m'y vois pour la première fois : nue, femme, en mouvement. Et une tête de bête. Drôle de bête à carapace dont je ne connais pas encore le nom.

Dans ma cache, je discerne peu à peu des dessins face à moi. Des formes au fusain, libres et souples, que Margot a sans doute conçues en m'attendant. Rien à voir avec la précision maniaque avec laquelle j'ai été conçue, ces traits de la pointe sèche qui m'empêchent de bouger, filets aux mailles serrées. Il faut que je m'habitue à ces filons. Bientôt je ne les sentirai plus. Mais n'oublierai pas que je suis une gravure, une représentation précise, absolument fidèle, du vivant. Sur les dessins qui m'entourent, les figures au fusain s'ébattent. Des silhouettes brossées à grands traits, des femmes, toujours des femmes aux visages penchés.

On leur avait dit, si vous voulez échapper au Spinhuis, embarquez pour le Nouveau Monde. Cinq d'entre elles ont accepté. Margot les a dessinées avant qu'elles partent sur du papier écorné, humidifié par l'air moisi de cette arrière-cuisine. La liberté et la peur dans leurs airs vaillants. Elles ne regardent pas Margot, guettent une chose derrière son épaule : une obscure menace, un souvenir, une possibilité de fuite. Elles sont aussi ce que le Spinhuis a fait d'elles, des captives, des rates musquées prises dans la cage.

Margot vient me voir très tôt chaque matin. Elle se lève avant la première lueur du jour, et me sort de ma cache. Elle passe ses mains sur mes pieds, mon ventre, je sens les vaguelettes de la peau sur les os de ses phalanges. Elle me parle comme plus personne ne me parlera après elle. Chaque fin de nuit, elle poursuit son histoire, ce qu'elle a été, ce qu'elle demeure. Elle répète souvent la même phrase :

— Je n'ai pas toujours ressemblé à ça tu sais.

Je ne sais si elle entend par « ça » son apparence ou la mienne. Je ne sais à quel point nous sommes semblables, je ne l'ai jamais vue nue, et je ne me suis pas encore habituée à ma propre image.

— Je suis une fille du bord de mer.

Fille de capitaine, elle a grandi sur le port. Elle apprenait à parler dans l'odeur de morue et de cabillaud, de crevettes et de bière dégueulée, parmi les perruches à houppe jaune et perroquets d'Amérique qui se délivrent des cales avant que les navires n'accostent.

— Enfant, j'avais toujours faim. J'étais bien nourrie, mais je croyais manquer de tout.

Parfois, la nuit, certaines femmes se lèvent, et se rendent aux urinoirs, leurs pas hésitants nous interrompent.

Margot me décrit cette torsion du ventre qui guidait son enfance, sa jeunesse, le temps inassouvi, ces hommes qui traversaient la brume de ses rêves, ses doigts qui découvraient son sexe, qui devenaient d'experts spéléologues, cette chaleur du plaisir qui la calmait de brefs instants. Son mariage précoce : son visage change pour en parler, il gonfle et se lisse, chatoie dans le noir. Elle s'est mariée à seize ans, a cru, par l'intrusion d'un corps dans sa vie, qu'elle cesserait d'avoir faim. Au début, oui, ils baisaient quatre, cinq fois par jour. Mais l'homme, un militaire, partait souvent, chasser les catholiques, maures ou réformistes, selon les saisons. Rentrait calme. Trop calme. Et puis il y eut l'autre. Le Peintre. Elle ne me parle pas de leur intimité, n'y parvient pas, mais de leurs moments de gravure. Elle répète, s'il me l'a appris, c'est qu'il espérait quelque chose.

Margot, c'est sa foi, forgée ici, entre les coups et le travail, le travail et les coups, comme un muscle qui aurait poussé autour de sa colonne vertébrale et l'aurait tenue droite, de croire que le Peintre a voulu un jour faire d'elle son alter ego. Je n'ai jamais su si elle me racontait la vérité, s'il lui avait réellement appris à graver, ou si elle ne l'avait pas plutôt observé longtemps pour parvenir ainsi à l'imiter.

De soir en soir, je m'aperçois que ses paumes refroidissent.

— Il a changé, sans que je m'en aperçoive. Il n'était plus heureux à la gravure. Je lui disais qu'il allait avoir cinquante ans, qu'il était déjà celui qu'il était, qu'il ne pouvait pas être mille. Seuls les morts peuvent devenir quelqu'un d'autre. Mais non, il avait ce désir d'être neuf, tous les jours un autre, un autre geste, une autre technique, d'autres couleurs, formes. *Je ne suis pas la femme de Loth, tu vois Margot ? Je ne veux pas finir figé dans du sel*, il disait. Nous sommes tous un peu la femme de Loth, je répondais, vieillir c'est se figer, tant de gens se réjouissent de savoir enfin qui ils sont, tant de gens se réjouissent de s'arrêter un peu. Tu sais moi je crois que j'ai toujours vécu pour être vieille.

Arrête de dire n'importe quoi, Margot ! La vieillesse est une catastrophe.

Je ne saisis d'elle la nuit que son profil fuselé, et raboté par les rides. Son chignon dans l'obscurité tourne argenté, et ses mains squelettiques. Elle a cent vingt ans dans cette obscurité. Une pieuvre pleine d'encre qui ne parviendrait pas à cracher son dernier jet.

Un matin, elle ne parle plus, me sort de ma cache, m'encadre, m'emballe, il fait encore nuit lorsqu'elle me confie à des mains étrangères. Je m'imprègne du moite glacé de ses paumes lorsqu'elle lisse le papier sur mon cadre. Elle se sépare de moi sans un mot. J'ai été créée pour être transmise de main en main, dessinée pour être envoyée à la figure de ceux qui me verront, le dernier cri d'une femme qui n'a pas le droit d'élever la voix. Elle murmure à un garçon en posant une pièce dans sa main, somme d'une année de travail : emmène-la sur le port, chez mes parents, ils sauront bien quoi en faire. Dis-leur, en souvenir de Margot, la petite fille du port qui porte votre nom.

La voiture roule, au gré des cahots des roues et de la boue des chemins. Les champs défilent, les peupliers se penchent en avant sous l'averse. À l'horizon, je devine encore les femmes, par les fenêtres du Spinhuis. Elles sont à la couture, à la cuisine, au ménage. Silhouettes découpées par les barreaux. Travail et marche, marche et travail. Une manufacture dite hôpital. Elles se noient dans l'uniformité de leurs robes de lin. La longue chiffe molle, taiseuse, formée par ces esclaves abruties par la faim. Les cuisses aussi étroites que les chevilles, les ventres qui se creusent de porter le vide, les épaules qui menottent les torses plats. Celui qui longe l'asile, sent-il les haleines infectes de la bile et des gencives des femmes qui moisissent ? Suppose-t-il les dents qui branlent sur les mâchoires, puis se détachent et tombent, semant de légères gouttes de sang ? Devine-t-il les rots qui se coincent dans l'œsophage, et remontent, en gerbe vide, dans les bouches ? Ce sont cent femmes à corps de fillette et mains de vieille. Ce sont cent femmes que l'on n'a pas envie de connaître, pas même d'approcher, réflexe physique, se protéger du spectacle de la déchéance : centaines de faces burinées, aspirées ou gonflées par la faim, tailladées par la fatigue, ou atteintes de mystérieuses maladies de peau. L'une d'elles, piquetée de la tête aux pieds, semble un tas de grains de raisin. À l'autre, il manque un bras. Cent femmes qui me connaissent, ont été bercées par mon récit que leur a mille fois raconté Margot.

Cette bête qui, imaginez-vous, n'était pas vraiment une écrevisse, mais pas une femme non plus, une chose entre les deux. Une sirène ? Non, pas une sirène, une sorte de monstre, un peu comme le dragon, vous savez, celui dont on coupe la tête, et y en a dix autres qui repoussent. Celui de la Bible ? Oui, celui-là, sauf qu'elle n'a rien à voir avec Dieu, faut pas croire, elle n'était pas si impressionnante, mais c'était une sale bête, à n'en pas douter, une sale bête qui devait venir de loin, vivre parmi les Noirs, ou les

Indiens. Je suis sûre qu'il l'avait vue chez quelqu'un qui revenait du pays des Indiens.

Margot m'avait dessinée un soir de vaisselle alors qu'elles étaient quelques-unes dans la cuisine, éveillées par leurs présences communes, par cette chaleur de leurs souffles, par une envie de rire, de redevenir petites filles, elle avait pris une craie, et sur le mur de l'évier, tracé une tête triangulaire et calme, des pinces prêtes à découper le monde, des cuisses plus lourdes qu'aucune d'entre elles n'en avaient jamais eu, et un sexe vivant et chevelu, une tête de singe avait soufflé une, et toutes avaient rigolé, une petite tête de gorille, brune et esclaffée, entre mes jambes. Et elles s'étaient dit qu'elles, leurs têtes de singe étaient ridées et rétrécies. Elles rigolaient : remarque, si avec ses pinces, elle pouvait découper les brigades d'ici, ce serait pas si mal. Margot a continué pendant des années : les mêmes récits, le même dessin. Et les autres ont cessé de l'écouter. Même au Spinhuis on ne peut tourner en rond sans fin. Pas un jour sans qu'elle en parle, la raconte en s'endormant. On a fini par l'appeler comme ça, la femme-écrevisse. Elle n'avait plus d'autre nom les dernières années.

Seule une jeune brune, seize ou dix-sept ans, œil noir taché de rose, a écouté Margot jusqu'à la fin. Ce n'était pas par pitié, mais il lui fallait savoir si cette femme à tête de crustacé avait pu, ici, dans ces paysages où les existences coulent, sous cette pluie continue qui engloutit les cris et dilue la fantaisie, survivre. Cette affaire l'éveillera longtemps au cours de la nuit : savoir si la bête, la sale bête, a pu trouver un coin tranquille dans ce pays où la terre s'égoutte en argile filandreuse.

Je m'en vais lui répondre, leur offrir à toutes ce qui leur est interdit : la vie prolongée. Leurs corps, lorsqu'elles meurent ici, n'ont pas de sépulture : on les brûle et les répand dans les marécages autour de la ville. Les cendres sont jetées au grand air, à la surface de l'étang derrière le Spinhuis. Livrées au ventre d'un héron, sève de l'oiseau, nid subaquatique d'une écrevisse. À moi donc de devenir leur pierre tombale.

II

GRÉGOIRE ET LUCIE

Paris, 1999

— Tu ne trouves pas qu'elle a un drôle de mouvement ?

— Elle danse.

— Tu as vu ses pinces ?

— Quoi ses pinces ?

— Elles sont ouvertes, vers nous. Elle ne danse pas. Elle commence à courir.

— Courir ? Les homards courent ?

— Non, pas un homard. C'est plus lourd, plus combatif un homard. Les pinces sont fines. Les antennes aussi. Et t'as vu la carapace ?

— Mais alors, c'est quoi ?

— Une écrevisse.

— Mais aussi une femme. Une femme à tête d'écrevisse.

— Ou une écrevisse à corps de femme.

— Un monstre ?

— Non, une femme-écrevisse.

— Qui danse.

— Ou qui prépare sa fuite.

— Ça changerait quoi qu'elle s'enfuie ou qu'elle danse ?
— Ça changerait tout.

Lucie et Grégoire se tiennent face à la gravure.

L'une se dégage doucement de l'enfance, l'autre s'avance dans l'âge adulte. L'une s'anime, d'une vie nerveuse, l'autre d'une immobilité minérale, une aristocratie instinctive, des gestes économes. Son visage à elle pourrait s'effacer de votre mémoire dans la minute. Il vous faudrait insister, chercher une voie entre le charnu et l'essoufflé, le bleu du cerne et la narine écarquillée, l'or des yeux et l'ovale du menton, le cheveu frisé et l'incessant mouvement des lèvres, pour déceler son charme de jeune fille. Le charme des bouquets de fleurs disparates qui s'harmonisent à la lumière du matin. Lui n'a besoin d'aucune lumière particulière. Son profil, sa silhouette, son mouvement resteront longtemps en vous. C'est ainsi, depuis le début, Grégoire entre dans une pièce, les conversations baissent, les regards se lèvent ; il est attendu.

— Grégoire, pourquoi personne ne s'arrête pour la regarder, à part nous ?
— Parce qu'ils la trouvent repoussante.

Et elle l'est, cette monstresse de tableau. Comme les corps de ces poissons rouges qui flottaient, ventre à l'air, dans les aquariums des sept ans de Lucie : elle jurait, ce n'est pas ma faute, j'ai versé la moitié de la nourriture dans l'eau, je ne savais pas, ce n'est pas ma faute. Grégoire la défendait. Il pardonne tout à sa sœur.

— C'est quelqu'un de connu ? Un dieu, ou quelque chose dans le genre ?
— Ça n'a pas d'importance, Lucie.

Lucie parle trop, n'observe pas assez la gravure que son frère lui montre. La créature est jetée dans le paysage. Il n'y a ni arbre, ni ombre dans ces champs infinis, elle est sommée de s'adapter à ce monde sans assises. Derrière elle, au loin, tremblante et brouillée, une vallée traversée d'une route, fine et étroite, une vallée qui pourrait être l'une de celles qui sillonnent ces champs bosselés de Beauce, ces étendues muettes et criardes de colza que l'on franchit en arrivant à Paris, avant de parvenir à ce musée, forteresse dentelée et éléphantesque au bord de la Seine, à cette salle 33, traversée de groupes à semelles de caoutchouc et de monologues épuisés d'audioguide.

— Pourquoi tu voulais me la montrer, Grégoire ?

Par la fenêtre, on aperçoit la cime de la pyramide, sa pointe empruntant le soleil, le rendant écarlate, martien.

— Pour que tu me dises ce que t'en penses.

Lucie aimerait trouver le mot qui la ferait accéder à la hauteur de son frère. Il l'a acceptée auprès de lui depuis ce matin, lui a fait écouter sa musique, Petrucciani, Moby, Davis, Garnier, Debussy, les Floyd, les Dead, Dylan, Coltrane, ils étaient à l'abri, au cinquième étage de la rue de la Manutention, ils ont partagé une pizza, peu parlé, elle pensait déjà à ce film zombiesque qu'ils avaient prévu de revoir ce soir, *Blue Velvet*, Grégoire buvait son café, et s'est tourné vers elle : « On retourne au Louvre, j'ai un truc à te montrer. — Encore ? — Oui, encore. » Ils étaient à Beaubourg la semaine précédente. Au musée de l'Homme il y a trois jours. À Guimet il y a deux semaines. Ils traînent dans les musées, avec un acharnement de naufragés. Que cherchent-ils dans ces salles glacées, parmi touristes et retraités ? À abattre les après-midi, comme les murs se lézardent dans un appartement délabré. À force de passer de film en musée chaque week-end, ils deviennent des cyclones d'images, statiques et épuisés.

— Donne-moi un indice.
— C'est pas un jeu, Lulu.

Est-ce parce qu'elle a dix-sept ans qu'elle ne parvient pas à trouver le mot juste ? Est-ce parce qu'elle n'a pas les presque vingt ans des filles qu'il ramenait à l'appartement jusqu'à l'année dernière, les filles qui restaient jusqu'au petit déjeuner, leur assurance charmeuse, leurs mots qui ne valaient rien mais qui sonnaient léger, bulles de savon soufflées de leurs lèvres lisses ? Ces filles qu'elle haïssait si fortement, leurs poignets fins, la transparence de leurs dents alignées en garde impériale. Leurs turbans colorés et leurs mèches acidifiées. Ces filles bronzées hiver comme été, de l'île de Ré ou de Val d'Isère, de Sperone ou de Saint-Barth ; Justine, Virginie, Chloé, Émilie, Victoire, Blandine… Le genre en deux-pièces échancrés, à rayures blanches et rouges, photographiées sur le ponton d'une maison de vacances. Le genre en jeans retournés à la cheville et chemises d'homme, laissant échapper un rire cave de leurs lèvres lisses. Le genre à danser sur du funk, dans un appartement au bord de la Seine, pour les dix-huit ans du plus beau garçon qu'elles connaissent. Le genre à porter des bottes en skaï sous une jupe plissée dans des boîtes de Pigalle, ou de l'avenue Marceau. Le genre à disparaître, du jour au lendemain, à ne pas même passer un coup de fil pour les vingt ans du garçon, le genre à le laisser seul, errer dans les musées, sa petite sœur sur les talons, en esprit protecteur.

Au sol, des roses brodées se fraient un passage parmi les crampons de caoutchouc qui s'arrachent au parquet. Midi accélère le pas des groupes. Leur tourne le dos un couple chauve de copistes, assis sur le banc, concentré sur la rouge concupiscence d'un évangéliste. « You can't miss the 33rd room », martèlent les audioguides, « you can find there two or three masterpieces ». Une léthargie mielleuse étire la voix enregistrée : « Ici, le Peintre a défié Amsterdam, les puritains d'Amsterdam, en livrant le corps nu d'une Bethsabée, enceinte, qui se donne au roi David sur cette couverture d'or, cet or qui confère une splendeur aveuglante, irréelle au sacrifice. » Le Chinois tient son chapeau entre les mains, en fidèle, devant la femme nue. Le gardien s'est retiré dans l'ombre, a sorti un livre de poche.

Dans l'ignorance de tous, la femme-écrevisse danse parmi les nuages et les buissons. Une simple créature qui transmet sa fuite, suspension virale qui contamine les esprits de ceux qui s'attardent.

Lucie a surpris sur le bureau de son frère les plans des villes étrangères, les *Guides du Routard*, a trouvé l'argent amassé et caché à l'avant-dernière page de *Last Exit to Brooklyn* : deux mille francs retirés du compte d'épargne, et du portefeuille du père. Il est prêt à partir, à la laisser dans ce vaste appartement d'une petite rue entre Seine et Trocadéro, cet appartement où ils ont grandi, plus ou moins seuls, plus ou moins dérangés par les affaires parentales, cet appartement où seule la lumière atlantique vient répondre au bip-bip du lave-vaisselle. Grégoire pourrait-il l'abandonner au clapotis du fleuve et au pépiement du canari de la voisine ? Aux dimanches de vent d'ouest, et aux clignotements des péniches ? Il ne pourra pas se passer d'elle. Il n'a jamais pu. Qui le suivrait sans un mot, lorsqu'en plein milieu d'un concert il se lève et part ? Qui accepterait de ne pas voir les fins des films au cinéma ? Qui tolérerait d'écouter du free jazz jusqu'à deux heures du matin ? Qui voudrait visiter les musées en silence, et au pas de course, dans un sens, puis dans l'autre ? Qui accepterait ses heures de silence à table, sans les interrompre ? Qui endurerait l'ombre passant sur son visage, qui le durcit par instants, comme on injecterait un liquide tétanisant dans ses joues soyeuses ?

Il ne partira pas. Il n'aura pas le cœur à la condamner à la mort lente de l'ouest parisien.

— Faut pas la voir comme une gravure.

— C'est pas une gravure ?

— Non. C'est l'image que Rembrandt a voulu laisser de lui-même.

— C'est une blague ?

— Non, c'est très sérieux.

— Qu'est-ce qu'il a fait après, autoportrait en bigorneau ?

Elle rit. Fracas d'un sac de billes vidé sur le parquet du Louvre.

Grégoire la fixe du regard. Sûr qu'il va lui hurler qu'il ne l'emmènera plus nulle part, qu'elle n'est qu'une sœur de trop, un corps à nourrir et sortir comme un chien, qu'il n'en peut plus des heures passées avec elle dans cet appartement trop calme, de ce quartier trop calme, de cette ville trop calme.

Entre salle 33 une classe, longue bulle d'affamés, menée par une conférencière qui accomplit un « voyage dans l'Amsterdam du Siècle d'or ». Lucie se tourne vers le mur, ses épaules montent et descendent, ivre Woody Woodpecker. La conférencière évoque le Peintre, comme s'il n'y eut que deux mains, dans cette ville d'Amsterdam, pour retenir les visages, les gestes et les foules. Le Peintre, cette conférencière au collier de lunettes perlé rouge, ne connaît que les deux syllabes de son nom, dont elle accentue les finales, à la manière, songe-t-elle sans doute, des Flamands de la République unie du XVIIe siècle, « Le Pan… tre ! » Elle récite la vie de l'homme avec une ferveur d'hagiographe, l'arrivée de ce garçon de province dans la ville du bruit et des explorateurs, sa richesse prompte et scandaleuse à vingt-cinq ans, son ascension parmi les puritains et les comptables, cette fresque d'ambitieux chapeautés et armés qui paracheva sa gloire, puis sa ruine, ses femmes, les folles et les mortes, les enfants, tombés un à un sur le champ de bataille de l'œuvre, mais enfin, quelle « EU… vrrre ! »

Les veines de la conférencière tressautent sur le dos de ses mains.

Lucie rit plus fort, attire l'œil méprisant de la conférencière, qui traîne son groupe vers la Bethsabée dans sa chambre d'or, ses pieds doux et vifs comme des mamelons, l'obscène résignation de cette femme et de ses orteils nus, puis le vieux Matthieu et derrière son épaule, l'ange goguenard. Mais ce qui excite beaucoup la conférencière, ce qui semble donner vie au pull de mohair sur l'étroitesse de sa cage thoracique, s'avère le *Bœuf écorché* : chair, tendons, cartilage, boyaux, l'intériorité dévoilée, la modernité en acte. C'est la révolution les enfants, ses lèvres s'étrécissent en cul de lapine : on ne cache plus rien, pas même la « Vérrrrrité » des corps.

— Ou la pisseuse à cervelle d'huître ?

Grégoire a murmuré à l'oreille de Lucie. Elle sent le contact des lèvres sur son lobe. Son beau visage s'anime et s'éclaire, son menton tremble : il se marre, la suit sans retenue. Et les voilà tous deux dans cette salle pleine, empêtrés dans un fou rire qui fait trembler leurs mains et leurs cuisses, tord leurs estomacs, mouille la culotte d'elle, le caleçon de lui, un rire qui file entre leurs jambes pour ne pas s'abandonner sur le parquet. Un rire qui les projette quinze ans plus tôt, alors qu'ils partageaient la même baignoire, elle, redressant son énorme tête de nourrisson, fixait hypnotisée le visage de son frère qui mettait de la mousse sur son nez, une grosse boule de mousse sur l'aiguille nasale, et elle avait ri, premier éclat de rire de ce corps qui balançait d'un côté à l'autre, et lui rigolait aussi, la boule de mousse sur son nez en savante otarie, il poussait ce rire aigu, son corps maigre tremblait dans l'eau tiède, il riait et ses côtes s'entrechoquaient en dominos dans son léger thorax, il riait comme seul on rit à cinq ans, haut et fort, pour explorer les frontières de sa puissance, de son corps, de sa joie. Ils rient, et sont babouins, loups, étoiles de mer. Ils rient, et sont neufs. Ils cherchent autour d'eux une cache où ils pourraient rire jusqu'au bout, les visiteurs les regardent sans comprendre, leurs rires se mêlent aux voix doctes et étirées des audioguides, et ils rient, la chaise du gardien grince, et ils rient, comme ils n'ont jamais ri, depuis la baignoire, la mousse, le début de la vie. Ils se baissent, les mains à plat sur leurs jambes, leurs yeux se croisent, ils se marrent de plus belle, comme deux alcoolos qui recommandent dès que l'autre a fini son verre. Les tempes et pommettes de Lucie virent rouge vif, Grégoire oscille en bilboquet, murmure, « la femme-écrevisse », et le rire repart entre eux, une ivresse qui tambourine, ils sont ces lave-linge qui deviennent fous à l'essorage, accélèrent, sur le point de décoller, ils tremblent et grondent, le rire les pousse au bord de l'effondrement, la machine ne s'arrête plus. Le rire les ébranle, et les meut. Comme une maladie transforme les gestes, les paroles, et les visages des êtres. Peu à peu ils reprennent leur respiration, et leurs cœurs ralentissent.

— Avoue, Grégoire, ça n'en valait pas la peine.

— De quoi ?

— Pour Rembrandt. De laisser une gravure pareille. Personne n'y comprend rien.

— Qui es-tu pour dire ce qui vaut la peine ? Qui es-tu d'ailleurs pour dire que personne n'y comprend rien ?

— Ça va, j'ai rien dit. On va boire une bière en face, rue de Rivoli ?

— C'est fou le peu d'imaginaire d'une minette.

— C'est fou la prétention d'un paumé.

— Ça marche pour la bière.

Sous les chauffages électriques de la terrasse, rue de Rivoli, la bière orne les fines narines de Grégoire d'un nuage mousseux. Il froisse l'aluminium de son paquet de cigarettes, joue avec la boule argentée, la fait sauter entre ses phalanges, en osselets qui glissent sans jamais chuter.

Il ne partira pas. S'il s'est lancé dans cette lubie des images, comme un ermite échappé du désert lape l'eau de la première source, c'est bien parce qu'il ne peut pas aller plus loin.

Grégoire,

Tu es un salaud. Un abject et infâme trouillard.

À mon réveil, je me suis ruée dans ta chambre, j'ai appelé dans le couloir, aperçu la porte d'entrée, compris. J'ai cherché dans ton carnet les numéros de Victoire, Pierre-Emmanuel, Édouard, Juliette… Me suis souvenue que tu n'avais plus d'amis.

J'ai cru que tu étais chez Ferdinand. Je suis montée le voir, il était à la fenêtre. Des restes de brioche étaient répandus sur son pull et son pantalon. Et il était pieds nus. Je suis allée lui chercher des chaussettes, il m'a suivi du regard. Lorsque je l'interrogeai sur ton départ, il me tendit ce sourire, que tu connais bien, et que tu es le seul à ne pas craindre. J'ai cherché dans son studio un indice de ton passage. Je n'ose pas croire que tu es parti sans l'embrasser. Il m'a souri jusqu'à mon départ.

En rentrant, j'ai été tentée de prévenir les parents. J'ai cherché le numéro de l'un de leurs hôtels à Cuba dressés en longue liste près du téléphone. Je ne les ai pas appelés, ils seraient capables de revenir. De ruiner ces trois semaines que nous nous préparions ici, seuls, au calme.

J'ai allumé une cigarette dans la cuisine, laissé brûler une pizza dans le four, attendu que le scandale de ton départ s'apaise en moi. Puis marché de pièce en pièce, du salon de télévision à la salle à manger, du balcon à ta chambre. J'ai fini par m'y installer. J'ai fermé les volets, ouvert le canapé-lit. J'écris couchée.

Me fixent, sur la tablette qui couvre le chauffage, ces figurines de caoutchouc, musiciens cubains ramenés par nos parents d'un de leurs premiers voyages là-bas. Ils sont assis, en costumes blancs, de longs cigares à la bouche, la batterie et le saxo à portée de main. Disposées toutes trois en concert. Es-tu parti à La Havane, Grégoire ?

Tu ne supportes pas l'avion. Tu chercherais un bateau ? Tu serais en ce moment même à Marseille, sur le port, calculant, combien de jours, de semaines pour rejoindre Cuba, combien de caps, peut-être le cap Horn, peut-être les baleines grises du Pacifique…

La lumière du crépuscule filtre à travers les volets. Je me rapproche de ces premiers observateurs de la Lune, dépouillés de véritables télescopes, se hissant, par l'imagination, auprès de leur astre. Ainsi, dans ta chambre au fond du couloir, je me prépare à mon alunissage. Grégoire, je sais ce qui t'a fait fuir cet appartement. Ce qui monte en toi, et que tu ne parviens pas à nommer. Je ne te laisserai pas quitter notre atmosphère. Je demeure près de toi. Comme on lance la tête dans la Voie lactée, je plonge parmi les rets caressants de ton esprit en orbite.

Waterloo Station a l'absurdité vindicative des lieux étrangers. Grégoire peine à s'orienter. Il cherche le nord, parce qu'un type, dans une fête, a chuchoté « Londres est une ville tracée du nord au sud ».

Exit 4, Tenison Way, Exit 5, Station Approach, Exit 6, Footbridge over York Road, Exit 7, Underground Station, Exit 8, Waterloo East Station.

« I'm looking for Ladbroke Grove, could you help me please ? » La femme en chignon derrière sa vitre de plexiglas dessine une boucle sur le plan qui traverse la ville. Dans le métro, Grégoire croit qu'on ne remarque que lui. Béret vissé sur la tête, pantalon de velours entuyautant ses cuisses maigres, veste de coton tabac, Clarks de danseuse… Il ne s'est pas changé depuis qu'il a quitté Paris la veille. Il a attendu sur le rebord de son lit jusqu'à cinq heures du matin, guetté le silence de l'appartement, puis le départ de ses parents.

Lucie a dû se réveiller une ou deux heures plus tard, trouver son mot dans la cuisine.

Le métro ne désemplit pas, de nouveaux corps bariolés se tiennent autour de Grégoire, de nouveaux regards se posent sur lui. Il ôte le béret, et l'enfonce dans sa poche arrière. La foule persiste à le dévisager, croit-il. Ladbroke Grove, South Kensington.

À treize ans, il avait rendu visite à un correspondant qui habitait South Kensington : il connut des promenades sans but, des Dr. Martens alignées dans les vitrines, un cinéma sous la pluie, des mines délabrées aux vagues airs de Jagger, des bébés assis et graves dans leurs poussettes. Rien n'a changé, l'argent de Londres a la lumineuse arrogance d'une rockeuse puritaine.

Portobello Road. Le marché se prépare. Parmi les meubles astiqués, les commodes victoriennes et les bouilloires d'époque, malaise de Boucle d'or dans la maison des trois ours ; aucune façade ne sied tout à fait à la taille de ce qui se trame en lui. Comme Boucle d'or, il s'apprête à se rendre dans une maison qui n'est pas la sienne. Un lieu perdu dans la forêt de son ignorance. Il loue une chambre dans un Bed and Breakfast au deuxième étage du 6, Lancaster Road. Il glisse l'argent de deux semaines dans une enveloppe, et descend pour la donner à la logeuse, assise devant la télé, qui le remercie à peine.

Dehors, un jardinet. Un potager clos par une palissade. Un homme moustachu, à catogan poivre et sel, bêche le potager sous la pluie. Bottes débordées par la boue. Le bruit gras du caoutchouc immergé dans l'eau noire.

Lucie, il y a quinze ans, sa paume triangulaire, minuscule, tremblante dans les bois boueux du parc de Saint-Cloud, sous la même pluie. Elle se cachait derrière un buisson, s'accroupissait, pose grotesque de l'espion en mission, « chut », ce doigt potelé sur ses lèvres, « chut, chut, chut, Lulu et Grégoire se taisent, chut, chut, chut, ils ne nous retrouveront pas... »

Il l'appellera la semaine prochaine, lorsqu'il sera bien installé. Il lui dira qu'il ouvre la voie de sa propre fuite. Les grands frères sont là pour creuser le futur, Lulu. Il parlera de l'avenir. De ce que sa fuite à lui va lui permettre de vivre à elle. Du fils prodigue, qui devait partir pour laisser aux autres l'espace de l'attendre. *Ton frère que voici était mort, et il est revenu à la vie.*

Est-il déjà temps de se rendre au 224, Portobello Road ? Adresse imprimée en lui, née de cette phrase de son grand-père, une de ses dernières, quelques mois plus tôt. Ferdinand était posté à la fenêtre, les yeux levés au ciel, ce guet qu'il ne quitte plus beaucoup. Et comme ça, au milieu de rien : « Tu devrais passer chez Schechter Bookshop, à Londres, j'ai une commande en attente. » La plus longue phrase qu'il ait prononcée en une année. Il lui tournait le dos, murmurait parmi les cris des mouettes, en attente, j'ai une commande en attente. « Ah oui, mais pourquoi à Londres ? » Ferdinand, la face éclaircie par le soleil du matin, n'offrait que le masque d'un songe taiseux. Schechter Bookshop. Le nom de la librairie n'était pas étranger à Grégoire. Il fouilla dans les étagères du studio de la rue de la Manutention, parmi la centaine de catalogues de dessins et eaux-fortes de Rembrandt que collectionnait Ferdinand. Tous portaient au dos l'inscription Schechter Bookshop.

Jusqu'au dernier, *Rembrandt Etchings,* acheté il y a près de dix-huit ans. Une page était cornée, à la reproduction d'une des plus célèbres gravures de Rembrandt : *Adam et Ève*, ce couple abasourdi traîné hors du jardin, le diable à tête de dragon agrippé à l'arbre, et l'humanité de côté, la tête timide et inquiète d'Adam. Face à lui, presque à la même hauteur, Ève, ce haut front, cette chevelure foisonnante, parsemée de fils gris, et ce corps, le premier sexe féminin que vit Grégoire, un sexe si parfaitement dessiné, la fente, nette, sous le ventre lourd. La fente aussi sombre que son regard.

Quelques pages plus loin, la *Femme-écrevisse*. Celle du Louvre. Joan Cederlund, qui avait établi le catalogue de ces gravures, indiquait qu'il s'agissait vraisemblablement du même corps féminin que l'Ève. Un corps qui s'installa dans l'œuvre de Rembrandt à partir des années 1648-50. Sa dernière période. Ce corps de femme mûre, marqué par l'effort. D'un réalisme assumé. Un corps qui abandonne la jeunesse, un corps, écrit le spécialiste, *ordinaire et désarmé*.

En dessous, un astérisque. Grégoire avait l'habitude de lire dans les dates, adresses, références françaises ou étrangères, le parcours d'une œuvre. Il s'était ainsi inventé un jeu à huit ans, en feuilletant ces catalogues. Il lisait tout haut les dates et les noms : *Johan Sigmund Bermann (L.235 ; not in his sale, Vienna. L.T. Neumann 6 May 1861), Munich Montmorillonsche Kunsthandlung, 13 December 1864, Mora 1952, Watermark : Arms of Amsterdam (Ash&Fletscher 1998), Broos 1970 ; Berlin 1970 ; Paris 1986.* Et, sur une carte de l'Europe, l'enfant suivait du doigt le cheminement des gravures : 1702, Vienne, M. Bermann, son doigt glissait sur la carte d'Europe, 1802, Munich, M. Münch, 1907, Paris, M. Cadira, 1936, Vienna, M. Jumpiesse, 1970, Boston, M. Cohn… Ces gravures volaient de ville en ville, d'époque en époque, de guerre en guerre. Bermann, Cadira, Cohn, il tentait de retenir chaque nom de ces messieurs obsessionnels émergés à la crête du temps.

Ferdinand ne lui a rien dit de plus sur la librairie Schechter. Il basculait dans cette nécrose du langage qui prendrait entièrement possession de lui quelques semaines plus tard. Sans doute est-ce face au silence de son grand-père que s'installa en lui l'étrange idée d'accomplir un des voyages que son enfance avait tracés du doigt sur les cartes, de suivre la dérive à laquelle l'invitaient les catalogues. Schechter Bookshop. Jusqu'à quand gardent-ils les commandes pour les clients retardataires ? Dix-huit ans qu'ils n'avaient pas vu Ferdinand. Schechter Bookshop, Londres. Le seul voyage qui s'offre dans la vie de Grégoire, alors qu'il a tant besoin d'une fuite.

Un verre. Boire au départ. Grégoire a repéré cet immense pub de faïence bleue en sortant du métro, The Portobello Gin Road, au coin de Talbot Road. Une longue salle de bois sombre dont on ne distingue rien de l'extérieur. L'endroit idéal pour boire avant midi. Schechter Bookshop ne doit pas être à plus de quinze minutes de là. Il s'installe sur une table encastrée, commande une brune, et un gin. Il a autant besoin de l'apaisement de la bière, que de l'appel coriace du gin.

Grégoire,

Londres. J'aurais tout suggéré, sauf Londres. J'ai trouvé ta carte sur le paillasson en rentrant du lycée. Big Ben, tu n'as pas eu beaucoup d'imagination. Mais j'ai bien compris que tu me l'avais envoyée de la gare du Nord. Tu ne m'as jamais parlé de Londres. New York, oui, mais Londres ? J'essaie de me souvenir, la dernière fois que tu m'as parlé de Londres. Peut-être à propos de cette nouvelle de Poe que tu adorais, avec les deux singes ? J'ai oublié le titre, mais flotte à la fin la chemise ensanglantée d'une femme dévorée, et une silhouette de bête enfuie par la fenêtre. C'est à Londre, non ?

Après l'avoir lue, je suis allée faire un tour. De l'Alma, j'ai remonté la Seine. À Bir-Hakeim, je suis passée sur le pont, l'ombre du métro me dominait, je devenais satellite de cette ferraille électrisante, corps conducteur de son passage fracassant. Comme tu partais dans ces raves, à seize ans, à Fontainebleau, au bois de Vincennes, dans les friches industrielles de Bobigny, pour emplir ton cerveau d'un son plus haut que les voix qui le peuplaient. Je ralentissais au bruit des roues sur les rails, offrant mon corps à la colère bramante du train. Il n'y avait aucun promeneur sur ce pont au-dessus de la Seine, seul le trafic à mes côtés, le métro au-dessus et le fleuve au-dessous de moi. La pluie s'invitait, un avril tempétueux, remugle de vagues gris taupe, au centre de la ville. À mi-chemin du pont, un groupe s'était constitué, sans se gêner du bruit du métro, ni du souffle des camions qui traversaient le pont dans les deux sens. Des hommes, de tous âges. Seulement des hommes. Certains fumaient, d'autres étaient assis par terre, sur le terre-plein entre les voitures, adossés aux piliers du métro aérien. Visages mal rasés, corps maigres, quelques-uns boitaient. Ils patientaient, sans destination autre que ce pont de trafic sans fin, la froideur du soir, la régularité des métros. Je demeurais à distance, derrière l'un de ces poteaux métalliques qui font du pont le jumeau couché de la tour Eiffel. Ils se saluaient, se racontaient des histoires, je ne comprenais pas un mot de leur langue, mais décelais dans leurs échanges une tendresse sans bavure qui calmait les nerfs. L'un d'eux en pull de maille affichait un motif sur le torse : des sommets bleus enneigés sur ciel rouge. Que faisait-il avec ces montagnes, et ce minuscule élan, brodé sur le pectoral droit ? Le genre de pull qu'on achète en plein hiver, puis, qu'on donne au printemps suivant à la Croix-Rouge. J'en étrennais un semblable, enfant, lorsque nous étions partis en colonie de vacances dans les Alpes. Tu te souviens ? Les lits superposés dans le dortoir, je ne voulais pas dormir en bas, nous avions terminé la nuit collés l'un à l'autre dans l'étroit panier de sapin, face à la fenêtre, et à ces étendues abolies par la neige. Tu m'avais dit que nous ne devrions pas revenir, mais trouver une cabane quelque part dans ce paysage lunaire.

L'homme au pull de ski s'est adossé au parapet du pont et a commencé à parler. Les autres se sont réunis autour de lui, vague masculine écumante. Certains sursautaient au passage des métros. Les brun, gris, vert bouteille de blousons et de pantalons flottaient sur leurs hanches, effaçaient les angles de leurs corps. L'orateur se distinguait par son pull dont les couleurs vives lui conféraient une aura, une supériorité de l'instant qui agissait sur les autres. Peut-être était-ce aussi son arrogance, la même que la tienne, l'orgueil inné de gens à nez droit et menton fin, mais tout le monde l'écoutait. Deux syllabes dans son récit revenaient sans cesse : sa... far... Il psalmodiait, sa... far..., quittait le mot et revenait, comme si son récit n'était qu'un cyclone autour de ce sa... far..., une somme de tourbillons qui fournissaient l'énergie centrale, et dont le safar serait l'œil, le point de concordance. Le balancement léger de ses hanches et l'hésitation de ses pieds assuraient que nous n'étions pas dans un lieu à causes, raisons et explications. Il poursuivait un récit circulaire, qui passait d'île en île, sa... far..., les happait, par son rythme propre, de plus en plus ample, psalmodique, sa... far... J'entendais à ses intonations que ce récit valait par sa surprise, ses retournements, ses sauvetages et ses trahisons. Le jeune homme tenait entre l'index et le majeur un mégot qui se consumait mais dont il ne craignait pas la brûlure, il haussait la main, comme le ton, la rebaissait en soupirs, dérivait sur des éclats qu'il précédait de sourires tendus, jusqu'à la solennité qui annonçait un final, autour de ce mouvement central, sa… far…, brasse coulée dans l'avancée du récit, sa… far…, les mots dessinaient leurs cercles concentriques sur le visage des hommes qui l'entouraient. Eux aussi portaient des récits de sa… far…, et, s'ils le pouvaient, ils le raconteraient sur ce pont, ou ailleurs, dans une autre ville, à leurs fils, devenus adultes et retrouvés sur un chemin, aux femmes, rencontrées dans un camp ou sous un métro aérien, dans cette Europe de trains et de chemins de traverse, ou le long d'une autoroute, sous les trous de lumière, dans la fumée de pneus brûlés, parmi les hautes herbes frémissantes de minuscules vipères. À l'instant de mourir, ils retraceraient le mouvement de leur existence sur cette terre, cette avancée qui n'eut pas de but sinon de survivre, sans parvenir encore à croire à ce grand sa… far… qu'ils auraient accompli, l'aventure d'une vie, car ces hommes de bureau, d'usine, d'atelier, de salons ombrés et de jardins royaux, maris cocus ou amants formidables, fils à papa ou pères gâteux, n'étaient pas déterminés à être des hommes du sa… far…, à engouffrer ces océans dont ils craignaient les mâchoires de sel et la moiteur des dos de baleine. Le sa… far… les mena dans ce pays au chaos ordonné par la peur, eux qui sont nés dans un pays où la peur a ordonné le chaos. La planète s'est renversée sous le mouvement du sa… far…, l'angoisse du sa… far… Le leur, le nôtre. Et toi qui es parti pour ton propre safar, et moi, incapable d'accomplir le mien.

Il est retrouvé en fin d'après-midi, sur le terrain de jeux de Regent's Park, à l'autre bout de la ville. Il est allongé sous un banc. Sa chemise, sa fétiche, la grise brodée de lis, est tachée de vomi. Trois boutons pendent, deux manquent. Elle s'ouvre sur un torse marbré de noir, le sang séché tatouant sa peau. Son pantalon est déchiré au genou droit. Il sent fort, un mélange de gin, de bile et d'urine. Il s'est pissé dessus ou on lui a pissé dessus. Son béret est tombé à quelques mètres de lui. Son visage est contusionné du front au menton. Son nez est laminé de longues griffures qui se poursuivent sur ses pommettes, et saignent à l'arête du nez. Il ne peut plus ouvrir un œil. Il tente de le faire, une douleur aiguë, lame précise, lamine son cerveau.

Il n'a plus de chaussures : son orteil gauche dépasse de sa chaussette à losanges marine, en fil d'Écosse. Un petit garçon s'approche du banc, suppose un champignon poussé dans la nuit, tire l'orteil. Le trouve moite et froid, va s'en plaindre à sa mère. Elle s'approche, se penche sur Grégoire, appelle à l'aide.

« Il est mort ? — Non il a un œil ouvert. — C'est peut-être un Tchétchène ou un autre du Caucase, y en a pas mal en ce moment qui traînent, dorment par terre, qu'est-ce qu'on va faire de ces gens ? — C'est vrai qu'il a un air russe. — Ou arabe, il est pas un peu arabe avec ses cheveux longs ? — La police les tolère, les laisse dormir dans la rue, faut pas s'étonner après de les trouver chez soi. — Bientôt, c'est dans notre salon qu'ils viendront dégueuler, faut pas s'étonner. — Non, faut pas s'étonner. »

Une femme affirme qu'il n'est pas *homeless*. N'a pas la farouche crispation de l'homme habitué à dormir dehors, le perpétuel demi-sommeil de celui qui a tout à perdre et qui s'agrippe au sac, au tupperware, à une photo écornée, à la bouteille vide, enfin, à ce qu'il possède. Il n'est pas réfugié, ce garçon est habitué au lit. Peut-être est-il plutôt *careless*. Mal soigné. Personne ne l'écoute, il s'agit d'un corps abandonné au mauvais endroit, *homeless* ou *careless*, quelle différence ?

Deux agents se présentent, dispersent l'attroupement autour du banc. Ils créent un cercle autour du corps, tentent de le ranimer. Sous l'impulsion d'un verre jeté au visage, Grégoire reprend conscience, découvre effaré les visages penchés sur lui, se retourne, se cogne le crâne contre le pied du banc, jure. Il est français affirme, sans hésiter, une femme dans la foule. Les policiers l'aident à se lever, le traînent jusqu'à la sortie du parc et le hissent dans leur voiture. Avant de monter, il parvient à vomir un liquide gris à reflets or sur le trottoir. Il demande qu'on l'emmène chez Peter, à Lancaster Road. Les policiers ricanent, *you didn't book a taxi, mister nut !* Ils le conduisent aux urgences psychiatriques.

St. Thomas' Hospital, note de l'infirmier :

« Individu interpellé le 9 avril 1999, dans un état comateux. La police parvient à le réanimer : il ne comprend pas ce qu'il fait là. Nombre de contusions et d'hématomes, mais on ne peut attribuer la perte de connaissance au traumatisme crânien de la chute. Son coma pourrait être en partie éthylique : un taux d'alcool de 4,1 grammes a été mesuré. Son agitation, son inquiétude, ses doutes sur son identité laissent croire qu'il est passé par une phase de *delirium tremens*. Sans doute achevée. Il prononce des phrases, peut-être incohérentes, personne ne parle français dans le service. Les contusions de ses phalanges et de son front pourraient être les marques d'une bagarre. Il dit se nommer Grégoire von Hauser, être de nationalité française et âgé de vingt-deux ans. Se dit sans famille. Ses blessures relèvent autant de la possibilité de l'agression, que de l'accident. Il n'a pas de papiers sur lui, mais dit avoir un passeport dans la chambre qu'il loue. Il déclare avoir été dépouillé de son argent liquide. Il se souvient d'être arrivé à huit heures cinquante ce matin, à la gare de Waterloo. Il affirme avoir loué une chambre sur Lancaster Road chez un couple, Lise et Peter Schmeichel. Quatre Lexomil lui ont été administrés. Il n'en prend pas pour la première fois, nous avons retrouvé une ordonnance dans la poche arrière de son jean. Une ordonnance délivrée à l'hôpital de la Salpêtrière à Paris. Un de nos agents l'a raccompagné chez lui en métro, faute de véhicule à disposition. »

Grégoire va chercher son passeport pour le montrer à la police. Grégoire Crebsin, est-il inscrit. Grégoire s'embourbe dans une histoire de nom transformé par son père, sans en demander la permission à ses enfants, le policier lui précise que son service se termine dans une heure, et qu'il *couldn't care less about his family history*. Ils s'accordent pour ne pas en faire une affaire. Dans la chambre, Grégoire peine à tenir debout.

La moitié de son visage a tourné bleu-mauve, en blette mûre. Il ne peut pas ouvrir son œil gauche, sa lèvre du haut est fendue en deux, une plaie traverse sa joue gauche, ses cheveux sont humides de vomi, et de pisse.

Les calmants et les antidouleurs l'ont séparé de son corps. Il ne peut ni sourire, ni pleurer. Il ne voudrait ni l'un ni l'autre. Ignorait qu'il puisse être si laid. Laid comme une gifle, laid comme une blague racontée trop haut dans un funérarium. Assez laid pour dégoûter toutes les filles qui ont partagé son lit ces dernières années. Assez laid pour qu'elles n'appellent plus, ne le draguent plus, ne le voient plus. Laid comme les pauvres types dont il s'est toujours moqué dans les boîtes, arrivés les premiers, partis les derniers, prêts à tout pour frôler une cuisse, plonger le nez dans un décolleté. Le rire monte en lui, il ne peut écarter les lèvres, ses épaules tressautent, il se marre sans sourire.

Ce fut au troisième verre qu'il décida de quitter le bar, pour rejoindre Schechter Bookshop. Il regretta dans la rue le reflet diamantaire du gin et les trois vieux siamois installés au bar. Mais il ne tenta pas de faire demi-tour, se fondit dans la foule du dimanche se déversant de Notting Hill Gate dans le marché de Portobello, ignora les stands, les montres à gousset et les grenouilles de faïence, les taureaux grimaçants à l'entrée des boucheries, l'odeur de curry, de steaks et de narguilé. Il descendait Portobello Road, passait sous l'échangeur, observait les chemises jamaïcaines suspendues sous le trafic. Au 224, Portobello Road, il ne trouva pas Schechter Bookshop. Ni au 226, ni au 222. Trois rideaux de fer, sur les façades de brique de cette fin de Portobello. Il descendit jusqu'à Bayswater, remonta jusqu'à Kensington ; aucune librairie à Portobello Road. Il était venu pour rien. La suite, il s'en souvient à peine. Il se promena longtemps, monta, au-delà de Kensington, croisa des rues et des chiens en laisse, chercha derrière les murs, observa les jardins privés et leurs perrons de granit rose, hésita à s'arrêter dans une de ces pizzerias à tranquilles tables de sapin clair qui s'offraient à l'angle des rues, oublia sa faim, remonta les rues basses, s'offrit à ce ciel blanc qui colonise Londres et blanchit les troncs, les yeux, les colonnes des incessantes demeures. Il s'arrêta dans deux ou trois pubs, pour retrouver le diamant du gin. Puis à une boutique qui vendait toutes sortes de produits d'un autre temps. Le lieu lui rappelait une droguerie devant laquelle il passait chaque jour en rentrant de l'école, un magasin d'étranges potions : laine d'acier, alcool à brûler, cire d'abeille, pierre d'argent, huile à merisier, cristaux de soude, acide sulfurique. Ensuite ? Il est sorti de la boutique. Non, ensuite, il ne sait plus.

Une longue rue vide le long d'un parc, des buissons de buis qui semblent infinis, deux guichets en bois rose, et une queue longue et joyeuse. Un ticket qu'il achète trop cher, une femme derrière une vitre insonorisée qui le regarde étrangement. Des affiches vives, une odeur de caramel, des flèches dessinées au sol. Des cris et des éructations. Une démarche lente, un regard docile et absent, comme ceux des chevaux sous les œillères des calèches. Des yeux qui le supplient de lui venir en aide. Les barreaux peints en vert qui dégagent une odeur de fiente. Et les coups, son corps que l'on traîne en riant, la chaleur de l'urine, les insultes qu'il ne saisit pas, l'étincelant glaviot reçu en pleine face.

Grégoire,

Le sais-tu là où tu te caches ? Depuis hier, dans les journaux, à la télévision, à la radio, on ne parle que d'une écrevisse. L'écrevisse marbrée ; un hybride, croisé de l'écrevisse de Floride et de l'écrevisse bleue de Tchéquie. Deux espèces qui, en temps normal, ne se rencontrent pas. Si ce n'est dans un aquarium de Francfort, chez un biologiste amateur, collectionneur et braconnier de bêtes rares. Je t'envoie une photo. Tu te souviens comme enfant tu découpais les photos des serpents venimeux, créatures à carapace, branchies, insectes à antennes ou mandibules ? Je ne trouve plus le livre que Ferdinand t'avait offert, le jour où tu lui montrais tes dessins : le *Cabinet de curiosités* d'Albertus Seba. Nous regardions chaque soir les entrelacs des cobras, dont tu retraçais les méandres sur tes blocs, la langue incurvée du caméléon, le ventre lisse et moucheté du crapaud, et la carapace fleurie et rugueuse du tatou à trois bandes. Jusqu'aux écrevisses, et leurs fines pinces translucides.

L'écrevisse marbrée, tu n'y résisterais pas. De longs filins jaunes sur les pinces. Une tête haute, majestueuse de bête cherchant la lumière. Mais je ne t'en parle pas pour te proposer un dessin, Grégoire. L'écrevisse marbrée, après sa naissance, a été placée dans la ferme zoologique de Francfort. Et que penses-tu qu'elle ait fait pour passer le temps dans son aquarium ? Elle s'est reproduite. Seule. L'écrevisse marbrée met au monde des écrevisses marbrées. De sexe féminin. Identiques à elle. Parfaitement, entièrement identiques à elle. L'écrevisse marbrée n'engendre pas, elle clone. Elle se clone. Parthénogenèse. Le film circule : un grand aquarium et à l'intérieur, minuscule offense aux lois fondamentales, cette écrevisse mauve à taches jaunes, qui met au monde de petites écrevisses, mauves comme elle, marbrées comme elle, hybrides comme elle. À un rythme infernal. La parthénogenèse engendre dix fois plus qu'un engendrement dit classique. Fin des saillies et des sages-hommes. Fin du père. Fin de l'ordre immuable. Et ce secret-là, une écrevisse le possède. Grégoire, voilà ce que tu attendais de tous ces animaux de préhistoire, ces créatures reptiliennes ou à carapace que tu dessinais enfant : percer le secret de leur vie brute ? Alors regarde la *Procambarus virginalis*, l'écrevisse vierge.

Hier, les parents ont appelé, ils sont au Brésil. Notre père s'apprête à investir dans un immeuble en bord de mer. Le Brésil, dit-il, deviendra dans vingt ans le pays le plus riche du monde. J'ai hésité à leur parler de l'écrevisse. Mais qu'y comprendraient-ils ? Notre père a cinquante-cinq ans, il est parvenu au sommet de sa connaissance. À l'heure de la perpétuation croit-il. Il ignore que la perpétuation est une peau morte qui flotte dans un aquarium de Francfort.

Pourquoi ne m'envoies-tu que des lettres ? Où es-tu pour ne pas pouvoir m'appeler ? Dans cette fameuse caverne, dont parlait Kipling, tu te souviens, lorsque tu me lisais *Le Livre de la Jungle* ? La grotte de la bête nue, que l'on appelle la crainte.

Il lui eût suffi de partir, de descendre voir son logeur et sa femme, reprendre l'argent laissé, et d'embarquer dans le premier shuttle pour Paris, à Waterloo Station. Il eût suffi de se faire humble, d'accepter d'être venu pour rien, de visiter la National Gallery, de faire ses adieux à la Tamise, et appeler Lucie pour lui proposer de se retrouver près de la gare du Nord. Mais Grégoire n'est pas de ceux qui reculent lorsque la voie est empruntée. Schechter ou pas, il retourne, le lendemain, au 224, Portobello Road.

Dans la rue, on le regarde à la dérobée, ou on baisse les yeux à son passage. Il entaille leur quotidien, raconte sur son visage une violence qu'ils ne fréquentent jamais. Il a enlevé ses pansements, mais ses pommettes demeurent gonflées et mauves, et sa lèvre du haut traversée par une cicatrice fraîche. Les fils jaillissent des points de suture.

Il se laisse surprendre par le murmure de Miles, *Sketches of Spain*, l'andalouse rêverie du jazzman ne ralentit personne parmi les stands qui s'installent, vestes en mouton et paëlla fumante, le marché du lundi, des Jamaïcains et des Espagnols qui mangent, debout et en pleine matinée, des barquettes de riz jaune et des brochettes de poulet caramélisé. *Sketches of Spain*. La musique émane du 224, Portobello Road.

The Ancient World est une niche aux cavités arrondies. Un disquaire à la devanture orange. La veille, la boutique se dissimulait sous un rideau de fer. Grégoire pénètre dans le ventre d'une baleine qui aurait avalé le meilleur de la musique noire, underground ou dansante : ska, reggae, jazz. Cinq ou six clients, des hommes et des femmes, s'alignent et fouillent dans les bacs. Des jeunes en chemises ouvertes sur des tee-shirts, sans doute des DJ des boîtes de la ville, ou des plus vieux, en manteaux de laine et à lunettes, manipulent les boîtes. Au fond, la maîtresse des lieux, en sweat-shirt rouge, double boucle fichée dans l'oreille droite. Sous un haut portrait de Miles, elle fait ses comptes. Fleur d'opium tatouée sur le bras, nuque rasée, cheveux remontés en queue-de-cheval. Une jupe en éponge jaune, des mollets de marathonienne. Le mat translucide d'une peau batracienne, ivoire ou dorée selon l'éclairage et l'ombre des mèches brunes sur sa nuque. Une Eurasienne. Ses seins ondulent sous la veste de survêtement à bandes blanches. Grégoire essaie de ne pas baisser les yeux sur son décolleté. Il passe plus d'une heure de bac en bac, à lire les jaquettes des disques. Les derniers clients s'en vont. S'enclenche une dérive de Chick Corea, Grégoire demande le nom du disque, les conditions de son enregistrement.

Elle révèle une voix de garçon. Il essaie de se concentrer sur ce qu'elle dit, de ne pas regarder sans cesse ses seins, n'y parvient pas. Elle semble être habituée à être ainsi détaillée, ses longs yeux bruns s'écartent jusqu'aux tempes, bouquetin surpris dans la montagne.

Il hoche la tête à chacune de ses phrases, peine à trouver ses mots, se déteste de parler si mal anglais. Il ose tout de même lui demander son nom, mais elle l'ignore, retourne à ses comptes. Lasse d'accueillir les gars de vingt ans qui traînent dans le quartier. Souvent étrangers. Toujours déboussolés. Fuyant une fille, une mère, un avenir. Sans talent particulier. Aiment parler de musique mais n'achètent jamais rien. La draguent sans insistance. Elle a pu prendre un verre avec certains. Coucher avec d'autres. Aucun n'est revenu, à la boutique, ou dans sa vie. L'un lui a volé une dizaine de disques dans la remise.

Celui-ci bat juste du pied. Peut-être un saxophoniste. Mais la poitrine est étroite. Ou un pianiste. Non, il connaît trop mal Chick Corea. Un chanteur ? Il a un accent fort. Du sud. Espagnol ou grec. La peau mate, le sourire excessif, l'alliance dorée du tabac sur ses index. Un émotif.

« May I ? », Grégoire a posé la main sur son bureau. Il a sorti de sa poche, et posé, à côté de la feuille de comptes, des osselets. Elle hausse les épaules. Ce type est un enfant. Il installe deux osselets, un rouge, un blanc, entre ses phalanges, crispe légèrement l'index, ondule la paume, les osselets sautent, passent de phalange en phalange, dansent sans chavirer... Il n'a rien perdu, de la souplesse des doigts, du jeu des paumes, à croire que le jeu s'est inscrit en lui. « The red one is called the father. » Elle relève la tête, il lance le père en l'air, rattrape un blanc, laisse tomber le père. « The father has lost his head. » Une blague freudienne. Il s'esclaffe, trop fort, rire de timide. Elle sourit par politesse. Aucun homme ne lui avait fait le coup des osselets. Grégoire ramasse le père, le fait disparaître, réapparaître dans son poing, tourner en l'air. Où est-on, dans un goûter d'anniversaire, il va sortir un lapin de son béret ? Elle attend qu'il finisse pour lui demander de la laisser travailler. Il enfonce chaque osselet dans la toile de peau entre ses doigts, sa main gauche est pourvue de cinq yeux, cinq cavités creuses dans son poing qui fixent la femme, il enclenche le tour de la tête de mort, le plus difficile, celui qui captivait ses copains dans la cour à chaque fois, il les fait glisser, l'un après l'autre, dans le foyer chaud de la main. Il les lance un à un, les osselets dansent et claquent sur la surface de la table, il redevient le fabuleux jongleur de ses dix ans, le joueur d'osselets que les enfants suivaient partout. Les osselets brillent dans le soleil du matin. Corea poursuit sa langueur. Le sourire d'une femme, la vie accidentée qui est derrière elle, qui est derrière nous tous, et qui s'efface dans le murmure d'une trompette. Miles, son ironie princière qui les toise. Et, dans l'ombre, derrière la photo de Miles, suspendue dans l'angle de la cavité, à l'entrée d'un couloir qui mène sans doute à une cave : *Adam et Ève*. Il lâche les osselets, qui claquent sur la table. Au 224, Portobello Road. *Schechter Bookshop*. Nous y sommes.

— It's a great etching that you have here.

Elle lève les yeux sur lui, puis sur la gravure, repousse ses comptes.

— Ce n'est pas une vraie, tu t'en doutes bien. C'est une vieille copie, que mon père adorait, et qu'il tenait à suspendre dans sa librairie. « A kind of obsession with Rembrandt's etchings. » Tu es bien la première personne qui la remarque. Il faut bien avouer qu'elle est assez bizarre. « Quite frightening in a way. » Il m'a fallu près de quarante ans pour m'habituer à elle. D'ailleurs, je crois que je ne l'ai jamais aimée.

Elle s'appelle Alicia Schechter. Bien sûr, il aurait pu le deviner. Schechter Bookshop, lui explique-t-elle, est devenue The Ancient World. Ses parents lui ont laissé la librairie en quittant l'Angleterre à la retraite. Au bord de la faillite. Qui, je te jure, peut croire que la vente de livres d'art a un avenir sur ce continent ? À part mes parents, pas grand monde, sourit-elle, mélancolique. Elle préfère de toute façon la musique aux livres. The Ancient World marche mieux que la librairie n'a jamais marché. Nina Simone entame *Lilac Wine*, Grégoire n'a pas envie de quitter cet endroit, cette femme, cette fausse gravure. Il lui demande s'il peut travailler dans cette boutique quelque temps. Il aime le jazz, parle deux langues et a besoin d'argent. Il égrène ses musiciens fétiches, Coltrane, Petrucciani, elle l'embauche à l'essai, pour un mois. Elle ne lui a pas demandé ce qui était arrivé à son visage. Elle lui a simplement précisé, avant qu'il ne parte, que s'il se battait une fois, dans la rue ou à la sortie d'un bar, il ne remettrait plus les pieds dans cette boutique. « I hate all kind of violence. »

Grégoire,

Ce matin, je suis passée voir Ferdinand, lui ai annoncé que tu étais parti à Londres, et que tu reviendrais bientôt. Il n'a pas réagi. Enfin, peut-être, un sursaut de sourcil. Il est difficile de lui parler longtemps, il s'agite, détourne les yeux. Peut-être est-il bouleversé par ton absence. Son visage, lorsqu'il est longtemps observé, révèle ses formes, comme les nuages se muent en bêtes dans les ciels de printemps. Je ne sais toujours pas ce que tu trouvais à venir le voir chaque jour. Est-ce que tu prenais soin de lui, de son corps ? Toi qui étais devenu si impatient ces derniers temps, si nerveux, étais-tu un infirmier habile pour ce vieil homme ? Peut-être qu'à toi, il parlait encore un peu. Mais qu'avait-il à te transmettre, ce vieux monsieur qui a toujours refusé que nous l'appelions grand-père, et qui désormais guette, fidèlement, assis sur sa chaise à la fenêtre de son studio, des nouvelles du ciel parisien ?

Je sais que tu aurais voulu que je l'emmène au cinéma mais je n'ai pas la force de pousser son fauteuil jusqu'à la rue Balzac. Ni d'affronter les regards, lorsqu'il rit bruyamment dans la salle. Étrange déchéance, qui lui permet tout de même de rire, dépourvu de langage. Son aide m'assure qu'il rit deux à trois fois par jour. Devant la télévision, ou seul, à la fenêtre, de la chute d'une mouette, ou d'un passant. Nous attendrons ton retour pour aller au cinéma tous les trois. Sept jours, Grégoire, que tu es parti, la blague commence à durer.

« J'essaie d'organiser les disques selon les désirs des clients, tu vois ? J'essaie de les faire entrer par Nina Simone, puis de les détourner par Oscar Peterson, et les retenir par Art Tatum. Mais c'est très instinctif comme classement, et il faut le repenser toutes les semaines. On ne sait jamais pourquoi les gens demandent le premier enregistrement de Pat Metheny à Détroit, l'album de Dizzy Gillespie. Par exemple, cette semaine tout le monde a voulu le trio de Munich de Michel Petrucciani. Pourquoi Petrucciani, maintenant ? » Parce que c'était le plus grand pianiste vivant, souffle Grégoire entre ses lèvres abîmées, en écoutant Alicia ce premier jour dans la boutique. Étroite parenté rêvée avec le nain Petrucciani aux os de verre, ses débords au piano, cette dérive qui semble emporter son corps-toupie, mais ne l'emporte jamais. Lorsqu'il l'a vu sur scène, il était demeuré debout au fond du New Morning, près de la porte, incapable de demeurer assis, tant il était suspendu aux mains courtes et chenues de ce garçonnet à tête blafarde qui réinventait le jazz. À sa mort, l'année dernière, il apprenait un peu plus l'effondrement du monde.

Alicia lui montre comment nettoyer les disques chaque matin avant l'ouverture, chasser la poussière à la peau de chamois, discerner les enregistrements rares et ceux qui n'intéressent personne. Se retrouver dans son classement, parmi Oscar Peterson, B.B. Seaton, Art Tatum, Jacob Miller, Stéphane Grappelli, Nina Simone, les enregistrements américains, japonais, siciliens, munichois.

Il s'adapte sans peine au désordre instinctif d'Alice, il a l'esprit d'Alexandrie, sait que l'ordre se défait, se réinvente. Il s'amuse même chaque matin en remontant Portobello, à deviner le nouvel agencement, essaie de savoir quel disque passera à l'avant de la boutique, et quel autre sera relégué dans le coin sombre. Il se découvre un goût pour ce métier, une évidence qui se forge dans le quotidien de la petite boutique de disques, une méticulosité d'infirmière lorsqu'il transfère les disques d'une boîte à l'autre. Il s'était cru condamné à une vocation sans quotidien, aux récompenses rares. Mais il est le vendeur de la boutique de disques de Portobello Road. Il s'allège au fil des jours. Et comme son visage peu à peu se recoule dans le moule original, il retrouve des sourires, des gestes, des attentes qu'il avait cru perdus l'année de sa majorité.

Ils travaillent côte à côte, dans la musique du moment, Alicia parle avec les clients, commande les disques, lui range, dépoussière, monte et descend les cartons. Il guette ses sourires francs, qui démasqueraient la fatigue qui burine son visage. On devine chez cette femme un passé plein, et un désir de paix. Une bataille qu'elle aurait menée, et dont elle ne serait peut-être pas sortie victorieuse. Mais vivante. Comme lui.

Alicia se montre prévenante, l'écoute, l'interroge sur la musique qu'il aime. Elle lui raconte l'idée qu'elle se fait de la boutique, et de son avenir. The Ancient World comme caverne où les gens viennent vivre, penser par le jazz, la fusion, le reggae, le ska. Elle dévoile peu à peu une érudition d'autodidacte, impulsive et éclectique. Sa vision de la musique se développe en mouvements et contre-mouvements, elle déroule une idée, qu'elle abolit par une autre, la pensée de la musique ne cesse jamais en elle, comme ces étudiants de yeshiva qui du matin au soir se débattent avec les lois du Talmud. Elle parle du jeu de Mehldau au piano, de cette absurde mélancolie ; quel est l'idiot qui lui a demandé d'être si triste ? Elle redoute l'abandon, en musique comme dans la vie. Puis repart sur Wayne Shorter, qui joue, elle cherche ses mots, comme un éléphant avec des ailes, tu ne trouves pas ? Et puis elle hausse les épaules, va chercher cet album de ce groupe californien, *Phish*, qui impose sa fusion de rock et de jazz. Elle prend soin de chaque morceau comme d'une bouture précieuse et fragile, en l'écoutant une dizaine de fois, puis en le classant dans cette collection qui chaque jour se réinvente dans les quinze mètres carrés du 224, Portobello Road. Les gens pénètrent dans cette boutique comme dans une serre, où s'épanouiraient des espèces exotiques, arborescentes, protégées par la chaleur et les soins, en vue de nouvelles hybridations. Et même, le jour où le disque disparaîtra, ici, à *The Ancient World*, le reggae, le ska, le jazz, la fusion, l'electro fusion, l'acid, l'electro acid, continueront à étirer leurs minuscules feuilles, dussent-elles croître de manière artificielle, elles n'en croîtraient pas moins.

Ce lieu est une tanière pour un certain nombre de Londoniens, du quartier, ou de plus loin. Ils se rassemblent à la boutique en groupe d'habitués après la fermeture. Ainsi, Matthew qui bégaie et rougit lorsqu'il évoque sa marotte, la transmission des accords. Le jazz, c'est l'inlassable histoire des pères et des fils, tu vois ce que je veux dire ? Oui, Grégoire voit très bien. Combien de fois, rue de la Manutention, a-t-il dans sa chambre confronté le piano de Tatum, d'Ellington, de Gillespie, à celui de Mehldau, Petrucciani, saisi par cette filiation avouée, puis reniée, cette guerre vorace et tendre des fils qui refusent les pères, des pères qui désavouent les fils ?

Ainsi, Sophy, Sidy, sa bonhommie ronde, et Marc, Jim, Anne… Ils ne parlent ni de leurs métiers, ni de leurs foyers, certains en ont, d'autres pas, on le devine au temps qu'ils passent ici, certains ont de l'argent, d'autres pas, certains achètent, d'autres pas. Mais rien ne se dit d'autre à *The Ancient World*, que la musique. De petites guerres homériques les mènent jusqu'à la nuit, combats précis sur le meilleur album de Chet, la nature même du jeu de Coltrane, l'interprétation des textes de B.B. Seaton. Certains soirs, à la fermeture, Alicia passe *Forgive Them Lord*, et les voilà, à six, huit, dix, à danser parmi les disques, à l'heure où dans la rue on se presse pour rentrer ou boire un verre, ils demeurent dans la pénombre de cette boutique pour se recueillir à la prière de leur reggaeman poète. Sont-ils amis, ces hommes et femmes de vingt, quarante, soixante ans ? Si certains soirs, Sidy, Marc, Peter ou Sophie s'affaissent en évoquant la mort de Chet, l'incommensurable souffrance de Petrucciani, si, à la tombée de la nuit, certains s'assombrissent en évoquant le cortège de manque, de douleurs et de misère qu'ont pu être parfois les vies de leurs idoles, osant un écho avec leurs propres existences, si Sidy est au bord de confier pourquoi il n'est pas pressé de rentrer chez lui, si Peter triture dans son portefeuille la photo de l'absent, si Grégoire cesse de parler et se demande ce que Lucie, ce soir, a développé comme stratégie pour quitter l'appartement de la rue de la Manutention, les autres le relèvent d'une blague, d'un coup de coude. Ou l'un lance l'une de leurs anecdotes préférées ; le chaos de cet enregistrement de Cologne où Keith Jarrett est devenu à moitié fou, et tous de surenchérir par d'ubuesques bagarres entre Miles et Chick Corea, ou la légende de cet album inédit de Coltrane, auquel seuls certains initiés ont eu accès. Car si cet album venait à être connu, Coltrane balaierait la moitié de la scène jazz d'aujourd'hui, grogne Peter. Qui ferait de l'ombre à Herbie ? Alicia chasse sans cesse l'adulation des morts qui selon elle tue le jazz… Première loi tacite de leur groupe, ne jamais laisser aucune chance au silence. Deuxième loi tacite : ne jamais laisser l'un d'entre eux s'enferrer. Troisième loi : ne pas oublier que le jazz est une lutte permanente contre l'ordre, un bras d'honneur à Darwin et Machiavel, une guerre contre le fini et la hiérarchie, la toute-puissance des majoritaires. Pour la première fois de sa vie, Grégoire a trouvé une confrérie.

Lui à qui une fille nue dans son lit jetait un an plus tôt, attrapant ses affaires, tu ne désires plus rien, t'es comme un mort. Il reprend vie, jour après jour, en classant les disques, parlant de musique, vivant aux côtés de cette femme de deux fois son âge, dont il détaille les seins et les fesses du soir au matin, happé par le besoin grandissant de toucher cette peau souple, d'attraper cette nuque fine, de sentir cette bouche humide glisser sur son ventre. À croire que dans le monde des morts, ça bouge encore.

Lorsque la journée s'achève, il raccompagne Alicia jusqu'au métro. Il craint ce dont il est capable s'il se retrouve en position de l'attirer à lui, de l'embrasser. Le veut-elle ? Alicia ne dit rien sur ses nuits. Il n'ose donc pas, et se concentre sur les boutons de sa veste de jean noire, étincelant dans la pénombre, pour ne pas lui prendre la main.

Peut-être y a-t-il un homme qui l'attend chez elle, un corps dans son lit, des doigts qui, bientôt, s'affaireront sur ses seins, son ventre… Tu prends le métro ? Il invente une soirée avec des amis, la suit sur le quai de Notting Hill Gate, l'accompagne jusqu'à Oxford Street. Dans la rame, elle s'affaisse sur la banquette, et raconte sa fatigue, la démesure du travail, les difficultés de la boutique. « Je dois trouver un moyen de la maintenir à flot, tu vois. »

Aux cahots du train, la tête d'Alicia se balance contre son épaule. Il aimerait caresser ses tempes. Il descend sans l'embrasser. Il rentre à pied, léger. Retraverse la ville en sens inverse, jusqu'à Portobello. *Décentrer, recentrer.* Perdre l'individu Grégoire von Hauser dans les méandres des rues. Le semer dans les coins obscurs, dans les squares, sous les hauts chênes du West London. Refiler Grégoire von Hauser à un chasseur en livrée du Langham qui guette un taxi pour une Russe en renard. Vendre Grégoire à un des traders aux cols froissés qui gueulent dans les pubs et les bars d'hôtel. Brader Grégoire à une de ces filles aux sourcils dessinés au crayon qui zigzaguent entre les tables des restaurants. Que Grégoire von Hauser, le jeune homme qui a fui Paris avec la violente excitation du sécessionniste, ne remonte jamais les escaliers en papier de son ancienne existence.

Grégoire,

Les parents m'appellent pour me donner des nouvelles du Mexique où ils poursuivent leur voyage. Il y fait trop chaud. Ils ont aperçu des requins à l'horizon. Je ne leur ai rien dit sur ta fuite. Je ne perds pas espoir que tu reviennes avant eux. As-tu trouvé ce que tu cherchais à Londres ? J'ai reçu ta lettre. Portobello. J'étais étonnée, je te supposais dans l'East London, près des puces, dans le quartier de Jack l'éventreur.

Ici, je m'occupe. Voici une seconde photo de deux écrevisses marbrées clonées que j'ai récupérée dans *Science.*

Tu aperçois la fissure dans l'œil droit de la seconde ? Une simple ligne traverse l'ombre totale de l'œil. C'est la seule chose qui les différencie. J'ai cru que c'était le filigrane du papier, mais non, c'est un trait, une fissure volontaire, ça ne te dit rien cette fissure ? La *Femme-écrevisse.* Dans la gravure, Rembrandt a imprimé la même marque dans l'œil de sa créature. La même fissure dans la pupille. Une sorte d'abcès. Sa blessure. C'est la seule trace d'une histoire de l'écrevisse. Sinon, cette créature n'a pas d'histoire.

Ou peut-être une histoire, Grégoire, que tu ne m'aurais pas racontée ? Comme celle qui t'a mené à me laisser seule, avec un vieux taiseux et une écrevisse jaune et mauve sur laquelle je commence à savoir tant de choses ?

L'écrevisse marbrée est semblable à celle de Rembrandt, personne ne sait d'où elle vient. La parthénogenèse interdit toute possibilité de récit. La parthénogenèse est une libération de la genèse. Un idéal, voilà ce que tu crois, Grégoire ? Une vie sans attaches, une vie sans géniteurs. Une bête sans dettes. Rien, pas une vieille histoire germanique ou latine, pas la moindre trace d'une écrevisse mère ou père avant notre amie marbrée. Je sais que tu envies cette créature, que tu aimerais être ce type d'animal à carapace et sans racines. Tu as sans doute raison, plus je l'observe à la télévision, plus je suis frappée par la paix de ses gestes. C'est une bête tranquille. Peut-être heureuse. C'est ça qui dérange ceux qui ne veulent pas la voir. Elle est hors de tout ça. Elle se place à côté de la justice, ignore la possibilité d'un Éden, perdu ou retrouvé. Elle n'est ni du côté des condamnés, ni des survivants. Elle se donne à reculons aux mouvements qui la bouleversent. Je m'endors face à cette couronne de vide dessinée par ses pinces, désignation d'un lieu sans perspective, un lieu où tu es parvenu à te couper de tes derniers liens ?

Mais n'est-ce pas une victoire trop facile offerte aux géniteurs, que de les fuir ?

Un samedi soir, Grégoire fait la fermeture avec Alicia. Il est près de minuit. Un pot était organisé pour la venue d'un guitariste nigérian, ils furent nombreux à boire des bières à la boutique, parler tard, danser sur Fela Kuti, que beaucoup ici ont connu, et racontent au bord des larmes. Il vide les cendriers, la fumée bloque sa gorge, il s'appuie au mur. Il enlève ses Clarks et ses chaussettes, ses pieds sont mauves, ses ongles bordés de sang, trois ampoules s'alignent de chaque côté de la plante. Il apprend la vie de travail. La vie debout. La vie qui se gagne, dirait son père, *la vie, tu l'arraches petit à petit comme un chien s'accroche à un bout de viande.*

— Are we going to your first Londonian party, or not ?

Alicia se tient devant lui, il remet ses chaussures. Ils rejoignent le Market Bar, plus haut sur Portobello.

Ils s'embrassent à la cinquième bière.

Elle lui dit qu'il pourrait avoir n'importe quelle fille, avec son accent, et son allure. « And with my face ? » Il parvient à sourire depuis qu'on lui a retiré les fils de ses lèvres, mais ses tempes demeurent gonflées, et un trait mauve traverse sa joue droite. C'est justement tes blessures, avoue-t-elle, qui m'ont permis d'oser t'embrasser. Tu es, sinon, trop beau pour moi. Elle a assené cette phrase avec une brutale évidence : « You're too handsome for me. » Incontestable verdict jeté par la femme de quarante ans à elle-même. Ils se promènent dans le quartier, essaient d'entrer au Tab, temple de la musique de Portobello, cathédrale de briques, jardin à crâne vaudou. Dans la queue, toute la jeunesse du coin s'est donné rendez-vous, des gars en vestes de velours, des filles en minijupes de vinyle rose. Alicia se presse contre lui, et murmure qu'elle préfère finalement rentrer. Et lui qui cent fois a détaillé en passant la grille de maison hantée de Powis Square, cette façade gothique, les fresques sur les hauts murs de l'ancienne église, les lettres graffées, *thunderdome*, enflammées sous l'arrondi de la coupole, le crâne bariolé et échauffé par les centaines de Cubains, minets, néo-punks, néo-hippies, raveurs qui dansent là tous les soirs, ramène Alicia dans sa chambre louée.

Porte close, elle jette ses vêtements à terre. Il bande depuis qu'ils sont entrés, mais reste assis sur son lit à la regarder dressée devant lui, en slip de coton échancré. Ses seins ont jailli, dévoilant ses tétins, petites bouches d'un rouge limpide qui se durcissent du plaisir à venir. Sa culotte se devinait sous le pantalon cigarette coupé à la cheville, une culotte bon marché qu'elle est sur le point de jeter d'un geste agacé dans le coin de la chambre. Ses poils pubiens sont raides et rares, pigmentant à peine le pubis très bombé. Alicia a de fines cuisses mais de gros genoux, rêches et rougis, de footballeuse ou de cycliste, ballons d'os et de chair qui lui octroient une vulnérabilité d'imparfaite.

Elle le branle avec rigueur, il lui mord les seins et descend, elle rit, écarte les jambes, son ventre commence à lâcher, la chair à délicatement se flétrir, légers sacs de peau qui rebondissent sur sa tête, il lèche son clitoris, ses cuisses se resserrent contre ses tempes, en un geste elle pourrait lui broyer la tête, Casse-Noisette aurait la peau de Luftmensch, il frotte le menton contre sa vulve, elle halète fort, tout en ne cessant de le branler, il est prêt à jouir, la gueule trempée, les jambes d'Alicia qui l'enserrent, comme il serait dans un cocon humide, une poche qui assourdit les bruits, il lèche, lèche, et elle commence à crier, puis se retire, bref mouvement des fesses vers l'arrière, se laisse tomber au sol, il se met debout devant elle, elle le suce avec cette méthode qu'elle avait déjà en le branlant, cet art scientifique qu'il n'a jamais connu avec les Parisiennes de dix-huit ans, il adore qu'elle sache qu'elle doit se tenir de telle manière qu'il puisse observer ses seins bringuebaler dans le vide, et son cul monter et descendre au gré des mouvements de sa bouche. Puis elle se redresse, se juche sur lui, attrape sa queue, s'empale sans un mot, il maintient ses fesses, dresse le torse et dévore ses seins, elle jouit avant lui en brefs halètements. Elle avoue en un cri une fragilité d'oiselet.

Il ne savait pas que le sexe pût être un tel jeu d'experts. Ils refont l'amour trois fois. Ils n'ont besoin de rien dire pour savoir ce que chacun veut, et le faire jouir au plus vite.

Cette franchise du corps d'Alicia l'excite et le rebute, puis l'excite encore plus. Elle baise comme un grand joueur d'échecs, avec recueillement et méthode. Alicia le déstabilise aussi par sa camaraderie, sa voix rauque, sa virilité d'increvable, et cette subite gravité de vieil homme qui masque, deux ou trois fois dans la nuit, la finesse de ses traits. Il aimerait lui dire qu'elle a le droit de se détendre, d'être maladroite, mais il sent bien qu'elle n'y parviendra pas ce soir. Qu'elle ne le veut sans doute pas. Qu'elle trouve sa jouissance dans la rigueur du jeu. Et dans la possession de sa belle gueule. Enfin, de ce qu'il en reste.

— J'ai découvert Coltrane dans l'odeur de frites et de Marlboro, dans un bar de Londres en 1983.

La nuque en travers de son ventre, il se laisse porter par la houle de ses mots, guettant l'œil noir qui appellerait à refaire l'amour. Elle se raconte, la jeunesse de fête, le goût de la musique, la rencontre avec son premier amant, à vingt-six ans, en 1983. Grégoire avait cinq ans en 1983. Lucie venait de naître. Le temps était à la fête : leurs parents organisaient chaque semaine des soirées rue de la Manutention, ils célébraient sans fin leur couple, et leurs jeunes enfants, irréfutables preuves de ce désir qu'ils nourrissaient l'un pour l'autre. Personne ne prêtait attention à leurs violentes disputes en fin de soirée. Ferdinand s'installait alors au-dessus d'eux. Grégoire apprenait à lire. Le monde filait à l'horizon de la Seine. Il caresse les cuisses d'Alicia, se demande ce que quarante années de passage sur cette terre usent de réflexes, de désirs, d'idéaux. Ce que quarante années modèlent sous la peau d'instincts, de raideurs. Il aimerait parvenir à quarante ans. Devenir homme de maîtrise, de passé, et d'avenir. Elle parle des concerts de Portobello, de ce premier homme de sa vie qui jouait dans un groupe, de cette année 1983, essentielle. Elle lui rappelle Lucie et ses discours sans fin. Tu finiras par parler en dormant, il lui disait, sa sœur se vexait, partait dans sa chambre, claquait la porte, et puis revenait, deux minutes après, pour continuer son histoire. L'appeler demain. Lui dire qu'il va bien. S'assurer qu'elle ne passe pas ses soirées seule à l'appartement. Personne n'est fait pour vivre seul à dix-sept ans.

Alicia, sa tête abandonnée sur l'oreiller, auréolée de cette chevelure azurée et compacte, accède à cet air détaché des saintes byzantines. Il aimerait l'interroger plus avant sur ces livres d'art parmi lesquels elle a grandi, savoir si, comme lui enfant, elle s'était plongée dans leur étrange langage. Il voudrait aussi en savoir plus sur les clients de la librairie. Il se sent familier de ces histoires de vieux collectionneurs, souvenir de ses lectures de catalogues, de ses creux de dimanches après-midi auprès de Ferdinand, lorsqu'il voguait de ville en ville, se figurant les collectionneurs, silhouettes recueillies sur des chaises, observant dans un dessin la fuite de leur existence. Mais elle ne parle plus. Il s'offre à ce calme d'après l'amour qu'il avait cru, jusqu'à ce soir, chassé de sa vie. Elle passe la main sur sa joue, il sursaute, la douleur de son visage.

— Tu t'es laminé la face, tu sais. C'est ça que tu voulais en venant à Londres, losing your head ? Tu ne supportais plus ta tête d'ange ?

— Peut-être oui, que je cherchais une forme de violence en arrivant ici. Et peut-être oui, que je voulais perdre la tête, comme tu dis.

— Qu'est-ce qui n'allait pas à Paris ?

— J'étais dans une impasse.

— Quel genre d'impasse ?

— Le genre où tu mettrais à peine tes poubelles.

À cinq heures, elle se lève, et se prépare à partir. Il lui fait signe de terminer la nuit avec lui. Elle répond, dans un demi-sourire : « Je dois rentrer, mon fils m'attend. Il a neuf ans. S'appelle Tom. »

Grégoire,

Pourquoi ne réponds-tu pas ? As-tu quitté Londres ? Si tu m'appelais, à cet instant, je te proposerais de jouer au ni oui ni non, comme nous menions nos parties, sur la banquette arrière de la voiture, lors de nos voyages d'août. Tu as avancé vers le sud, oui ou non ? Pourquoi pas Turin ? La semaine avant ton départ, n'as-tu pas à table, avec les parents, parlé si longuement de Turin ? Oui ? Non ? Ils t'écoutaient de cet air lointain qu'ils nous réservent depuis que nous ne sommes plus des enfants ; savez-vous que j'ai de nouvelles informations sur l'accident de Turin ? disais-tu. L'accident de Turin ? répondaient-ils en souriant délicatement, comme s'ils ignoraient ces livres de Nietzsche que tu laisses partout traîner dans l'appartement. Tu accostais toujours dans la vie de Nietzsche par l'accident, même si cette évocation de Turin, de Nietzsche face au cheval, te réveillait la nuit, le crâne humide et les chevilles dévorées par les crampes. Tu vois que rien ne m'a échappé de ce que tu as vécu parmi nous, Grégoire. Ce jour-là, personne ne sait ce qu'a fait Nietzsche avant de descendre dans la rue de Turin, poursuivais-tu. S'il a écrit, dormi, souffert. Personne ne sait ce qui a précédé la première mort, l'instant inaugural de dix années de stupeur qui le mèneront à sa seconde mort. Seule certitude, il n'a pas lu. Depuis des semaines, il ne parvenait pas à déchiffrer une ligne, il écrivait à sa mère, je ne sais pas comment je vais continuer, alors que je ne peux plus lire. Et notre mère de froncer les sourcils parce qu'il était question de mère, et qu'elle se souvint, un instant, de ce que ce nom implique, de douleur et de gravité. Nos parents n'espéraient que la fin de ton histoire pour pouvoir parler de choses sérieuses, mais de leur impatience tu ne voyais rien, et, avalant une bouchée de maquereau à l'huile, tu poursuivais : j'en sais plus sur cet accident de Nietzsche, sa bascule, tu avais tant de mots pour dire cet instant lorsque la carapace a recouvert le cœur battant, volet glissé sur le soleil, cet instant où la bête à peau incassable, la bête ignifugée a dévoré la dernière phrase, le dernier mot possible de Nietzsche. Tu disais aussi nécrose. La nécrose turinoise de Nietzsche.

Tu t'arrêtais une minute, notre mère en profitait pour servir le poulet et les haricots verts, notre père pour allumer une cigarette et chercher, en silence, un moyen de dévier la conversation vers l'urgence de nos existences : les études, le lycée, les vacances, l'affaire immobilière du siècle, mais déjà tu reprenais, te demandant à voix haute pourquoi Nietzsche était allé vivre ses derniers instants de lucidité si loin de chez lui. Tu comprends, toi, papa ?

Et notre père haussait les épaules, c'est sûr que lui, s'il se savait si mal, n'irait pas si loin de chez lui. Tu haussais la voix, mais tu partirais sans doute, si tu avais grandi, comme Nietzsche, près de Hanovre, non? La cigarette de notre père tremblait, ou peut-être était-ce son reflet dans l'horloge de faïence au mur, il pinçait les lèvres, il cherchait à se contrôler, refusait, comme la semaine dernière, de taper sur la table, renverser les assiettes, et hurler à son fils de se taire. Je peux te le dire, Grégoire, dans cette lettre que tu ne liras sans doute pas, je n'ai jamais compris pourquoi tu cherchais si souvent à renvoyer notre père à la question de Hanovre. Il te suffisait de dire Hanovre, pas même de prononcer le nom de Ferdinand, et il s'abandonnait à cette colère redoutable. Ne pouvais-tu essayer d'accepter qu'évoquer son père, lui parler de Hanovre, de cette Allemagne qu'il détestait, et que nous nous devions tous de détester, ouvrît en lui une plaie, incicatrisable, sur un corps qui, avec l'âge, s'engraissait et s'affaiblissait? Ne crois pas une seconde que je l'excuse, ces phrases, ces coups sur la table, sur les murs, sur la porte, et une fois sur ton visage, je ne l'oublie pas, Grégoire, jamais, cette gifle qui te fit vaciller, dans le couloir de notre maison, une beigne, de celles qui peuvent faire perdre l'équilibre à un garçon de seize ans. Je n'oublie pas ses accès de colère, incendies brusques, surréels par la vitesse de leur propagation. Mais tu le voyais comme moi ensuite, recroquevillé sur le canapé, tordu par le lumbago et l'alcool, murmurant sa peine.

Ce soir-là, il retint ses poings. Au mot de Hanovre, notre père se leva, et partit boire un whisky dans le salon. Tu arrêtas de parler, et quittas l'appartement. Au clac de la porte d'entrée, notre mère commença à préparer sa valise. Un prochain voyage. Un départ à l'aube. Des amis qui l'invitaient. Vous me manquerez les enfants, mais je n'ai jamais vu la Thaïlande.

Dis-moi, Grégoire, pourquoi ne me réponds-tu pas, as-tu quitté Londres oui ou non ?

Ils se prennent tout le temps, partout, chez lui, dans sa chambre, à la boutique, dans la cave, avant l'ouverture, ou après le dernier client. Des coups, rapides et forts, qui appellent les prochains. Un échange continu dont témoignent les araignées mauves qui marquent leurs cous, leurs épaules, leurs seins, et leurs bras. Un amour qui frôle le combat. Il leur faut tout essayer et tout se raconter en même temps – et là tu me retournes, et là tu accélères, et là tu attrapes mes couilles, serre et desserre, redresse-toi, ne les lâche pas, serre et desserre, retourne-toi maintenant, laisse-moi te lécher, non, je te tiens encore un peu. Aucun d'eux ne savait qu'il était possible de vouloir à ce point l'autre et se le dire. Le fait même de prononcer les mots, écarte les jambes, donne-moi ton cul, leur rend cette faim plus insistante. Il lui dit qu'elle a cette manière d'être, de bouger, de se taire qui n'interdit rien. Il lui avoue, j'ai connu pas mal de filles avant toi, mais jamais une avec qui c'était si simple. Il dit aussi : je n'ai jamais vu un corps si délibérément nu. Si vivant d'être nu.

Il lui dit qu'elle cultive cette assurance heureuse, pleine, dont il a besoin. Une possibilité d'abandon, une légitimité à être soi. Comme dans les soirées techno de ses seize ans, l'immersion parmi les gens qui sont présents cette nuit-là, et seront demain ailleurs, ces corps qui ne cherchent pas à laisser de traces, cette assemblée de *Luftmensch*.

Il ne lui avoue pas à quel point il la trouve étrangère au monde dans lequel il a grandi. La lenteur de ses gestes, sa vision si peu programmatique de l'avenir.

Elle ignore ce qu'est le mensonge comme mode d'existence. La feinte, jour après jour. Les masques qu'il s'est inventés. Peut-être à cette femme, dont les tempes et le cou s'effritent légèrement en pleine lumière, il pourrait dire ce qui le sépare de lui-même.

Elle lui propose de s'installer chez elle, il accepte. Alicia habite dans la banlieue sud de Londres, à Earlsfield. À vingt-cinq minutes du métro. Une heure trente du centre. *A working class suburb.* Dans le troisième cercle de Londres.

Grégoire ne sait pas ce qu'est Earlsfield. Le Parisien des bords de Seine n'a pas idée de ce qui anime une banlieue à ronds-points, poubelles abandonnées dans les rues, bergers allemands et rottweilers, jardinets à herbes folles, associations musulmanes, protestantes, hindouistes, juives, sikhs, mennonites, évangélistes. Une ville où de jeunes filles aux longues jambes se pressent inquiètes aux arrêts de bus, et où de petits garçons de cinq ans rentrent seuls de l'école. Il ne sait rien de ce que lui raconte Alicia le premier soir et qui tiraille Earlsfield : la guerre silencieuse des pavillons et des logements sociaux. Des chauffeurs de taxi, et des femmes de ménage. Des comptables et des ouvriers. De ceux qui veulent sortir Earlsfield du troisième cercle, et ceux qui veulent simplement un appartement chauffé, pas trop loin du Texo. Le paysage d'Earlsfield est à l'image de cette lutte fratricide : une rue centrale, animée et chaleureuse, des cafés trendy de hamburgers et de vins californiens. Des façades soignées de briquettes et de roses, des perrons sur lesquels des trottinettes colorées s'alignent. Et, trois cents mètres plus bas, des cours abandonnées, des maisons basses en ciment, des panneaux *watch the dog*, des rues barrées par des travaux lancés par l'ancienne équipe municipale, puis négligés par la suivante, une chaussée éventrée, un square d'enfants barré, des égouts saillants. Alicia loue son appartement dans cette partie d'Earlsfield. Grégoire ne sait rien de cette vie dans le troisième cercle, mais lorsqu'il se rend chez elle pour la première fois, il feint d'avoir grandi plus ou moins dans un endroit comme celui-là.

Elle partage un deux-pièces avec son fils dans une rue aux façades identiques de faïence grise, cubes borgnes à étroites fenêtres, construits dans les années soixante-dix. Tom accueille Grégoire en pyjama Mickey, enfant sérieux et maigre, qui hoche la tête à son arrivée, et retourne lire une bande dessinée sur le canapé. Grégoire se demande si lui aussi a un jour habité un corps si fragile, armé d'une si hostile timidité.

Le salon d'Alicia ressemble à ceux des émissions télévisées : carrelage au sol, murs colorés, meubles blancs, cadres argentés, tulipes artificielles, cuisine ouverte à bocaux de céréales. Un chat sous la table. Une vaste collection de disques sauve les lieux de la neutralité.

Le premier soir, Alicia fait des spaghettis aux boulettes de porc pour fêter son installation. Grégoire pose le front contre la vitre du salon et se dit, c'est ici que je vais vivre. Comme Jonas blotti dans l'estomac de la baleine, je vais poursuivre mon existence dans un ventre étranger à celui qui m'a vu naître. Il cherche dans la rue déserte et obscure, dans le visage consciencieux de l'enfant, ou dans l'odeur de cumin des boulettes, un filin qui lui permettrait de ne pas dériver.

Le lendemain matin, Alicia lui propose de les accompagner aux jeux. Ils emportent une Thermos de café et s'installent sur un rond-point, assis sur un banc au bord d'une étendue de sable réservée aux enfants, et un toboggan sur lequel Tom place son ballon, le fait glisser, le hisse, le lâche, le hisse, le lâche.

— T'as tout compris d'Earlsfield, s'amuse Alicia, quand tu vois que le toboggan tremble sous le poids d'un ballon.

Elle redevient jeune fille ce matin, sans maquillage, les cheveux abandonnés au vent humide. Autour d'eux, parents et enfants s'admonestent, en créole jamaïcain, espagnol, bengali, arabe, yoruba, britannique, ukrainien, polonais, russe. Alicia les observe avec tendresse.

— C'est samedi. *The daydream*, on disait chez nous. Le jour où on se permet d'y croire.

— De quoi tu parles ?

— Tu n'as pas connu ça, toi, les projets du samedi ? Les espoirs du samedi ?

Samedi, rue de la Manutention ? Le père travaillait, la mère partait après le déjeuner, jouer au tennis avec des amis. Lucie et lui exorcisaient la journée en regardant les films qui traînaient chez eux, ceux de Ferdinand et d'autres qu'ils prolongeaient en jeux de rôle dans le salon. Lorsqu'ils ne trouvaient plus de suite à l'assassinat de l'espion dans une mare de piranhas, ils descendaient au bord de la Seine, écouter cogner les skateboards au palais de Tokyo. Les samedis étaient des jours de vide et de plein, d'écrans muets, ou de solos de batterie. D'heures où l'on oubliait les heures. Peut-être une forme d'espoir, oui, celui de croire que le monde les ingurgite. *Un, deux, trois, soleil.* Figés, Lucie et Grégoire, statues abandonnées au bord de la Seine. Jusqu'au retour du père, ou de la mère qui réenclenchait l'horloge.

— Mon père avait un mot pour l'espoir du samedi : *Eleutherepolis*. C'était devenu son mantra. *Eleutherepolis*. La ville libre, la ville élue, le lieu de tous les possibles, c'est ça *Eleutherepolis*. Ça ferait une bonne chanson de Björk, non ?

Il tire la langue. Ils partagent une détestation assidue de l'Islandaise au visage poupin. Alicia continue de parler, son œil glisse du dos étroit de Tom au va-et-vient de la balle de caoutchouc verte.

— J'en sais des choses sur l'espoir du samedi, je suis née un samedi. J'ai été l'espoir de toute ma famille maternelle. Ils avaient quitté la Chine de Mao, tout laissé derrière eux pour venir s'installer près d'ici, à six dans un appartement pas plus grand que le mien. Mais j'étais là pour poursuivre. Chez moi, c'était les femmes qui parlaient réussite avec la concupiscence des grands rêveurs. Demain, ce sera à notre tour. Demain, nous serons riches. Demain, nous vivrons au centre-ville. Demain, nous arrêterons les ménages. Demain, nous partirons en vacances au bout du monde. Demain, nous aurons des bonnes. Demain, nous ferons venir nos cousins et nos frères restés là-bas.

Demain, j'investirai dans une maison au-dessus de Saint-Raphaël, huit millions de francs, des Russes qui la vendent. La maison, c'est un bijou : la cuisine et les salles de bains sont en marbre vert, et au fond de la piscine, il y a une énorme grenouille en pierre de taille, couleur émeraude. Je l'achète huit millions, je la revends douze. C'est un très beau coup si le fisc me tombe pas dessus, je vais doubler la mise. Et tu connais la meilleure ? On passe l'été en famille dans cette maison, avant que je la vende. Ta mère va pas en revenir.

Grégoire pensait avoir oublié la voix fiévreuse de son père qui interrompait le silence de l'appartement, la pulsion de vie de cet homme qui touchait la pierre et la changeait en or. Chaque semaine, il concluait l'affaire du siècle, chaque semaine enflait leur fortune comme la flamme du cracheur de feu. Chaque semaine il croyait ainsi pourvoir en rêves la femme qui était immanquablement sortie lorsqu'il téléphonait.

— Et mon père, continue Alicia, préférait écouter son jazz dans les bars, que de participer à cette fièvre du samedi. Ce n'est pas qu'il ne voulait pas gagner de l'argent, mais il n'avait pas les mêmes ambitions que la famille de ma mère.

Et ça Grégoire, c'est grâce à ce que je suis, tu vois, grâce au travail, et à ma belle gueule, n'oublie pas, on a le pouvoir d'inventer sa vie. On donne tout à une belle gueule, et à ceux qui savent se battre. N'oublie pas ce que disait un vieux Chinois, nous sommes de l'eau entre leurs mains. Et de cette eau, nous devons faire de l'or.

Comment raconter à Alicia cette fortune qui auréolait leur existence ? Comment lui dire que l'argent est d'abord un moyen de faire oublier l'argent ? A-t-elle idée même des sommes possibles dans les mains d'un seul homme ? Il a remarqué comment Alicia choisit au supermarché les produits les moins chers, et la manière dont elle ne jette rien : le moindre reste de beurre, le journal de la veille, la chaussette trouée. Tout est terminé, réutilisé, reprisé. Il n'y a aucune chance qu'elle comprenne l'activité d'Ernst von Hauser, devenu Yves Crebsin, promoteur, flambeur, pyromane. Un nom et une allure. Comment dire à Alicia qu'il a grandi dans l'*Eleutheropolis*, que ce n'est pas qu'un rêve de bar, mais aussi des lieux, solides, répartis sur la planète, où les gens vivent, aiment, souffrent. S'agrippent aux murs comme l'araignée à sa toile. Le seizième arrondissement de Paris est un fragment d'*Eleutheropolis*. Rue de la Manutention, dans les hanches de la tour Eiffel, de la Seine, vue nord sur le Grand Palais, vu ouest sur le Trocadéro. *Eleutheropolis*. Les courses jour et nuit sur les marches du palais de Tokyo, les hautes cariatides de titanes, d'esclaves à genoux, de sphinx et d'éléphantes nés pour distraire ceux qui vivent là. La beauté en écosystème, le soleil couchant sur le fleuve, la forêt dont jaillit le Trocadéro, tel ce bateau échoué au bord de l'Amazone qui flotte sur les canopées de la ville, prêt à s'envoler dans le ciel parisien, sous les lacis rose et vert des nuits de l'équinoxe. Il n'y a pas un jour à Earlsfield, lorsqu'il descend dans ces rues basses, où il ne regrette les reflets du soleil de fin d'été sur la Seine.

Chaque matin, Grégoire va boire son expresso au café du coin. Il découvre l'immobilité du sud d'Earlsfield. Là où le troisième cercle ne rêve plus de sortir de ses gonds. À huit heures, le café est plein, d'hommes en tenue de travail, de femmes maquillées. Ils discutent comme si de rien n'était, sans jamais parler de la journée qui commence. Ils n'iront nulle part aujourd'hui. Mais ils feignent de partir, se lèvent à sept heures, viennent ici boire le café. Pour quitter l'appartement, entendre claquer la porte derrière soi, feindre qu'on mène sa barque. Même si dans cet arrière-quartier où se regroupent les immeubles des anciens d'usines et de filatures abandonnées, il n'y a plus de barques, ni même de rivière pour rêver de s'embarquer. Ils observent ce jeune homme en pantalon de velours et pull torsadé, sans bien comprendre. Comme une baleine du Pacifique s'échouerait sur l'une de leurs plages grises. « Je viens de m'installer dans le coin, leur raconte-t-il, I just settled here, I'm gonna live here. » Moues dubitatives, murmures, quel jeune homme de son allure voudrait venir vivre dans ce coin reculé d'Earlsfield ? Il s'installe au comptoir, et commande son café à la même heure chaque matin. Ils ignorent ce dont il est capable pour devenir l'un des leurs. Mais sait-il lui-même combien de temps il doit rester ici, dans cette ville inconnue, parmi ces gens inconnus ?

Grégoire,

Les parents sont repassés par ici, puis repartis chez des amis au Portugal, pour une croisière en voilier. Ils ont demandé où tu étais, j'ai parlé d'une invitation dans une maison de campagne. Ils n'ont pas insisté. Ils semblent toujours si dépouillés, lorsqu'ils rentrent de voyage. En vacances d'eux-mêmes. Je sais ce que tu penses de leur manière de vivre. Grégoire, ne perds pas ton temps à condamner le plaisir de ces ventres dont nous sommes sortis. Tu t'épuiserais à devenir leur juge. Oublie que tu leur en veux, oublie ce soir d'été où tu as trop espéré.

Tu te souviens de la beauté de ce mois de juin ? Nous avions ouvert la fenêtre du salon, pour laisser entrer le ciel. L'azur sur la Seine se zébrait de zestes mauves et carmin qui teintaient la vapeur des lumières de la ville, en pyrotechnique. Est-ce cet or de la nuit de juin qui te donna le courage de faire lire tes poèmes ? Ou ces deux bouteilles de vin ouvertes à la table familiale, rosé gai des premières nuits d'été, qui nous avaient pour une fois apaisés ?

Après le dîner, tu apportas un cahier relié à notre père. Il était assis dans le salon, devant la télévision. J'ai écrit une dizaine de poèmes, est-ce que tu aimerais les lire ? Il balbutia quelque chose, attrapa le cahier sans l'ouvrir et le posa à son côté, sur le canapé. Lui qui ne t'avait jamais dit un mot sur un poète, devenait le premier récipiendaire de tes poèmes, Grégoire, quelle étrange idée.

Quelques jours plus tôt, tu avais retrouvé au fond d'un tiroir une photo de lui, sur une terrasse de Saint-Michel. Il n'avait pas vingt-cinq ans, venait d'arriver à Paris, 14 septembre 1962 était griffonné au dos de la photo, il buvait un café sur ces boulevards dont adolescent en pension il rêvait jour et nuit. Son visage que nous ne connaissons que figé par la graisse dans une constante lassitude, se révélait pointu, éveillé. Un livre était posé sur la table. Nous n'étions pas parvenus à déchiffrer le titre. De cette aristocratie de la jeunesse – pantalon de toile élimé et cigarette entre les lèvres, coudes posés sur la table et cheveux en bataille, sourire alerte de celui qui n'a pas renoncé à son plaisir – tu crus qu'il demeurait des traces, des stimuli chez l'homme de soixante. Parce que avait existé cet Ernst von Hauser, heureux étudiant étranger à Paris en 1962, avant Yves Crebsin, promoteur immobilier résident monégasque à Paris, parce que l'étudiant léger devança le promoteur au corps lourd et aux vacances tropicales, tu lui as confié ce soir de l'été 1998, l'un des jours de tes dix-neuf ans, tes poèmes. Les rares que tu étais parvenu à finir. A-t-on vu geste d'une si grande importance, reposer sur une plus fragile assurance ?

Il t'avait dit aussi, un jour de vacances de tes quinze ans, te surprenant lisant *Sur la route* sur ta serviette de plage, que lui aussi avait appris certaines phrases de Kerouac par cœur à l'adolescence. Mais avais-tu oublié, Grégoire, ce que tu écrivais ? La nature intenable, de ce que tu lui ordonnais de lire, toi et ta furieuse jeunesse, à lui, l'homme rougi par les colères inassouvies et les inlassables fuites de la femme aimée ? Et à cet homme aux plantes de pied brûlées par les braises financières et amoureuses sur lesquelles il dansait en fakir, tu demandais d'être le premier lecteur de tes poèmes ?

C'est par mer qu'il arriva, faible et dénudé, pour que la cité daigne lui accorder la grâce. Dans la vallée des ténèbres, ne règne que la lune rousse ou féconde mais toujours confidente dont la métamorphose puise sa force chez les non-êtres, ombres défigurées par la traîtrise et l'ambition.

Tu attendais dans ta chambre, assis sur ton canapé-lit, cuisses serrées et genoux relevés contre ta poitrine, cendrier et paquet de Marlboro rouge posés à côté de toi, rectum barré par l'espoir, comme ces prisonniers transférés que l'on aperçoit enchaînés au fond de camionnettes carcérales. Tu guettais le moindre bruit, le premier mot, non tu ne voulais surtout pas de mot, mais le souffle, oui, le souffle du lecteur qui s'abandonne à tes vers, *le déchaînement avec lequel certains musiciens de jazz tentent de se libérer du poids de l'attraction montre à quel point le devoir de l'homme est infini.* Tu as guetté toute la nuit, ne t'es endormi qu'au lever du jour, espérant la voix de ton premier lecteur. Tu avais dix-neuf ans, Grégoire, l'avenir bourdonnait au-dessus de ta tête, et tu l'as confié à cet homme ? Tu as retrouvé le cahier A4 sur la commode de l'entrée. Il ne t'a rien dit. Ni le soir, ni le lendemain. Ta honte s'est forgée sur ce silence, et elle n'a plus cessé.

Renversé, le bourbon court sur la table de formica. Son ombre dessine mon avenir, je n'ose le lire.

Dans mon ventre, l'éponge assoiffée a fini son travail et c'est au plafond trop bas que je rends mes amours…

Au cours de ces heures de la nuit, dans ton lit où je ne dors pas, je repense à Nietzsche, à Turin. Crois-tu qu'il soit allé voir le Saint-Suaire de Turin ? Cette empreinte du visage christique, cet ovale barbu aux yeux las, cette figure d'homme simple face à laquelle certains se prosternent. Puisque nous ne sommes que des singes tournant autour de poupées. Alors Nietzsche, un de ces jours à Turin, où le ciel prépare pluie ou neige, un de ces matins où les glaciers penchent sur la ville, prêts à fondre sur ses colonnes, peut-être a-t-il traversé la place du Château, la piazza del Castello, pour rejoindre la cathédrale du Saint-Suaire. Et peut-être, face à cette empreinte qui sépare les croyants des autres, cette imprégnation si précise des traits d'un dieu qui somme de croire, sans mystère ni imagination, peut-être Nietzsche s'est-il enfui, le fils et petit-fils de pasteur put une dernière fois prendre ses jambes à son cou, et courir hors de la cathédrale, oubliant les tramways et la pluie de Turin, oubliant les sommets enneigés qui le toisaient, oubliant qui il était, *ecce homo*, géant aux ailes traînantes sur le marbre humide de Turin, oubliant de se préserver, lui, le fragile pianiste, nourri par sa pension de handicapé, le presque aveugle, le rompu et l'isolé, lui, le Prussien glacé par l'eau italienne, ignorant aussi ceux qui le suivront et auront tant besoin de lui dans les siècles à venir. Et il rencontra le cheval.

Grégoire, nos parents, et les autres, les lâches et les concupiscents, les avides et les las, les frénétiques et les frivoles, sont comme toi et l'homme de Turin, oscillant entre le Saint-Suaire et le cheval, traçant une voie entre la barbarie et la mort, la parthénogenèse ou la fuite. Nous sommes tous à la recherche d'une stature d'homme, parmi les hommes. Pose les armes, Grégoire, il est temps d'amnistier.

Alicia et Grégoire sortent en boîte, dès qu'ils peuvent, sur les traces des Floyd et des prédicateurs du début du siècle. Les filles de tous âges repèrent ce joli garçon en pantalon de velours et chemise de nylon orange ou vert pomme qui commence au bar par écluser deux ou trois whiskys, avant de traverser la salle, en zigzag, pour danser, puis retourner boire, puis danser, puis gober une *magic pill* vendue un peu partout, puis danser, puis sniffer, danser, puis fumer, danser, puis danser. Elles lui tournent autour. Il en joue mais n'en touche aucune, pas envie de perdre l'ahurissante présence d'Alicia dans sa vie.

Lorsqu'il boit, se mêlent à son anglais des bribes d'allemand, puisqu'il est, raconte-t-il aux filles qui l'écoutent, d'origine allemande. Il plaque ses cheveux en arrière, relève la tête, prend un air lointain, pince les lèvres, et prononce deux phrases insaisissables, d'un œil glacial. C'est un personnage de film, vous l'avez reconnu ? Les filles avouent leur ignorance. Vous n'avez pas vu *Champagne* ? Alfred Hitchcock ? *Champagne*, avec Ferdinand von Hauser, ça ne vous dit rien ? C'est un acteur, très connu à l'époque. Mon grand-père.

Les filles ne comprennent pas bien ce qu'il raconte, cette histoire de vieux cinéma. Mais enfin, elles acquiescent, il est trop beau pour refuser de le croire. Les seuls avec qui Grégoire se sente mal ces soirs-là sont les Français. Ils sont nombreux dans la boîte, comme partout à Londres. Il est sûr de les entendre ricaner à son arrivée, lyncher son allure. Il croit savoir ce qu'ils murmurent, ces filles et gars en jeans et tee-shirts de rock assis dans l'ombre des alcôves de cuir : ce type se croit-il au Whisky à GoGo, ou dans je ne sais quelle boîte parisienne pour fils à papa ? Ce type retarde. Ce type devrait rester à Paris, sur les rives de son petit fleuve bien sage, et pas tenter d'être quelqu'un qu'il n'est pas. Il croit lire sur leurs lèvres de l'autre bout de la salle : « idiot utile », « mec ringard », « petite frappe ».

Grégoire ne se rend plus à The Ancient World que deux jours par semaine. Il sort tous les soirs, peine à se lever pour travailler. Alicia accompagne Grégoire dans toutes ses nuits blanches. Pas un soir sans que deux, trois, cinq filles lui tournent autour. Elle trouve dans ses poches de jeans des numéros de téléphone. Elle ne dit rien, mais ne s'éloigne jamais trop de lui, repère en entrant dans les boîtes la plus belle fille, et tient son amant à l'écart. Elle élabore des stratégies d'espace, de danse, de groupe pour que cette fille et Grégoire ne se rencontrent pas, et comme elle jouait aux échecs dans les bars avec son père, elle sait qu'une reine doit à chaque fois surprendre par ses déplacements ; elle propose de nouvelles boîtes chaque soir, pour qu'il ne prenne l'habitude d'aucun visage, corps inconnus.

Et puis il y a les retours. Ces traversées de la ville qu'ils accomplissent à l'aube, qui leur rappellent pourquoi ils se sont choisis, deux mois plus tôt, et ont tant voulu l'un de l'autre.

Ils marchent et parlent. Pour se réchauffer, ils ont inventé un jeu. L'un après l'autre doit fermer les yeux et reconnaître ce qu'il entend. Le bruit de la bêche qui cogne la pierre dans la terre, dans un jardin ouvrier de Brixton, ou de Wimbledon. L'éternuement du moustachu au rez-de-chaussée de la grande rue d'Earlsfield. L'alarme du camion-poubelle à l'instant où se referme la benne, la perceuse des balcons en travaux, le fracas d'un cageot de bouteilles vides jeté au sol, le grésillement du bourdon dans la roseraie de Hyde Park, les alpagues familières des Jamaïcains vendeurs de cuir à Portobello, le ronronnement saoul et suppliant de l'Irlandaise endormie au comptoir d'un pub, le scratch de la fléchette que l'on arrache à la cible, le brusque claquement de la cuvette des toilettes, le chuintement ravi du paquet de cigarettes lorsqu'il glisse dans la fente, le cliquetis nerveux des pièces cognées sur l'acajou en attente de la première pinte, la rage des rideaux de fer des kebabs à la fermeture, les tremblements parkinsoniens de la vaisselle dans les appartements de Kensington, la ronde en mineur qui achève l'orgasme d'Alicia sur un banc de Regent's Park, la chute mate du réveil sur le sol dans un logement social de Redbridge, le grincement de la cabine téléphonique après le bref coup de fil parisien à Lucie, avant qu'elle ne parte au lycée. L'obsédante persistance de la nature dans cette ville pieuvre. Ils se sentent comme Béla Bartók dans la campagne hongroise, euphorie de découvrir chaque jour de nouvelles tonalités, d'épouser le chant sourd de *London the greatest*. Plongée dans l'humus murmurant d'une civilisation en décomposition, et recomposition. Une civilisation ironique et euphorique.

En rentrant, Alicia se couche, il s'installe, avec une bouteille d'encre et un pinceau, à la table du salon. En un seul long geste, les formes apparaissent sur la feuille, se mêlent, s'étreignent, se reproduisent, au gré des arythmies collectées dans les rues de Londres. Le profil d'un comte, d'un page, d'un poète, d'un roi, d'un assassin. D'une femme à carapace. Au cœur du dessin, revient toujours l'œil, aux cils frisés, soutenu par une longue larme noire, araignée au centre de la toile, prête à dévorer les figures qui lui sont données.

Il se décide à montrer à Alicia un matin, avant de partir au travail, ses dessins, et les quelques poèmes qu'il a écrits depuis son arrivée à Londres. Elle s'est assise dans la chambre pour mettre ses baskets. Il pose les uns à côté des autres les dessins sur le lit, n'ose pas la regarder, il ne sait pas bien ce qu'il attend d'elle, sait seulement ce qu'il craint : la gêne. L'implacable, qui naît face aux déchets intimes. Pendant qu'elle se penche sur chacun des dessins, il fixe par la fenêtre le ciel fumé, l'opacité de la nuit qui se désagrège sur les toits gravillonneux d'Earlsfield. Les silhouettes d'encre saturent les feuilles cartonnées : une femme à tête de crustacé qui danse bras levés, des dizaines de visages et de silhouettes entremêlés, fatras de figures, et au centre, un œil noir posé sur un socle de larme. L'encre noire situe le dessin entre l'eau-forte et le comic book. Odilon Redon et Corto Maltese. Les poèmes se mêlent aux figures. Une énergie trouble, inépuisable, anime l'ensemble. Un cri muet, essoufflé, implorant, féroce, comme le dessin d'un condamné sur le mur de sa cellule. « Je ne savais pas que tu dessinais si bien », murmure-t-elle. Sa voix se creuse. Sous la lumière du jour, elle semble essorée, ses cernes apparaissent, et les ridules autour de ses yeux.

Il sait l'effet que peut produire ce qu'il fait ; le soupir de la fille, la dernière, à Paris, dans le lit ouvert face aux dessins et aux textes qu'il avait voulu lui faire lire : qu'est-ce que c'est, on n'y comprend rien, je suis désolée, c'est trop glauque pour moi… Les cendres de la cigarette glissaient sur ses seins. Il n'avait pas su la faire jouir, il lui avait offert un dessin. Quelques jours plus tard, un boucher du vingtième arrondissement l'appelait, il avait retrouvé le dessin, avec son numéro écrit derrière, une jeune femme l'avait oublié là, oui, en payant, elle l'avait laissé à la caisse. Elle s'appelait Jeanne. Elle avait laissé un message sur son répondeur, elle aussi le boucher l'avait contactée, elle parlait vite, « désolée Grégoire, je suis vraiment désolée ».

Il n'insista pas. Il avait aimé pourtant le turban turquoise qu'elle nouait dans ses cheveux, la grâce mutine de ses courtes cuisses.

Alicia ne dit plus rien, détaille les dessins de bas en haut, comme elle chercherait un ami sur une photo de groupe.

J'ai appelé l'ensemble, « la Nuit de décembre », finit-il par murmurer. C'est le titre d'un poème, Alfred de Musset, oui, un peu oublié c'est vrai. Non je n'ai jamais lu Musset, c'est dans un film que j'ai découvert le poème. *L'Étudiant de Prague.* Un film sur un homme qui perd son reflet. Il ne le perd pas d'ailleurs, il l'a vendu, à un vieux marchand au nom italien, Scapinelli. D'autres vendent leur corps, lui, c'est son reflet. Mais pourquoi je te raconte ça ? Tu n'as pas besoin de connaître Musset pour comprendre mes dessins.

Elle acquiesce, « c'est intéressant, ça a dû te prendre beaucoup de temps ». Il ne répond pas. Puis elle quitte la pièce. Grégoire se dit, cette fille, je ne peux pas trop lui en demander.

Grégoire,

En allant chez Ferdinand hier, je suis restée un peu plus longtemps, j'avais besoin de parler de toi, et de ta fuite. Il est le seul à savoir où tu es. Il hoche la tête de cet air grave qui constitue une des trois expressions qui lui restent : sourire/sérieux/dégoût. J'ai cru qu'il allait tomber de sa chaise à force de se basculer de gauche à droite. Je me suis demandé s'il cesserait un jour de t'adorer. S'il savait de quoi tu étais capable. Je lui ai raconté l'histoire de Marie Stouffe. Tu penses peut-être que je n'en avais pas le droit ? Je sais, tu avais dix ans, tu n'étais qu'un enfant. Mais enfin, ce que tu as fait à cette fille, ce jour à l'école, y repenses-tu quelquefois ?

J'étais là, tu sais, j'ai tout vu. Je me tenais à distance, comme tu me le demandais dans la cour de récréation : tu n'imaginais pas de jouer avec ta sœur de sept ans devant les autres. Peut-être s'agissait-il d'un de ces matins de messe, lorsque nous ne restions que quelques-uns dans la cour, à attendre la fin de l'office. Entre non-initiés, ignorants, philistins. Tu étais à la recherche de partenaires de ballon. Un vent glacé ralentissait nos gestes. Du fond de la cour, un chant s'est élevé, sifflant et faux : « Dorothée s'est pas mouchée, Dorothée, Dorothée. » Dorothée était la plus silencieuse et la plus lente des filles de ta classe. On la surprenait quelquefois, dans la cour, bras levé, et une jambe à demi pliée le long de la cuisse, elle appelait ça, « faire le buisson ». Elle le faisait dès qu'elle sortait, comme elle aurait eu besoin, le cours terminé, de retrouver sa nature chlorophylle. Tous se moquaient d'elle. Sauf toi. « Dorothée va se pisser dessus, Dorothée, Dorothée... », celle qui chantait était Marie. Nous l'appelions Marie Stouffe, jamais Marie, pour nous rappeler, dès que nous avions envie de la gifler, qu'elle était la fille de Madame Stouffe, l'institutrice, et grande amie du directeur. Marie était une idiote – lourde et ras de sol – qui affichait l'air faussement jovial de sa mère, sourire imperturbable de la hiérarchie qui ordonne l'amour, du pouvoir qui contraint à tutoyer. Elle ne cessait de sourire, en vous dénonçant ou piquant votre sac de piscine. Nous pouvions sans mal imaginer le genre de femme qu'elle deviendrait, usant du pouvoir avec acharnement pour organiser son règne. Son visage plat et épais, encadré de cheveux raides, était une tête de Gnafron sur laquelle on aurait marché. Tout le monde l'évitait, à part un petit groupe de fidèles qui l'entouraient, pauvre garde prétorienne. Ce matin-là, Marie avait décidé d'empêcher Dorothée de faire son buisson. Dorothée était son souffre-douleur favori, sans doute parce qu'elle se méfiait trop de l'autorité pour dénoncer sa tortionnaire, mais aussi parce que Dorothée, aussi paumée semblait-elle en permanence, était dotée de longues jambes, de cheveux bouclés et d'une souplesse dont Marie serait toujours dépourvue. Tu étais déjà sensible à la beauté de Dorothée, à sa silhouette de long écureuil. Marie vivait pour la jalousie, comme d'autres pour la bonté. Elle exerçait son envie partout et toujours, intimement persuadée qu'elle serait toujours la plus mal dotée, mal servie, mal considérée. Elle avait beau être la fille de l'institutrice, le bras droit du pouvoir, elle ne perdait pas la foi en sa spoliation. Une indignation sans trêve ni fin lui fournissait son énergie, et tendait l'arc dans sa pupille. Entourée de ses disciples, elle suivait Dorothée au pas de course. Dorothée marchait en rentrant la tête dans les épaules, réflexe d'escargot harcelé à l'allumette. Elle croyait se dissimuler sous sa tignasse blonde, se désagréger sous ses cinq ou six épis, à croire que cette chevelure projetait les drames de sa vie à venir, ce désordre qui la rongerait, le chaos médicamenteux. Tu sais ce qu'elle est devenue, n'est-ce pas ? Mais ce matin, Dorothée n'était qu'une petite fille échevelée et maigrichonne sous une veste informe, de ces gilets de sport à fermeture Éclair que son père lui achetait, ne sachant comment habiller une petite fille qui cherche un coin tranquille pour faire le buisson. « Dorothée va bientôt chier, Dorothée, Dorothée », les filles tapaient dans leurs mains. Tu aurais pu rejoindre tes copains de sortie de messe qui déferlaient en récréation et t'appelaient à tenir les buts, mais tu as traversé la cour, Marie chantait plus haut, son groupe de dociles ahuries encerclait Dorothée. Elle était au bout de la cour, le nez collé aux barreaux de métal et étirait ses bras, cactus qui cherche désespérément de l'espace pour pousser, Marie ne s'approchait pas de sa victime, demeurait en arrière, au milieu de la cour, et chantait plus fort, « Dorothée va bien puer, Dorothée, Dorothée... » Tu accéléras, pénétras dans le groupe par l'arrière, fonças sur Marie, la saisis par la nuque, la contraignis à avancer vers les barreaux de la grille où se retranchait Dorothée. Tu tenais sa tête à deux doigts en dresseur qui guide l'étalon du bout de son fouet. Marie était terrorisée, personne ne bougeait autour d'elle, aucune de ses camarades n'assumait son rôle de défense, tu la fis monter à côté de Dorothée, sur la marche devant la grille. En un geste précis et bref, tu projetas sa tête contre les deux barreaux en laiton. Tu aurais pu t'arrêter là. Nous t'aurions acclamé dans la cour. Tu recommenças. Tu attrapas sa nuque, tu la projetas contre les barreaux. Non pas une, mais quatre fois, Grégoire. Quatre fois, tu attrapas-lanças, lanças-attrapas. Marie te livrait sa tête sans résistance, seules ses larmes coulaient jusqu'à son menton. Le silence à chaque choc de la tête contre le métal. Le cri qui suivait. Ton bras qui se relevait. Le sang qui coulait sur les barreaux. Une fille de neuf ans sur le point de perdre son visage. Il fallut enfin qu'une surveillante arrive, en hurlant, et t'arrache à ta victime. Lorsque Marie se retourna vers nous, sa face était trouée d'un puits de sang qui glougloutait. Une dent pendait sur sa lèvre, suspendue à un maigre fil de chair. L'œil droit était clos.

Tu étais renvoyé le lendemain. Marie subit deux opérations. Notre père les prit en charge. Notre mère n'osa plus te regarder en face pendant plusieurs mois. Jusqu'où tu aurais continué à la frapper, si tu n'avais pas été arrêté ? Ce doute n'a jamais cessé de se faufiler dans mes pensées. Comme j'ignore pourquoi je n'étais pas horrifiée ce matin-là. Pourquoi, du haut de mes sept ans, je t'ai admiré de passer à l'acte.

Ferdinand s'est endormi au cours de mon récit. Je ne sais même pas s'il a entendu la fin. Je lui raconterai une prochaine fois. Sauf si tu rentres avant. Il est temps, non ?

Il n'est pas six heures, l'appartement se terre dans le noir. L'heure de la puissance pour celles qui ont dormi, et qui préparent leurs enfants à affronter la journée. L'heure du vertige pour Alicia qui s'accroche aux chaises pour ne pas tomber. Dixième nuit de quatre heures en deux semaines. Dixième nuit de vodka, et de gin. Dixième nuit de danse, et de guet : ne jamais lâcher Grégoire du regard, ne jamais l'abandonner aux filles de la boîte, les laisser se frotter, tomber dans ses bras, passer négligemment la main sous la ceinture, mais éviter à tout prix qu'il en embrasse une. Jusqu'ici, elle a réussi. La petite blonde de la semaine dernière ne compte pas, elle avait quinze ans, une petite joufflue qui embrassait son front et ses joues avec une gratitude de sainte ou d'idiote.

Dixième nuit de marche dans la ville, et ses murmures. La migraine calcifie son cerveau, comme une série de dents pourries seraient plantées dedans et la mordraient au moindre geste. Elle ignore comment elle tient debout, un rhume s'est infiltré dans ses nuits blanches, la vodka l'a calmée au Tab, elle dansait avec Grégoire, et un instant elle s'est crue légère, mais ce matin, elle peine à respirer, garde la bouche à demi ouverte, ses bronches s'emmêlent dans la morve qui emplit son sternum, ses joues sont glacées. La nausée ne la quitte pas. Elle pose le bol de son fils sur la table, le paquet de céréales, la cuisine oscille sous ses pieds.

Sur la table du salon, un nouveau dessin. Les têtes et corps s'y s'entremêlent, rampant sur le lurex de sa nappe avec une morgue de cafards. Comment a-t-il trouvé la force de dessiner la nuit dernière, après avoir bu et dansé cinq heures d'affilée ? Il s'est fait caresser par toutes les filles de la boîte, même les grosses, même les teigneuses, même les suantes, il leur souriait, et les laissait se frotter à lui. Ces fesses de jeune fille, pleines et dansantes dans le dessin, à qui appartiennent-elles ? Pas à elle. Les figures du dessin ricanent de son corps, son visage laminé par l'épuisement, ses cernes, pneus suspendus autour de ses yeux.

À quelle heure l'a-t-il terminé ? Alicia ne sait plus, des dessins, il en produit cinq ou six par semaine. Toujours à l'encre noire, poignet levé, formes tracées d'un geste. Il poursuit une frise grotesque, pleine de visages, d'objets, de bêtes. Et désormais nichées dans ce chaos, ces fesses… *The ugly bitch*.

Elle se sent comme la veuve de ce film au titre français, qui accueille son mari, vétéran d'une obscure guerre médiévale, et au fil des jours, à sa manière de vivre, de lui faire l'amour, de manger, de rire, elle comprend qu'il ne s'agit pas du mari qu'elle a perdu. Mais elle poursuit. Choisit de vivre dans l'illusion qu'il lui a constituée. Parce qu'il lui offre sa fausse identité, et que d'autres ne donnent rien. L'amour ne réside peut-être que dans ce pays brumeux de l'ignorance. Ne se fonde peut-être d'attachement que sur ce substrat d'un présent désossé du passé.

Au début, lorsqu'elle n'était pas encore sûre de l'aimer, elle a demandé à Grégoire ce qu'il a été, ce qu'il a fait, d'où il vient. Il a dit un jeune homme un peu fatigué, il a dit quelques conneries auxquelles je ne veux plus penser, il a dit Paris, et j'en ai fait le tour. Ta mère ? Elle part souvent, elle aime les voyages. Ton père ? Un homme affairé, très affairé. Ta sœur ? Silence, une adolescente solitaire, silence, elle se débrouille.

Et voilà ses ombres. Ses dessins et mots qu'il jette sur la table du salon, ces visages et corps. Comme une foule qui s'invite chez eux. Mais de ce que ces créatures révèlent de désirs tus, et de combats perdus, elle ne veut rien savoir. Quelle guerre peut-on avoir menée à vingt et un ans ?

Et quoi ? Elle lui interdirait de dessiner ? Il a même montré à Tom comment on traçait les silhouettes en un trait d'encre... Elle s'est énervée, tu n'as pas à te mêler de l'éducation de mon fils, tu veux le terroriser ou quoi ? Le regard méprisant de Grégoire. Il ne l'a pas touchée cette nuit-là. Dans le lit, leurs orteils ne se sont pas frôlés. Elle n'a jamais connu ça avec aucun homme : une baise aussi lumineuse ou un gel pareil des corps. Le père de Tom n'a jamais cessé de la toucher. Il avait dix ans de plus qu'elle. Il tentait sa chance à Londres, jouait de la guitare avec talent, elle avait cru à une ambition qu'elle était la seule à formuler. Le rêve s'est dégonflé. Ce fut l'usine. La musique dont on parle de moins en moins. L'enfant venu vite. Les ventres des copains qui gonflaient en une même poussée à quarante ans. Ceux qui s'arrêtent de boire, pour passer sous anxiolytiques, et s'emmurer dans des phrases lentes. Le chômage, l'alcoolisme, la dépression qui deviennent à quarante ans comme des métiers, des destins.

Il buvait moins que les autres, gardait son emploi, dans une usine de Bethnal Green, dans l'East London. Il voulait déménager là-bas, elle refusait. Tom ne devait pas grandir dans un quartier aussi pauvre que Bethnal Green. Elle acceptait tout, sauf que son fils connaisse des conditions de vie plus dures que les siennes. À l'école d'Earlsfield, il se mêlait à des enfants d'ouvriers, mais aussi de chauffeurs de taxi, de comptables, de journalistes. Sa meilleure amie était une Russe, dont la mère écrivait des articles pour un site engagé. L'homme avait fini par accepter. Il lui avait avoué une fois vivre dans la terreur de la perdre. Elle avait été touchée, un temps, par cette faiblesse avouée. Il ne la trompait pas, acceptait qu'elle rentre tard, qu'elle poursuive sa vie dans ce centre de Londres, cette rue mystérieuse de Portobello où il ne se rendait jamais. Notting Hill, Kensington, Soho, Covent Garden, lui demeuraient un mirage impalpable, qu'il avait choisi d'ignorer. Alicia aurait pu monter dans un sous-marin et s'enfoncer dans la Manche, il aurait suggéré un même univers opaque, peuplé de semblables créatures inconnues. Il rentrait à la maison à dix-sept heures, s'occupait de Tom. L'enfant l'adorait, à sa manière, froide et silencieuse. Il initiait en pleine nuit des coïts passionnés. Il se levait ensuite pour fumer une cigarette, et de profil, sans la regarder, lui racontait ses histoires d'usine, d'hommes qui perdaient un doigt, et n'étaient pas rappelés. Sa terreur de minuit, la machine ensanglantée, le cri tétanisé de l'ouvrier, le doigt qui pend au bout d'un fil de chair. Elle se demandait s'il pourrait mourir d'un accident de travail. Et puis non, ce fut la maladie. Le bon vieux cancer, inscrit dans la moelle de sa famille depuis le dix-septième siècle. Deux mois et c'en était fini.

L'enfant arrive. Sa tête brouillonne, ses pieds sur le carrelage, ses mains qui flottent de chaque côté de ses hanches. Elle l'embrasse sur la tête, remplit leurs bols de céréales. Ils déglutissent en silence, elle n'a pas la force d'initier une discussion, elle éternue, le rhume dresse un rideau morveux entre l'enfant et elle. Il peine à finir, essaie parce qu'il le faut, mais partira à l'école, plus léger qu'une plume de pigeon. L'enfant inaugure chaque matin une lutte avec la nourriture, à laquelle elle assiste, terrifiée de si peu d'envie de vivre.

À la mort de son père, il avait cessé de manger. Il avait sept ans, et celui qui lui avait appris à vivre était mort. Il a fallu qu'elle lui réapprenne à se nourrir, elle lui donnait la becquée, lui faisait boire des soupes et du yaourt devant la télé. A consacré ces deux dernières années à inoculer à son enfant l'instinct de survie. Tom s'habille seul, se rend à l'école, fait ses devoirs, se couche. Mais refuse de se nourrir. Ultime résistance.

Grégoire lui a dit qu'il était un enfant du même genre. Il ne mangeait rien, sa mère en devenait folle. Elle ne fut pas heureuse de l'entendre. Tom n'a pas l'arrogante allure de son amant. Il ne peut pas devenir un Grégoire laid, un Grégoire renfrogné, un Grégoire bossu et pâlot. Dans le demi-jour de l'hiver, lapant son lait, Tom chemine entre la tortue et le cafard, créature d'os et de sécheresse.

Le silence entre son fils et elle. Le silence entre Grégoire et elle. Le silence qui occupe toute la place de l'appartement, otarie rampant du salon aux chambres. Tom ne veut rien savoir de la femme qu'elle essaie d'être auprès de ce nouvel homme. Grégoire ne veut rien savoir de son corps de mère frustré et épuisé. Il veut la jeune fille. S'il accepte le petit, c'est en présence chaude contre lui devant la télévision. Il veut leur calme à la cuisine. Il veut leurs dimanches matin, et leurs promenades. Il veut la fille du soir en jupe en jean, la mélomane, la joueuse qui tient l'alcool. La fille qui danse au Tab, lui roule une pelle sur Moby, n'oublie jamais la moitié des filles de la soirée qui voudraient tenir contre elles ce trendy à la danse androgyne, et aux mains si sûres de ce qu'elles cherchent. Il veut la fille de Portobello dont les quarante ans sont une provocation d'état civil. Pas la mère d'Earlsfield. Celle des cuisses liquides, du ventre lourd, de la cicatrice qui barre le pubis, sous la toison. Elle se voit comme cette sorcière, sur qui une chanteuse de ska avait écrit, qui retenait Ulysse dans sa grotte, après que son bateau s'était fracassé sur les rives de son île. Earlsfield, l'île glacée par les vents. La sorcière figeait les mémoires des hommes. Ulysse oubliait Ithaque, ils vivaient suspendus dans la toile du présent. Pour combien de temps ? La sorcière tremblait sous les coups du passé. Les souvenirs de son amant gonflaient et tonnaient à la porte de leur chambre, tornade sur le point de balayer la rectitude de leurs amours. La nuit, Alicia surprend parfois Grégoire, la bouche ouverte, à murmurer des bribes de phrases en français. Des noms, de lieux, d'hommes ou de femmes. Elle suppose des superbes, des Parisiennes de vingt ans. Puis une chute, un accident, une évidence brutale qui l'a fait fuir sur cette île d'Earlsfield.

Il est toujours là, caché dans le dessin par terre : un cul plein, en poire, légèrement plat, et un grain de beauté en haut de la fesse droite. Une fille laissée à Paris ? Une fille si puissante qu'il faut la reproduire comme on peint les fauves et les dieux, parce qu'on en a peur ?

L'enfant n'essaie même plus de manger ses céréales, sa cuillère s'enfonce et se noie dans le lait. Ils sont plongés dans l'obscurité, elle a si mal aux yeux qu'elle craint d'affronter la lumière électrique. Il arrondit ses lèvres, cherche à imiter Grégoire qui siffle en merle les dimanches matin. L'enfant tente à tout prix de ressembler à ce garçon aux rires puissants, aux phrases mesurées, à la pudeur constante. Il doit reconnaître son père. À croire qu'elle recherche les mêmes ombres contre lesquelles se blottir, silhouettes étroites et discrètes d'hommes qui refusent de se lancer dans la bataille. D'hommes qui ne sortent la guitare que le soir, pour chanter des berceuses, et des histoires d'abandons. Qui dessinent à l'aube ce qu'ils ne peuvent pas dire en plein jour.

— Tu vas prendre une douche, Tom.
— Non.

L'enfant s'assied sur le canapé, en signe de refus. Le velours brun des coussins accentue la pâleur de son visage. Elle répète, « tu vas dans la salle de bains, Tom », « non ! », l'impérative violence de l'aigu, « tu y vas, Tom ! », « non », elle s'approche du canapé, l'enfant se lève, la contourne, « tu y vas, Tom », « non », il court dans le salon, ne la regarde pas, nargue sa pauvre autorité, « déshabille-toi, Tom », « non ! », il tourne autour du canapé, si elle le suit elle va vomir, il suffirait de céder, d'accepter qu'il aille à l'école sans se laver, mais le corps de Grégoire la veille lui revient, son parfum et sa danse sur la piste, ne peut pas abolir la possibilité de cette grâce dans la vie de son fils, ne peut assumer la faillite d'un enfant qui pue. Il court, elle l'attrape par ce tee-shirt ridicule, Mickey, ses gants blancs tendus à nous : son père le lui a acheté dans une boutique d'Oxford Street six mois avant de mourir. Elle l'immobilise, il devient furieux, son corps dur et noueux la fouette, « you're gonna stop ! », « non, non, non ! », elle le jette sur le carrelage du salon. Le ploc de l'os frontal sur la faïence. Le regard du petit au sol, ébahi, le sang s'écoule de son cuir chevelu, œuf écrasé. Elle ne l'a jamais frappé. Il refuse sa main, se relève, docile, retire son tee-shirt, il est nu, ses hanches étroites abritent si mal son minuscule pénis. Il se dirige vers la salle de bains, lui obéit parce qu'il a peur d'elle. Elle le retient, se met à genoux devant lui, colle la tête sur son torse d'oiselet, s'excuse trois fois de suite. Elle tremble. Le cœur de l'enfant l'interpelle, déchaîné, comme la batterie de Buddy Rich en 70, baguettes vibrantes sur les cymbales, les pulsations abolissent la mesure.

L'enfant pose le menton sur ses cheveux et lui murmure, d'un ton résolu et las : « Maman, tu devrais dormir plus. »

« La police est venue à la boutique, ils ont demandé à te voir. Je sais ce que tu as fait, le jour de ton arrivée à Londres, Grégoire. Tu es sous surveillance depuis. Je sais ce qui t'a mené à ta gueule cassée.» Alicia cherche ses mots. Dans ce pub de la rue principale d'Earlsfield où ils sont attablés, entre les rires et les cris, elle hausse la voix pour se faire entendre.

Grégoire fait signe à la serveuse, essaie d'apaiser le sang qui bat contre la coque de son cerveau.

— Ils ne veulent plus te voir dans le périmètre du zoo. Ils disent que s'ils te repèrent une nouvelle fois, ils t'envoient au tribunal. Ils disent qu'hier encore, tu y étais, tu rôdais près de l'entrée. Ils disent qu'ils ont les images de la caméra de surveillance. Qu'allais-tu faire là-bas, Grégoire ?

Il crispe la mâchoire, la serveuse s'approche. Il commande deux brunes. Ne pas jeter un œil à Alicia qui se tord les mains, et parle, parle de ces deux policemen et leurs menaces. Le couple derrière eux ricane. Ils sont de mèche, bien sûr, la crécelle de leur rire, il est cerné, ils l'ont sans doute suivi de Paris.

— Tu ne veux pas m'en parler ? Les policiers m'ont raconté que tu n'étais pas le premier, il y eut d'autres affaires, d'autres personnes, comme toi, au zoo, près de cette cage. Il suffirait que tu m'en parles. C'est un genre de bêtes qui peuvent susciter, m'ont-ils dit, toutes sortes de réactions. Tu m'écoutes Grégoire ?

Il n'entend plus, elle ne sait rien, et elle croit savoir, cette fille dont il s'est entiché, elle croit parce qu'ils partagent le même lit, qu'elle siège dans son esprit, mais elle ne sait rien. Pourquoi ne part-elle pas ? Est-elle si paumée, si dépourvue d'avenir, si terrifiée de se retrouver nez à nez avec son gosse pour ne pas le quitter sur-le-champ ? Est-elle à ce point prête à tout encaisser pour ne pas dormir seule, même à s'accrocher à lui, en chimpanzé suspendu au cocotier ? Mais Alicia, l'arbre n'a plus de racines, il est dévoré par une sève empoisonnée, et le singe se brisera dans la chute, s'il ne saute pas avant.

Peut-être parle-t-elle sans cesse pour retarder le dernier mot, l'annonce de la rupture. Elle reprend son souffle, « il y a une chose que je comprends encore moins que le reste : pourquoi l'acide, Grégoire, pourquoi de l'acide pour ces bêtes, pourquoi une petite bouteille de plastique, vide, retrouvée devant la cage, que voulais-tu faire avec cet acide ? T'en prendre à ces bêtes ? Les brûler ? Les défigurer ?»

Idiote, Idiote, Idiote. Jamais il n'aurait voulu faire de mal à Sungai et Rose. L'acide, enfin, leur offrait une chance, une ultime évasion. Sait-elle le soulagement que procure la possibilité de ne plus voir ? Non, Alicia, sa musique, son rythme, sa fureur à vivre, ignore tout cela. Connaît-elle la détresse des yeux de ces bêtes, enfin, ces yeux qui vous tiennent, vous domptent, ces yeux creux, morbides et suppliants ?

« Et si tu avais réussi, Grégoire, si tu avais fait du mal aux bêtes, aurais-tu été satisfait ? » Elle gémit dans ce pub bruyant, mais ne part pas. La présence d'Alicia, sa douceur qui persiste dans l'effroi, il ne la saisit pas. Espère-t-elle qu'il lui raconte ? Mais il ne dira rien, il faudrait des années pour qu'elle comprenne. Ne planent en lui que des bribes, sons émis par une cloche fêlée.

Le zoo de Londres. Et ses deux dragonnes de Komodo. Sungai et Rose. La première est la mère de la seconde. Elles sont les aînées des zoos européens, l'une a près de dix ans, l'autre cinq de moins. Elles ont perdu au fil des ans les bandes rouge et jaune de leur jeunesse, s'abritent sous cette cotte de mailles grise qui leur tient lieu de peau, plus épaisse que n'importe quelle couche d'écailles caméléonesques. Elles mesurent plus de deux mètres de long. Dimensions uniques en Europe. Des milliers de gens viennent chaque jour les observer, leur lancer des cacahouètes, siffler leurs prénoms, Sungai, Rose, petites, petites. *La première attraction du zoo, et sans doute la troisième de Londres.* La mère fut arrachée au souffle volcanique de l'île de Padar dans sa troisième année. La seconde a surgi dans cette cage, née sous les barreaux. Les dragonnes, retenues dans ces vingt mètres carrés, sont livrées au regard de toute l'Europe. Soumises aux cris incessants des enfants. Aux rires arrogants de ceux qui méprisent les bêtes. Aux barytons et crécelles de l'excitation. Aux effluves de sucre, de graisse, de pets, et de sueur. Aux clic-clic de l'appareil photo, troisième œil du front occidental. Les bêtes myopes, terrorisées par les éclairs de l'orage, sont assaillies par les silhouettes gesticulantes des visiteurs du zoo. Il suffisait de les laisser à leur sort. D'ignorer cette cage, et la longueur de leur queue battant l'air. D'ignorer les mains pressées des visiteurs sur les barreaux. Sungai, et Rose. L'une a engendré l'autre. Le père est absent. Inconnu. Mais depuis qu'il avait découvert leur existence dans le journal, dans ce café PMU d'une place à platanes et pétanques de l'Ouest parisien, ces deux noms, Sungai et Rose, leurs regards à demi clos sous leurs carapaces molles ne le quittaient plus. Il apprit qu'à Komodo, les autochtones vénèrent les dragons, parce qu'ils portent les âmes des disparus. Les mêmes dragons que l'on filme ici, les excitant en leur jetant des canettes couvertes de sang de rat. Dans son bar parisien, terminant son demi, Grégoire ne parvenait pas à tourner la page de cet article, se détacher du récit et de la photo de ces deux dragonnes. Dans son carnet, il avait reproduit la silhouette de l'une d'elles. Ces dragonnes s'étaient faufilées en lui. Entre la femme-écrevisse, et un homme en smoking.

Il regarde derrière l'épaule affaissée d'Alicia, et les aperçoit, mère et fille dodelinant de la tête, dans le pub enfumé, entre la machine à cigarettes et le comptoir. Elles avancent vers lui, de ce pas de libellule propre aux dragons.

Il pensa au départ les enlever, et les ramener à Padar, cette minuscule île boisée d'Indonésie, dans l'archipel de la Sonde, d'où venait Sungai. Mais, avait-il lu dans *Science*, la fille, Rose, née en captivité, ne survivrait pas un mois à Padar. Il avait décidé de les protéger autrement. Il avait acheté l'acide sur le chemin du zoo. Avait-il une idée précise en tête ? Une colère sans doute. Alors qu'il ne trouvait pas Schechter Bookshop, il avait suivi ce sifflement dans son oreille qui le mena par toute la ville, rues, squares, si sûr de là où il se rendait. En arrivant au zoo, ce dimanche après-midi, les choses furent ainsi qu'il les avait craintes : la grasse complaisance des enfants. Leurs doigts tendus, leurs voix stridentes, l'encouragement des parents, les photos. Et Rose et Sungai, acculées au fond de leur cage, si lourdes et pourtant chétives dans leur graisse de captives, enroulant leur queue autour de leur abdomen, pauvres replis contre l'humiliation, et la violence du public. Si elles ne voyaient pas ce qui avait lieu autour d'elles, continuait-il à penser, elles seraient sauvées. Il déboucha la bouteille d'acide dans sa poche. Attendit qu'un premier groupe parte, mais un second se présenta. Il piétinait, de plus en plus nerveux, devant la cage. Au troisième groupe évanoui, il choisit un angle propice, voulait commencer par la mère, Sungai, la plus souffrante des deux sans doute, celle qui avait connu la liberté, l'évasion des plages de Padar, il sortit la bouteille, il ne fallait pas entièrement la jeter, ne viser que les yeux, la moitié suffirait à l'aveugler. Son poignet flancha : le liquide se répandit aux pieds de la dragonne. Elle ne bougea pas, ne tourna pas même sa tête de vieille impératrice vers lui. Il s'apprêtait à recommencer, mais sentit une main sur son épaule. Ce fut le début de la fin. Un groupe d'enfants, trois ou quatre, l'entouraient et l'interrogeaient avec un accent irlandais, ou écossais. Il leur cria d'aller se faire foutre. Une petite fille en avait fait tomber sa gaufre. Il n'avait pas voulu les effrayer, simplement les éloigner de lui. Non, il n'aurait jamais levé la main sur aucun enfant présent. Il voulait simplement être seul avec les dragons. Mais les deux gardiens étaient arrivés, leurs tenues ridicules, pyjamas verts, et ce sigle sur la poitrine, ce singe rose en lévitation, insigne ubuesque du London Zoo. Ils avaient surgi en courant, comme s'il présentait un danger imminent, comme s'il allait faire du mal aux bêtes. Les deux hommes aux stupides insignes le traînaient hors du zoo, dans Regent's Park, le poussaient jusqu'au parc à jeux, désert ce dimanche après-midi de pluie. Ils l'acculaient contre le toboggan. Son dos heurtait un mur de bois, il aurait dû crier, l'un des hommes attrapait son bras gauche, il se laissait faire, pourquoi il ne criait pas, pourquoi il n'osait pas, l'autre lui donnait un premier coup de poing dans le ventre, il sentait des doigts dans sa poche, contre ses testicules, il était délesté d'un billet de cinquante pounds, coup dans la mâchoire, il tombait à terre, encaissait dans les côtes, les épaules, les joues, les chevilles, les rotules, les hanches. L'arrondi acéré de leurs baskets de cuir, il ne voyait plus rien, si ce n'est la bouille d'un des deux, un pied sur son genou, l'autre sur ses intestins, il écartait les lèvres, lâchait un glaviot qu'il reçut en pleine face. Un dernier coup de pied entre les jambes, ils disparaissaient.

Que restait-il ensuite ? La présence des dragonnes, dans le zoo de Londres. Ici, elles existaient, elles bougeaient, elles soufflaient et glapissaient.

Ces dragonnes qui le fascinaient depuis l'enfance, créatures féeriques, survivantes de mondes disparus. Mais à Paris, elles ne se montraient pas. Ferdinand lui disait chaque samedi : nous irons voir au Jardin des Plantes si les dragons de Komodo sont arrivés. Le grand-père savait, de source sûre, assurait-il à Grégoire, que des dragons devaient être bientôt accueillis au Jardin des Plantes, que ces bêtes nées avant le décompte des années et des mythes, ces bêtes qu'enfant il croyait contemporaines du Big Bang, des mammouths et des cavernes, rejoindraient bientôt le petit vivarium près de la sortie de leur jardin favori. Grégoire n'avait que sept ans, on ne ment pas à un enfant de sept ans. Chaque samedi, grand-père et petit-fils se rendaient au vivarium, l'enfant pénétrait en courant dans les salles humides et froides, ignorant serpents, mygales et batraciens du Bengale, pour chercher une nouvelle grotte de papier mâché, qui abriterait les dragons. Puisqu'il était exclu qu'un dragon vienne seul, lui avait expliqué Ferdinand, aucune créature ne peut accomplir un si long voyage sans compagnon. Et chaque samedi, Grégoire sortait du vivarium, dos rond et joues creusées, abattu par la déception. Ferdinand lui proposait alors une glace qu'il refusait à chaque fois, puis, en une phrase devenue rituelle, lançait, « et si nous faisions un crochet par le Louvre avant de rentrer ? » L'enfant haussait les épaules, ils se rendaient rue de Rivoli en bus, et le vieux le guidait vers le département du Siècle d'or, la salle 33, angle gauche, l'unique gravure présentée parmi les tableaux du maître ; la *Femme-écrevisse*. L'enfant finit peu à peu par s'y intéresser. Mais il n'oubliait pas que ce fut au prix d'une promesse de dragon, sans accomplissement. Et le demi-sourire de son grand-père, à chaque retour de zoo, ce désintérêt qu'il affichait à l'égard des animaux en cage, laissa à Grégoire l'amertume innomée du voyageur face à un horizon qui jamais ne se dévoile.

Il ne parvient pas à raconter à Alicia cette histoire de dragons. Et enfin, qu'expliquait-elle ? Sa vie, ses mots ne parviennent à rien éclaircir. Il fond en larmes dans le pub. Les sanglots font taire les rires qui peuplent son cerveau. Leurs voisins les observent, sidérés par l'effondrement de ce jeune homme gracieux, en chemise à fleurs et béret sombre, qui se plie sur la table, dissimule son visage entre ses coudes. Alicia attrape sa main, lui murmure à l'oreille : « Ça va aller Grégoire, je suis là. » Elle passe les doigts dans les cheveux fins du jeune homme, caresse la pointe du crâne, et répète, un peu plus fort, « ça va aller, je suis là, je ne partirai pas ».

Grégoire,

Ferdinand, depuis deux jours, refuse de se nourrir. Son aide et moi sommes dépassés, même au petit déjeuner, il n'avale plus rien. J'ai essayé de lui donner la becquée, mais il tourne la tête lorsque je lui tends la cuillère, fixe le ciel et les trembles par la fenêtre. Grégoire, je suis épuisée de garder cet appartement vide. N'est-il pas temps d'écourter ton voyage ? Je sais, tu me répondrais en racontant *Papillon*, cette fuite d'Henri que tu adores, cette fuite qui lui permit de renaître libre, mais enfin, il quitte un bagne, et Paris n'est pas un bagne. Même ce qui te ronge, ce mal sans nom, ne peut être une prison.

Tu te souviens du jour où tu t'es déguisé en *Smeaton*, le barde de son film ? De quel film s'agissait-il déjà ? *Othello* ? Je ne sais plus. Il était tard, je rentrais seule d'une soirée. Tu m'attendais dans le salon.

Je n'ai d'abord vu que tes jambes. Tu portais un collant comme j'en mettais petite, lorsque nous partions tous deux rejoindre au matin, sous la tour Eiffel, notre école catholique. Collants de laine et robes de tweed, les petites filles se reconnaissaient dans les avenues du bord de Seine. *Il est bizarre ton frère, qu'est-ce qu'il a ?,* la question est venue, j'avais dix ans. Laine et tweed, *c'est vrai qu'il a été viré parce qu'il a cassé la tête d'une petite fille ?* Tweed et laine, le couperet s'affûtait dans la cour de l'école, tweed et laine, laine et tweed, *ton frère, il est un peu tapé non ?* Tweed et laine, les mères de famille aux journées creuses se nourrissent comme des hamsters, de graines de ragots, laine et tweed, *Ma mère dit que ton frère est dangereux. Qu'il ferait mieux d'aller en pension. Comme le frère de Max ? Il ne vaut mieux pas qu'il finisse comme le frère de Max...* tweed et laine, silhouette d'un adolescent pendu dans la cave de sa maison de campagne, laine et tweed, les filles aux désirs interdits se retrouvent en cachette dans les toilettes du collège sous les insultes des autres qui ne donnent ni ne reçoivent aucun plaisir, tweed et laine, sales divorcés, sales juifs, noirs qui sentent, tapés, fils de salopes, pédés, pédés, pédés, salopes qui couchent, salopes qui sucent, bande de pédés qu'il faudrait interdire, comme les juifs, *mais ils sont partout où il y a du pouvoir,* laine et tweed de la haine ordinaire des écoles privées catholiques, exclusion naturelle des fortunes qui s'ennuient, des traditions qui s'éclusent, des femmes aux ventres las qui rongent le vide.

Arrivée au collège, exfiltrée de l'enseignement catholique, je m'offris à vie aux pantalons droits, et oubliais qu'il existât des collants de laine et des jupes de tweed. Jusqu'à tes jambes, dans ce salon, en collants.

Avec les collants, tu portais une tunique de velours grenat. J'ai reconnu le personnage grâce au chapeau à plume de paon posé sur son front ; Smeaton. Les collants étaient des hauts-de-chausse. « Je les ai empruntés à Ferdinand », tu me disais. Tu parlais si lentement. Enfants, nous jouions déjà avec ses costumes. Il nous laissait faire, et nous donnait le nom des personnages : Smeaton, Othello, Roderigo. Mais ce soir-là, tu ne jouais pas. Tes yeux tournaient d'un bord à l'autre de la pièce, billes lancées dans une bassine. Tu venais d'avoir dix-neuf ans, tu venais de faire lire tes poèmes à notre père. Tu perdais espoir. Tu te recroquevillais sur le canapé, les sourcils froncés, tu cessais de rire, fermais ton visage, tu semblais livrer combat à un géant assis sur ta poitrine. Tes cheveux étaient plaqués sur le crâne, tu tremblais d'une sueur froide, secoué par un cauchemar dont tu refusais de dire un mot. Mais tu demeurais Grégoire, tes doigts de coton, ailes d'un invisible papillon, doigts de *Luftmensch.* Et le rire qui venait et repartait, en cloche défaillante.

Alors cette soirée, pisseuse, c'était comment ? T'as pas trop bu j'espère…

Je m'asseyais face à toi, genoux contre genoux, en tailleur, contrôlais le tremblement de ma voix, et je te racontais ma fête, comme enfant, je murmurais dans le noir pour chasser les monstres des recoins de ma chambre.

Il y avait Frédéric, Véro, Kika, Célia, Quentin, Djamel, Sylvain… Tu détendais une jambe, puis l'autre, et redressais le torse, pour t'avancer vers moi, mieux m'entendre. Nous étions, dans l'obscurité de ce salon, de cet appartement, des figures de Pierrot greffées à de minuscules balançoires, qui se penchent, d'un côté ou de l'autre, selon le poids de leurs paroles. « On s'est tous retrouvés dans un pub de la rue Daguerre, autour d'un flipper. Tu verrais comme ils se prennent au sérieux quand ils parlent musique, bouquins ou cinéma. *Le génie absolu de Kubrick, les adieux démentiels des Floyd.* » Je ne te disais pas à quel point j'étais émue par les yeux mouillés de ces garçons. Je ne te disais pas qu'après quelques pintes de bière, j'avais acquis ce regard franc, et ces gestes d'invite qui ne trompent pas. J'attrapais la main du plus habile, les lèvres moins sèches, les fesses nerveuses, trépidantes, et l'emmenais aux toilettes. Je ne te disais pas que ces garçons, je les connaissais déjà, pour les avoir suivis, souvent, après le lycée : Mathieu et l'enfantine prestance de ses doigts de guitariste, Frédéric sa délicate hargne à prendre les filles contre les portes et les battants de lit, Sylvain, sa brusquerie rauque qui s'excuse en un long chuchotement, Jonathan son ironie cinglante jusqu'à ce qu'il décharge dans un ricanement, sa méchanceté enfantine, sa jouissance reine, Gilles et sa ligne sans tendresse qu'il tenait avec une rigueur inouïe, Quentin, ses airs pâles et sanglants à la Dave Gahan, son euphorie à être sucé par qui que ce soit, garçons ou filles, mais longtemps. Son insistance à faire entrer dans le jeu Djamel, le délicat Djamel aux mains ballons, leurs deux bouches sur mon ventre qui s'emballaient sur mon pubis, leurs souffles tremblants dans mon sexe, leurs langues claquantes entre mes fesses trempées.

« Regarde ce que je t'ai acheté pour ton anniversaire », je sortais de ma poche un jeu d'osselets, pierres blanches sous les feux criards des péniches qui se reflétaient sur le mur de notre salon. Je sais que c'est demain, mais je peux te le donner maintenant, il est plus de minuit.

— Tu veux jouer ?

Tu tendais la paume « Tu me fais le coup du père ? » Tu souriais.

Et au milieu de la partie, tu me demandais : « Tu crois que parce que je suis habillé en Smeaton, je suis fou ? »

« On s'en fout de ce que je crois », je répondais. Tu lâchais les osselets, qui s'éparpillaient au sol, chute étouffée par le tapis persan. « Non, c'est très important ce que tu crois », soufflais-tu. Je me détournais. « Bien sûr que non, Grégoire, Smeaton, ton déguisement, c'est juste une blague, j'ai bien compris. »

Je n'ai pas cessé, depuis, de dire ce que tu voulais entendre. Jusqu'à ton départ. Pardon Grégoire, je ne sais plus ce que j'écris. Ton silence est une provocation.

Oui, il est prêt à prendre la dératisation de l'appartement en charge. Alicia n'ose le croire, avant qu'il le répète, sa tasse de café à la main, oui, puisqu'elle n'est pas là dans la journée, il pourrait, lui, s'occuper de chasser la souris. Il y avait beaucoup de souris là où il a grandi, près de la Seine. Il n'avoue pas qu'il saisit dans cette souris l'opportunité de remonter la pente qu'ils ont glissée ensemble, revenir au moment d'avant la chute, lorsqu'il ne craignait pas de la croiser en se levant, lorsque leurs corps s'attiraient plus qu'ils ne s'évitaient, lorsqu'ils ne débattaient pas sans fin de son irresponsabilité à lui, de son épuisement à elle.

La nuit dernière, à deux ou trois heures du matin, ils furent réveillés par un grattement. Une souris suspendue au rideau. Agrippée aux plis comme à une corde à nœuds, elle se balançait, tétanisée par la lumière. Une souris légère, anthracite, presque noire, duveteuse, et à longue queue enroulée sur la toile beige du rideau. Alicia glapit, chercha un balai dans la cuisine, revint, ne se maîtrisait plus, tapait, tapait, la tringle tomba, elle ahanait, la souris disparaissait dans un des trous du mur.

Alicia ne put se rendormir avant l'aube, la tête relevée, le souffle suspendu au moindre bruit de la chambre.

« Je te promets, je vais trouver cette souris, et on ne la reverra plus jamais chez nous. » Se penchant vers lui à l'instant de quitter l'appartement, Tom à la main, elle l'embrassa, « thank you darling ».

En passant la tête dans l'armoire, Grégoire croit déjà reconnaître le grattement griffu du rongeur, il écarte les vêtements, glisse un carton à chaussures à lui. La souris s'y dresse sur les pattes arrière, comme un lapin dans sa cage, les moustaches battant l'air, et les anneaux roses des oreilles, parallèles à ses deux longues incisives. Derrière elle, un petit vaisseau de métal, de verre et de plastique noir : une caméra. De celles, lourdes et oblongues, que l'on emmenait autrefois en vacances ou en voyage, pour filmer le premier océan de l'enfant, ou les derniers jours du vieillard. Grégoire ouvre la fenêtre de leur chambre, dépose le carton sur le rebord, le penche, et laisse s'échapper la souris. Elle tombe, sur ses pattes, dans la rue d'Earlsfield, va retrouver ses congénères autour des poubelles du voisin d'en face, ne craint pas l'aboiement du rottweiler enchaîné devant la porte. Il attrape la caméra, n'en a jamais tenu de semblable, un des premiers modèles des années 80, lourde, mécanique, à cassettes. Il s'allonge sur le lit, a accompli la mission de sa journée, Alicia ce soir lui sourira en rentrant, il pourrait faire les courses, préparer un dîner pour elle et l'enfant, ce pourrait être une vie. Il déplie le petit écran de la caméra, appuie sur le bouton rewind. Un chiffre tremble en bas de l'image, 1983. Alicia apparaît, dans une salopette de jean, et une chemise de lin fuchsia remontée aux coudes, zoom, elle est en talons aiguilles et chaussettes, très maquillée, ses jambes n'en finissent plus, ses lèvres sont épaisses comme une actrice suédoise, plus ronde qu'aujourd'hui, très sensuelle, ses yeux disparaissent sous un bleu électrique. Dézoom, un homme la rejoint, une guitare suspendue à son épaule, ils se filment tous deux à bout de bras, ils s'embrassent, et la caméra tremble, ils sont drôles et inquiets, parlent en même temps, « hello everybody, that's our first flat », ils filment un mur blanc sur lequel est clouée une affiche de *Brazil*, un homme en pyjama tournoyant autour d'un gratte-ciel, et un canapé-lit, Alicia s'adresse à la caméra, tenue par cet homme qui l'aime, « c'est ici que nous allons vivre, guys, souhaitez-nous bonne chance. »

Et puis, l'image se brouille. Neige. Une autre image, un autre film, la même année, 1983.

Grégoire ne reconnaît pas tout de suite The Ancient World. La pièce est sombre, il n'y a pas de table au centre, mais de hauts rayonnages qui tapissent les murs. The Schechter Bookshop. Dans les bibliothèques, sur les murs, les livres boivent la lumière du jour. Grégoire aperçoit au fond de la pièce la réplique d'*Adam et Ève*, déjà suspendue au même endroit. Celui ou celle qui tient la caméra s'est donc placé à l'entrée de la librairie, là où la perspective était la plus vaste. Aucun client ne s'y promène.

À l'exception d'un homme, filmé de dos. Il est au centre de la pièce, assis. Les ailes de son imperméable flottent contre les barreaux de la chaise. Une tonsure argentée auréole son crâne chauve. Il ne se tient pas droit, mais affaissé, et ses pieds, jetés devant lui, si longs, semblent supporter avec désinvolture le poids de ce corps avachi sur la chaise. L'élégance de l'imperméable, du foulard rouge enroulé autour de sa nuque, et de ses escarpins de cuir vernis, tranche avec cette manière tombée d'être assis, sac écrasé sur le ponton d'un bateau. Il ne bouge pas, tête relevée vers la gravure. Un fidèle devant son icône. Un pèlerin arrivé au bout du chemin. Combien de temps dure cette visite immobile ? Sept ou huit minutes peut-être, Grégoire ne se détache pas de l'image sans bien savoir ce qu'il guette. L'homme parfois se gratte le front, puis repose la main sur son genou. Après un long silence, on entend la voix d'Alicia, *shit, it's fast low*, la caméra a enregistré son propre signal de fin de batterie. Pour conclure cette séquence immobile, la caméra s'approche de la silhouette de l'homme assis, et finit par murmurer, *so, goodbye Mr. Smeaton*. La nuque se raidit, il se retourne. Sourit. L'image s'arrête sur son visage. *Goodbye Mr. Smeaton*. Mr. Smeaton. Le véritable, et vénérable Mr. Smeaton. *Our best client,* ajoute Alicia, *since thirty years.* Un couple apparaît au fond de la boutique, côté gravure, le père d'Alicia, immenses yeux noirs de sa fille, a les bras chargés de catalogues. On peut lire le nom de Rembrandt sur la plupart d'entre eux. Monsieur Smeaton se lève pour le rejoindre. Il marchait bien à l'époque. Alicia le filme comme s'il était plus qu'un simple habitué de la librairie.

Le père d'Alicia sort une bouteille de vin, et leur sert quatre verres. La mère montre les catalogues un à un à Mr. Smeaton, il parle, révèle un accent prussien dans son anglais, leur raconte qu'il travaille désormais à Paris, au Louvre, dans la section gravures. Les parents d'Alicia, minces et marbrés dans la pénombre de la librairie, hochent la tête, sans un instant douter de la fonction de l'homme qui leur fait face. Quel rôle, ce Mr. Smeaton ! Il vendrait l'Antarctique à un Inuit. Un conservateur du Louvre à l'accent prussien ? Ferdinand peut faire croire à chacun ce qu'il désire. Un comédien d'excellence. Grégoire jette la caméra à terre. Lorsqu'elle touche le sol, une souris s'échappe de sous le lit.

Alicia a fait seule la fermeture de la boutique, comme tous les jours depuis plus d'un mois. Dans ses écouteurs pour prendre le métro, elle s'est composé une rhapsodie de circonstances : Bill Evans, un inédit, Nina Simone, son dernier live. Marley, des poèmes mis en musique. Surtout pas de ska, la vie est bien assez chaotique.

À Earlsfield, Grégoire l'attend assis dans le salon, face au cadre sombre de la télévision éteinte. Un voile gras recouvre chaque meuble, cage d'un fauve négligée par ses propriétaires. L'oxygène y est rare, un filtre de poussière stagne dans l'air.

Six bières vides roulent à ses pieds. Il ne fait pas encore nuit. Il a l'œil lent et creux. Il jette les mains derrière lui, baisse la nuque, allonge les jambes, à la manière de ces jeunes filles qui prennent le soleil le long des fleuves.

— Où est Tom ?

— Je crois qu'il dort.

Alicia rejoint la chambre de son fils. Elle marche trop vite pour cacher son inquiétude. L'enfant lit une bande dessinée sur son lit. « Tout va bien, Tom ? » L'enfant acquiesce et retourne à sa lecture.

Grégoire l'appelle du salon, bute sur les mots : à quoi s'attendait-elle ? Croyait-elle qu'il était en danger ?

Elle nie, s'excuse, refuse la bière qu'il lui tend, s'approche de la table, découvre l'état de la nappe, l'encre noire qui la recouvre, les figures grimaçantes qui s'étendent et s'agrippent à la toile cirée : soldats casqués, empereur masqué, seins et fesses nus, hauts-de-forme, pages à mandoline, têtes de cerfs, femmes à mandibules, diables à barbiches. Sur le côté veille un œil aux cils électriques. Elle soupire fort.

Il gronde derrière elle : elle lui en veut pour la nappe ? Mais enfin, il en rachètera, bien sûr, si elle savait, il pourrait lui en racheter cinq, ou dix, ou même cent des nappes comme celle-ci, à carreaux mauves et verts. Il va demander de l'argent à son père et ils iront ensemble acheter une centaine de nappes, et ils feront une orgie de nappes, se rouleront dans les nappes, comme la farce dans la paupiette de veau, bien au chaud sous la viande, elle sera contente, puisqu'elle n'espère rien d'autre de l'existence que vivre enroulée dans ses petits napperons, sur ses petites tables, dans sa petite banlieue. Méchant ? Non, il n'est pas méchant, il est honnête. Ne supporte-t-elle pas la vérité ? C'est un trait de caractère très commun de ne pas aimer la vérité. Sait-elle comment on les appelle en

France, ces nappes à carreaux ? Vichy, un imprimé vichy. Vichy, ce n'est pas le meilleur souvenir français. Mais comment pourrait-elle le deviner ? C'est commode de ne pas savoir, c'est comme un pare-soleil, quand on conduit, ça permet de ne pas être trop aveuglé. Par exemple, a-t-elle déjà entendu parler de Smeaton ?

Elle tressaille, mais ne se rapproche pas de lui.

Oui, Mark Smeaton. Un musicien, à l'époque des Tudor. C'est aussi un personnage de film, un des plus grands films des années vingt, *Anna Boleyn*, d'Ernst Lubitsch. Mais ça, elle l'ignore bien sûr, elle ne perd pas son temps devant des films des années vingt. Donc Smeaton, ce personnage de clown triste condamné pour avoir trahi sa reine, Anna, elle n'en sait rien, n'est-ce pas ? Elle est trop occupée à acheter des nappes Vichy. Ou à gober ce que lui racontent des clients qui lui donnent des noms de personnages de films, à la place de leur vrai nom. Mais qu'est-ce qu'elle croit ? Que quand on donne un faux nom, c'est pas qu'on est un peu tordu ? Ou qu'on a un truc à cacher ?

Alicia lui tourne le dos, et murmure en silence.

Que dit-elle ? Cruauté ? Non, il n'est pas soudainement cruel à cause de l'alcool. Oui, il boit un peu ce soir, mais les journées sont longues, et la compagnie de l'enfant est un peu courte. Même si elle sait comme il est attaché à son fils. « He doesn't speak a lot, that's all. » Oui, il pourrait revenir à la boutique, c'est sûr, le travail l'attend, mais en ce moment, il a besoin de prendre un peu de recul, elle peut comprendre non ? Il mange la moitié de ses mots, elle doit se débarrasser de cette logique chinoise qui l'habite, trimer, trimer, trimer. Le travail n'est pas tout. Sait-elle qu'il y a des animaux qui, lorsqu'ils craignent la lumière du jour, se terrent dans le sable, et avancent à reculons, jusqu'à disparaître ? Sait-elle que les écrevisses, puisqu'il s'agit bien d'elles, réussissent à creuser des trous dans lesquels elles se réfugient, parfois un hiver entier ?

Il est arrivé au fond du tunnel. À son épreuve de vérité. L'épreuve de Smeaton. Sait-elle que Smeaton fut le meilleur rôle de son grand-père ? Oui, Lubitsch a offert Smeaton à Ferdinand von Hauser en 1924. Pour beaucoup, en Allemagne, et dans la mémoire collective européenne, Ferdinand von Hauser est Smeaton. Mr. Smeaton. Elle voit où il veut en venir, non ? Et elle voit bien que maintenant qu'il a Smeaton en tête, il est temps pour lui de partir, non ?

Il donne un coup de pied dans la bouteille de bière à côté de lui, le liquide se répand sur la moquette.

Pourquoi pleure-t-elle ? Comment ose-t-elle dire qu'il est méconnaissable ? Au contraire, il n'a jamais été aussi proche de lui-même. Non, il n'est pas retourné au zoo. Pourquoi reparle-t-elle du zoo ? Ils ont appelé ? À la boutique ? Oui, peut-être qu'il y est retourné cet après-midi, mais ce n'était pas pour se venger, non, il voulait simplement les revoir une dernière fois avant de partir. Et puis il avait besoin de faire un tour. Oui, il va partir. Ce n'est pas qu'il le veuille, mais Mr. Smeaton l'a décidé pour lui.

Alicia est assise sur ses talons, a plongé le front entre ses mains.

Que fait-elle, elle prie ? Elle croit qu'il ne l'a pas vue, l'autre jour, partir avec le petit à l'église, alors qu'elle disait qu'ils allaient juste faire un tour ? Oui, il sait que c'est un temple et pas une église, que le bouddhisme n'a pas d'église, mais là n'est pas la question. Depuis quand a-t-elle besoin de prier ? Elle veut quoi, qu'ils s'enferment dans une vie austère, comme ces tristes illuminés qui prêchent l'abstinence, le sacrifice, la douleur ? Ces longues faces maigres qui n'ont qu'un mot à la bouche, « grâce », vous devez atteindre la grâce, vous devez mériter la grâce, vous devez trouver le chemin de votre grâce, je t'en foutrais de la grâce !

— Personne ne parle de grâce dans le bouddhisme, tu dis n'importe quoi ce soir. T'es pitoyable.

— Oui, pitoyable. Comme un type qui a enfin tout compris. Tout seul et pitoyable.

Elle a replié les genoux contre son sternum, et baissé la nuque. Seul le mouvement de son épine dorsale assure qu'elle respire à une vitesse régulière.

Grégoire lui murmure qu'il a été content de la rencontrer, malgré tout. Ce n'est pas grave s'ils ne sont pas un vrai couple. Non, ils ne sont pas un couple comme les autres couples. Les couples qui envisagent l'amour, la vie ensemble. Eux forment un couple fondé sur un mensonge. Thanks Mr. Smeaton. Ce vieil homme vient les séparer, comme il les a réunis trois mois plus tôt. Grégoire a réellement désiré ne pas reconnaître l'imper Burberry de son grand-père, les escarpins vernis gris, dans le film de 1983.

Elle a relevé la tête, soufflé que ce n'était là qu'un détail du passé, rien qui entrave la rencontre d'un homme et d'une femme, et l'amour possible.

Il parle et n'entend plus. Il ne sait pas si son grand-père est un voleur, un imposteur, un receleur. Il sait seulement qu'il s'est rendu ici, après la guerre, dans cette librairie, sous un faux nom, et qu'il est revenu chaque année. C'est qu'il y avait une raison. « Peut-être avait-il juste envie d'être tranquille ? » murmure Alicia. Peut-être. Mais un faux nom ? Si Grégoire avait eu confiance en quelqu'un, au cours de ses vingt années d'existence, c'était en cet homme vieux et fantasque, élégant, si peu désinvolte. Cet homme qui jouait à être un autre.

Une ombre se faufile dans le salon ; Tom, nu jusqu'à la taille, ses cuisses en cerceaux plantées dans le sol. Une longue tache de soda traverse le front de Mickey sur sa poitrine. Il s'accroupit et rejoint à quatre pattes Grégoire, allongé, les yeux à demi clos. Le jeune fauve se place sous la protection du chef de meute. Son père aussi pouvait se coucher par terre en rentrant le soir. Pour soigner son lumbago, souvent le vendredi, il disait, c'est la semaine qui me tombe dessus. L'enfant pose son corps léger, sa tête blanche, contre le dos de Grégoire. Ils sont tous deux en chien de fusil, se réchauffent l'un l'autre, dans leur fine bulle d'oxygène commune.

Alicia rejoint la table de cuisine, attrape la nappe, Grégoire ne la voit pas, il a fermé les yeux, cherche à placer sa respiration au rythme de celle de l'enfant, il sent dans le souffle qui rafraîchit sa nuque, un appel à la concordance. S'il ne peut rien donner au monde, il peut au moins, à cet enfant malingre qu'il a appris à aimer, confier la preuve de la vie qui se poursuit. Alicia sort une bouteille de white-spirit, en verse dans une bassine, y glisse la nappe. Elle l'avait trouvée elle aussi à l'époque, banale et petite-bourgeoise, comme tout ce que sa mère choisissait. Mais avec les années, elle avait ressorti la nappe, pris le goût de ses carreaux de bistro, aimé cette naïveté du vert et du mauve. Elle finissait par reconnaître dans cette nappe la solaire énergie de sa mère, qu'aucun jour de pluie ou de froid ne pouvait abattre, et qui la voyait, levée à cinq heures et couchée à onze, consacrer ses journées à travailler et à s'occuper de ses enfants, sans jamais perdre ce désir scrupuleux de remettre un peu de couleur là où elle manquait.

Dans la bassine, peu à peu, le dessin s'efface, tout comme les carreaux dévorés par l'acide. En moins de trois minutes, les personnages ont disparu de la nappe. *Tabula rasa*. Alicia se sait juste : elle chasse le mauvais génie de cette maison où s'est installée la ruine. Cette soirée est une nuée verte, comme celle que doivent traverser les soldats, au cours d'une guerre, sans apercevoir la fin du champ de bataille. L'amour, croit-elle, consiste à donner naissance et redonner naissance : gestation, expulsion, nutrition.

Grégoire reconnaît l'odeur de l'astringent : « Qu'est-ce que tu fais ? » Il marche vers elle, son ventre plein de bière le cambre, « mais qu'est-ce que tu fais bon Dieu », la nappe dans le bol, la bouteille de white-spirit, l'odeur qui décape, scalpe. « S'il te plaît Alicia, arrête. » Il panique, attrape un chiffon, sort la nappe : nette et vierge. Les montreurs d'ombres, les femmes au corps décapité, les hauts-de-forme, les profils napoléoniens, les pages à mandoline, et les poètes élisabéthains, les fous du roi, les empereurs masqués, les soldats casqués, les étudiants sans reflet, les petits diables à barbiche, les seins et fesses, les élégants moustachus, les pierrots à larmes d'encre, avalés par l'acide, sucés par la volonté d'une femme. Celle qui lui hurle,

— Mais t'as rien de mieux à faire que de griffonner sur des nappes, putain ?! C'est ça ta vie ? C'est ça que tu veux donner en spectacle à mon fils ?

Il l'attrape par la gorge. Pression du pouce sur la glotte, elle se débat, il la tient par-dessous, elle ne peut pas se dégager, il s'est planté dans sa gorge, va la tuer, il hurle, « tu crois que je suis tellement con, que je peux rien faire d'autre ? », elle tousse, crache, ne peut plus parler, il la pousse vers la table, le coin s'enfonce dans sa cuisse, il l'étrangle, elle a chaud, va crever, là, dans sa pince, sa teigne de pince, de sale bête à pinces. Le pouce s'enfonce un peu plus, une brève lumière dans son cerveau, je vais mourir. Lâche-moi, voudrait-elle murmurer, mais elle ne peut pas, il serre et la lumière explose, cliquetis de lames dans son cerveau, il la fait reculer, elle crève et il serre, il lui gueule dessus, « t'es de mèche avec lui pour vous moquer de moi ? » Ça bourdonne dans sa tête, elle sent ses jambes s'amollir, « pourquoi vous mentez tous, tout le temps ? Dis-le-moi ! » Elle râle, il la pousse, elle va tomber, il la jette sur la porte du réfrigérateur, recule puis revient vers elle main dressée, tendue vers son cou, il va finir le travail, il est devenu silencieux comme un homme qui veut tuer, elle a peur, comme la nuit petite fille dans les bars avec son père, parmi les silhouettes vacillantes, déjà des mains, pleines de doigts comme des pinces qui voulaient la dépecer, mais elle n'a jamais eu peur comme ça, il va la tuer, sûr qu'il va la tuer, il avance la main vers son ventre, entre ses jambes, il l'attrape par le sexe, il serre, elle espère le plaisir, même furieux, même brut, le silence du sexe, mais non, il serre ses lèvres et elle ne peut plus bouger, il serre et elle se plie en deux, presque agenouillée devant lui, puis l'autre main remonte, le pouce sur sa gorge revient, elle ahane, il lui redresse le menton, ses deux yeux ronds et cendrés, de son nez des mandibules, elle pourrait les palper, croit les sentir, et le rouge de son visage, il est cramoisi, la pince va couper le dernier fil : « T'avais pas le droit, il gueule, personne ne vous a donné le droit de me mentir. »

S'agrippe au dos de Grégoire un léger hérisson. Tom entoure son torse des bras, cogne son front entre ses vertèbres et sanglote, supplie, « ne lui fais pas mal, s'il te plaît ».

Il retire sa main de la gorge d'Alicia.

Elle recule, pliée en deux, ne peut plus redresser le torse. L'enfant s'approche d'elle, elle l'enserre, ils s'enfuient hors de l'appartement. Dans la rue, elle n'entend qu'une centaine de bourdons continus, sa tête est une ruche éventrée. Dans un rétroviseur, elle aperçoit les marques sur son cou, collier de rubis et saphirs offert par son amant.

Grégoire,

J'ai hurlé, seule dans ma chambre de la rue de la Manutention. Je me suis assise, et droite, j'ai hurlé. Nos parents demeuraient dans le salon, entendaient leur fille au fond de l'appartement, restaient assis sur le canapé de cuir, un grand verre de whisky posé devant chacun.

« Il n'avait plus de regard, m'ont-ils dit en rentrant, il nous a appelés de Londres cette nuit, et a dit, j'arrive tôt demain matin, venez me chercher, j'ai besoin d'aide. Nous l'avons vu à la gare, il racontait n'importe quoi, nous l'avons emmené aux urgences psychiatriques. Nous n'avons pas osé te réveiller, il était cinq heures du matin. C'est bien que tu ne l'aies pas vu, Lucie. Il n'avait plus de regard. »

Tu es revenu à Paris, tu ne m'as rien annoncé, tu as appelé notre mère et notre père à l'aide.

Je suis venue te voir avec nos parents le soir même à la Salpêtrière. Urgences psychiatriques. Nous sommes arrivés vers dix-huit heures. « Il est déjà parti en séance d'électrochocs », nous a-t-on répondu à l'accueil. En séance de quoi ? Électrochocs, une sismothérapie qui stimule les neurones. *Shock Corridor*, les portes qui se referment sur le corps que l'on électrocute, saloperie de film qui m'a fait trembler dans ce couloir, trembler de haut en bas face à l'infirmier, qui s'en fichait. Il s'appelle Bruno. Je ne savais pas encore ce qu'était son travail. La somme des gestes de son quotidien. Maîtriser, soigner, anesthésier, abrutir, sismothérapier, recommencer. Recueillir ces gens effondrés, ces esprits disjonctés, ces corps immaîtrisables, ces envies de mourir qu'il faut arrêter comme un plombier colmate des fuites, et tous ces êtres qui voulaient mourir – mais savais-tu avant de pénétrer dans cet hôpital qu'à Paris il y a chaque jour des dizaines de personnes qui tentent de mourir ? Ces immeubles que j'ai longés pendant dix-sept ans sans savoir que derrière ces murs, des jeunes femmes assises dans la baignoire se garrottaient l'avant-bras pour faire saillir les veines sur leurs poignets de poupées, des vieux agonisaient au pied de leurs lits en vomissant leurs somnifères, des hommes de quarante ans descendaient l'escalier vers le métro le plus proche, le plus discret, qu'une seule ligne traversait, des veuves anorexiques n'en finissaient plus de plonger les doigts dans leur gorge. Poignets ouverts, ou gorges tranchées. Troisième, ou quatrième étage : amortis par une verrière, ou un capot de voiture. Des dizaines et des dizaines, chaque jour, qui ratent leur sortie, et Bruno, j'appris son prénom au deuxième jour de ta première mort, les reçoit ici, sans joie ni états d'âme, habité, peut-être, mais je ne le sus jamais, par ce que dans un monde ancien, ils appelaient charité. Ou peut-être par la présence à l'humanité, qui n'est pas moins nécessaire que la charité, sans doute plus juste, la douceur de la présence, d'un garde-à-vous parmi les humains, ce garde-à-vous dont parlait Kafka ; ne pas sortir de la rangée des hommes. Bruno soigne avec sa bienveillance rude de copain de classe, sympathie naturelle de ceux qui ne se savent pas si étrangers à vos chutes, et à vos tentatives de vous redresser. Mais ce premier jour, il nous a toisés comme des gêneurs, un couple et une fille de bourgeois aux visages reposés, dents alignées et cheveux propres. Il avait raison de nous mépriser. Comment pouvions-nous ignorer ce que n'importe qui pouvait voir en entrant dans ce couloir : la fatigue au-delà de la fatigue, les cent nuits sans sommeil, la dureté des gestes et des protocoles, la dureté qui ne fait même plus trembler, la dignité qui n'est même plus un souvenir, la passivité qui lâche le sphincter et les cris, les rires brefs, coupants, qui enfantent les sanglots, la violence qui ne s'annonce jamais, cette femme qui pour un dessert étrangle son voisin ? et les litres de salive sur les mentons brillants, les cols des pyjamas et les manches des tee-shirts ? Bruno plonge dans cette salive pour mille trois cents euros net par mois, dans le désir de mort en nuée asphyxiante, pour mille trois cents euros net, parmi les mâchoires qui claquent et les pupilles molles, pour mille trois cents euros net, les pieds qui sentent, et les bras tailladés, pour mille trois cents euros net, les supplications de sexe, et les hoquets de vomi, pour mille trois cents euros net, le désespoir, et le colmatage du désespoir, pour mille trois cents euros net. Il est le premier opérateur de la sismothérapie, assiste au réveil de corps sans voix et à la suite, les dents perdues, les gencives ahanantes, le retour de l'électricité comme du soleil du matin à travers le hublot de la salle fumeur. Et il guette la régénérescence de ceux qui s'en sortent, ceux qui passent là par accident, ceux avec qui on fraternise, ceux qui ont simplement trop vu, trop encaissé, trop tu, ceux-là qu'on croit sauver, et qu'on ne veut plus voir revenir. Mais qui reviennent parfois.

La vie de Bruno, infini recommencement du même, pour mille trois cents euros net par mois.

Au cours des jours suivants, je comprendrais ce que trahissait l'indifférence de Bruno à notre égard. En revenant dans ce couloir à l'odeur d'urine et de gerbe du pavillon 10 de la Salpêtrière, je saisirais ce que ma terreur du premier jour diffractait de ridicule aux yeux de ce grave Malien qui m'inculqua la plus grande leçon de discrétion, de constance, de dignité de ma vie.

Mais ce premier jour, parmi les cris et les supplications – nous étions dimanche soir, heure de pointe ici, apprendrais-je en prenant mes habitudes au pavillon – je pensais putain, putain, putain, ici on arrose d'électricité les cerveaux des garçons de vingt ans, putain, putain, je te croyais à Londres, t'espérais à La Havane ou à Turin, aurais préféré Cayenne. Il n'y eut plus de film pour s'inscrire dans ma tête, seulement ce « putain » de l'attente, dans le couloir, et le silence de Bruno.

Au moment où nous allions partir, le médecin, ce pauvre docteur Dieu au nom si ridicule qu'il prête à peine à sourire, petit gros, chauve et cerné, a fini par arriver. Bonne nouvelle, la *sismothérapie* t'avait fait retomber sur terre. Revenez demain, vous pourrez le voir.

J'en ai été malade toute la nuit, je tenais mon ventre et mon sexe, mes muqueuses brûlaient lorsque je pissais. Le lendemain le médecin a dit cystite, j'aurais voulu répondre non, électricité, j'ai gobé son électricité, j'ai bu l'électricité de mon frère, et j'ai pas réussi à la repisser, l'électricité m'a carbonisé l'urètre et les trompes, réduit en cendres les ovaires, c'était ça votre électricité, une pluie d'acide impossible à pisser, comme vous avez fait du cerveau de mon frère, une cage de cendres.

Lorsque nous avons pu enfin te voir le lendemain, dans cette chambre aux carreaux poussiéreux de la Salpêtrière, tu étais assis sur un lit, et sur l'autre, à côté de toi, un garçon de dix-sept ans qui comptait et recomptait ses doigts. Vous refusiez tous deux de vous allonger, de jouer les malades de cette chambre de malade, vous vous teniez donc à l'extrême bord du lit. Tu portais un pansement de chaque côté de tes tempes, tes paroles étaient lentes, tes lèvres pendaient, effet du dentier de caoutchouc que l'on place dans la bouche lors de la sismothérapie : les dents s'entrechoquent, la mâchoire se crispe violemment, il ne faudrait pas qu'elles se broient. Le dentier te protégea mal, tu eus cinq dents éraflées. Mais cet après-midi, tu fermais la bouche, sauf au coin de la lèvre supérieure, trou dont écumait une salive à bulles.

Tu étais extrêmement calme, presque endormi, et nos parents et moi nous adressâmes pendant dix minutes à un résidu de Grégoire, une enveloppe vide de notre frère et fils. Comme on pose sa veste sur le dossier d'une chaise et va se promener, nous parlions à la veste, assurions à la veste qu'il irait mieux, que ce n'était qu'une mauvaise passe, la veste opinait et je ne cessais de me demander quand tu reviendrais habiter la veste.

Le lendemain, tu ne te souvenais de rien.

Grégoire,

J'ai hésité avant d'accepter ce que tu me demandais. Mais comme tu as insisté, oui, je suis retournée la voir hier, à l'ouverture. Elle n'a pas changé. Elle est peut-être la seule chose, autour de nous, qui ne change pas.

Je n'avais pas dormi de la nuit, sortais d'une fête. Peut-être pourrais-je à ta sortie te présenter enfin ces amis avec qui je passe mes nuits. Peut-être trouverais-tu, parmi eux, une fille qui te ferait oublier l'Anglaise dont tu as prononcé le nom de retour des électrochocs. Tu disais, je l'ai perdue. Oui, sans doute, Grégoire, tu l'as perdue. Mais tu sais, il y a d'autres femmes, d'autres visages, il n'est jamais temps de se confier à un seul regard. Je pense par exemple à mon amie Célia, à sa beauté du nord de l'Italie, son air turinois. Cette indulgence qui guide sa vie. Elle te plairait.

Avec elle, j'ai attendu l'aube. Nous traînions dans la Cour carrée, seules dans la ville, observions les bonds fuchsia du soleil du matin jouant entre les cariatides. Je l'ai quittée à l'ouverture. Sur les escalators qui mènent à Richelieu, je me sentais comme Faust la première fois qu'il monte sur le tapis volant de Méphisto, vertigineuse et la gerbe aux lèvres, jamais le Louvre ne m'avait paru si grand, entropique. J'avançais pour ne pas vaciller. Sais-tu que le Louvre est plein dès l'ouverture ? De salle en salle, les groupes se distendaient autour de moi en vagues écumantes. Je traversais des flots de visages suants, obèses, souriants ou voilés, leurs pas et leurs bouches chuintaient en baignoires à fuite, je voulais dormir, plus de vingt-quatre heures que j'avais quitté mon lit, rejoint le lycée Paul-Valéry pour passer la dernière épreuve du bac, l'examen de philo – être juste rend-il loyal ? J'aurais voulu cesser de marcher, perdre connaissance entre les bras de l'esclave libéré de Michel Ange, les veines jouaient sous ses épaules, une véritable glotte montait et descendait sous son menton, ma nuque se refroidissait, j'étais prête à rester avec ce corps de pierre, j'entendais son appel sexuel dans ce rez-de-chaussée où peu s'attardaient, il était disponible, je l'étais aussi, nous étions vivants dans cette salle qui tournait le dos à *La Joconde*, je voulais cet esclave, ces bras qui se tordaient vers moi, et le creux du coude que je crus entendre respirer, le cœur battant du bras, je devais le lécher.

Il était si beau, et moi, j'étais si seule, disponible, juste une ou deux minutes, pour lui parler. Il faut tellement parler, sans cesse, tu ne trouves pas Grégoire qu'on ne parle jamais assez ? Parmi les groupes, je me singularisais par ma veste vert pomme, mon pantalon de velours côtelé de la même couleur, et dans les cheveux, un foulard anis. Un jour tu m'as dit : il faut fixer des yeux comme les tiens, qui se diluent du roux au bronze selon les heures du jour. J'ai choisi le vert. J'étais un lutin des bois qui zigzaguait entre les sculptures classiques, dispersant mon odeur de whisky-vodka-vin rouge-Kronenbourg-clope. « Tu arrêtes tes conneries maintenant, tu te calmes », m'avais-tu dit le soir où je rentrai ivre morte et où tu tournas toute la nuit dans le salon, les poings serrés et la bouche murmurante. Je ne t'ai pas obéi. Et c'est ivre, que je repensais dans ces couloirs de marbre à ta faible autorité. J'avais acquis ce matin la sensation que tu m'accompagnais, nous montions en zigzag les escaliers, moi accrochée à toi, presque allongée sur toi, à te souffler tout et n'importe quoi dans l'oreille, pour que tu m'acceptes sur ton dos. Comme tu m'avais toujours portée, protégée, puis menée à la *Femme-écrevisse*, elle qui nous permettrait – la crois-tu vraiment ? – d'échapper à la voie commune.

La gravure était laissée à elle-même. Un groupe de retraités s'est arrêté, moins d'une minute, puis est reparti. Ils ne savent pas pourquoi elle danse. Ils regardent son ventre, son sexe, ses pieds, cherchent le point de basculement. Et ne le trouvent pas. Il n'y a pas de cœur harmonique dans ce dessin. Ils se heurtent à son corps nu. À son impudeur.

Tu te souviens l'*Ugolin* de Rodin ? Cet homme nu qui se jette en fauve hagard sur celui qui le contemple, épuisé, affamé, à demi mort. Et sur son dos, à ses pieds, les corps agonisants, les écorces souples et vides de ses enfants, presque avalés par le marbre. Tu trouveras toujours une petite foule autour de la statue captivée. Ugolin ne connaît pas dans son musée la solitude de la *Femme-écrevisse*. J'y ai beaucoup pensé ces derniers temps, à lui, à elle, à toi. Ugolin est un homme de notre temps, un coupable. Il est à moitié mort, il piétine les cadavres de ses enfants, il s'apprête à les dévorer, il est offert à celui qui le regarde, dans son crime et sa faute. Il agonise, et agonise encore, Dante l'a fait crever sans fin, parce qu'il le haïssait, et jouissait de le suspendre au bord de la mort. Cette haine du créateur pour sa créature confère à Ugolin une majesté contemporaine que les visiteurs sentent, sans la nommer. Ugolin n'est pas un homme qui souffre, il est un homme puni, le déchet d'une société qui se construit sur la nécessaire pourriture de quelques-uns. Ugolin paie pour nous tous. Nous grandissons, nous apprenons, nous vivons sur un sol nourri par la déchéance d'Ugolin et d'autres. L'humanité partagée. Les méritants, les condamnés. Les forts, les faibles. Les Occidentaux, les déracinés. L'autre sur la croix aurait dû bouleverser cette loi insane : regardez, hurle-t-il sur sa croix, je peux passer de l'autre côté. Je suis l'innocent sacrifié. Mais il est revenu. Il n'a pas daigné mourir. Insupportable et méprisante résurrection du corps. Il aurait pu tout bouleverser, il aurait pu faire voir le poing aveugle de la mort qui tape comme à colin-maillard on étreint jusqu'à le faucher, lui, à trente-trois ans, mais l'homme de la croix vénéré de ce côté-ci du monde a préféré renaître, rédempter, redessiner, maquiller, mentir, abêtir. Tout sauf le vrai. Ugolin est le pendant humain de la résurrection du corps. Il doit mourir sans fin, quand Dieu renaît sans fin. Son martyre contre ma survie. La balance qui soutient le monde. Ugolin est l'homme infiniment coupable.

On a dit à Ugolin dans cette tour où il a subi son châtiment, la Tour de la mue, rebaptisée la Tour de la faim – tu dois en baver. Dans les escaliers, il portait ses trois ou quatre enfants, peut-être endormis, heureusement qu'ils dorment, nuit et jour ils dorment, pour ne pas entendre la sentence : voilà ce pour quoi tu vas payer, voilà ce qui te reste à expier, voilà ce que tu ne connaîtras plus jamais, la satiété. Et eux, ta progéniture, paieront avec toi. Quelle justice peut accepter la mort des enfants ? Rodin les fait adultes. Sa seule pudeur. Les enfants viennent de mourir, Ugolin les pleure, *Puis la faim fut plus forte que le deuil.*

La femme-écrevisse est hors de tout ça. Elle appartient à une autre mythologie peuplée de créatures à jambes et carapace, dont on a oublié les auteurs, dont on a même oublié les trames, et surtout les croyances. Une mythologie qui ne sépare plus ; elle ne se situe ni parmi les martyrs, ni parmi les sauvés. Elle danse, entre les deux, à mi-chemin de la bête et de l'homme. Peut-être appartient-elle à un monde qui repose sur une autre balance. Je crois qu'il est possible qu'ait existé un monde pareil. Comme Rembrandt en a eu l'obscure intuition. N'en restent que quelques images qui ne s'expliquent pas : une femme danse, une tête d'écrevisse. Une femme sans doute coupable aux yeux du plus grand nombre, une femme nue, est toujours un peu coupable, non ? Surtout si elle est enceinte. Et nous savons tous deux, Grégoire, nous avons vu son ventre bombé, que la femme-écrevisse est enceinte. Enceinte d'elle-même.

Grégoire,

Lorsque je suis venue te voir hier à l'hôpital, tu m'as demandé des nouvelles de Ferdinand. J'ai changé de sujet. Tu n'as pas eu la force d'insister, mais j'ai vu, dans le tremblement de la canette de coca sur ta lèvre, que tu suggérais mon mensonge. Il est mort il y a trois jours. Son aide-soignant l'a trouvé en arrivant le matin à l'appartement. Il était à la fenêtre, dans son fauteuil, et dans un pantalon de velours beige, et une chemise de soie, les traits détendus. Il avait recommencé à manger depuis deux jours, mais très peu. Je ne sais quoi te dire, Grégoire, pour atténuer ce qui va te briser un peu plus. Lorsque, plus jeune, je m'imaginais la mort de Ferdinand, je nous voyais tous deux, dans un village prussien, quittant le cimetière avant la descente au caveau, pour nous abriter dans une forêt de conifères. J'ai toujours cru que la mort de Ferdinand nous permettrait de découvrir cette Allemagne dont nous ne savons rien, et que notre père nous avait toujours interdite, cette région de Hanovre, ses épicéas, son obstination médiévale, ses universités où l'on enseigne le grec, l'araméen, l'horticulture, l'archéologie. Mais Ferdinand sera incinéré ici, à Paris, il a réservé une place dans le funérarium du Père-Lachaise. Jusqu'au bout, il n'a pas voulu retourner en Allemagne. Il partageait avec son fils la détestation du pays natal. Il a demandé qu'il n'y ait aucune cérémonie. Nous nous y rendrons demain pour déposer l'urne. Et à toi, nous ne dirons rien. Le docteur Dieu nous l'a formellement interdit. Cette lettre ? Si tu la lis, c'est que tu vas mieux, et si tu vas mieux, c'est que tu es prêt à affronter la vérité.

Je partirai en voyage, Grégoire, après le Père-Lachaise. Je ne vais pas te rendre visite la semaine prochaine. Salue Bruno de ma part, je t'écrirai lorsque je serai arrivée.

Grégoire,

Tu vas croire que je t'écris saoule. J'ai bu, c'est vrai, mais tu sais comme je suis, les découvertes me rendent euphorique. J'ai rencontré ici, à Amsterdam, un homme, un Américain, à l'université comme moi. Sa lèvre frôle mon oreille lorsque nous nous promenons la nuit au bord des canaux, et son rire, enfin, son rire... Impudique, comme le tien. Il est de Kansas City, il a des mains presque palmées, j'aimerais que tu touches ses paumes lisses et chaudes. Il a un cerveau comme le tien, ouvert par grand vent. Enfin, il écrit un doctorat sur Rembrandt. Je suis allée avec lui à la maison de Rembrandt, c'est une drôle de chose de se rendre là-bas, la reconstitution, les figurants en costumes... Une maison de poupées. J'ai vu les gravures. Tu connais *Le Sanglier*? Les enfants réunis autour d'un sanglier qui dort, ou qui crève. Pas une situation qui ressemble à Rembrandt. Ni lutte avec l'ange, ni cavalier polonais. Le sanglier couché, entouré d'enfants qui rient, en repos de la tragédie.

Mais c'est en suivant mon ami à Gouda que j'ai compris. Une ville atrocement mignonne, je ne sais comment ce pays si joli a pu accueillir de tels peintres de la ruine… Enfin, à Gouda, dans les archives de la ville, il a retrouvé la trace d'une femme. Morte ici à cinquante-huit ans. Sans sépulture. Ses cendres furent dispersées dans les marais de Gouda. Selon mon ami américain, elle aurait vécu avec Rembrandt pendant cinq ans : ils étaient amants. Elle a voulu qu'il l'épouse. Il l'a fait interner. Difficile à croire, je sais. Mon ami refuse de juger, il dit que nous ne pouvons jamais savoir ce qui a lieu entre un homme et une femme. Mais je n'arrive pas à ignorer ce que le peintre a fait à cette femme. Rembrandt, en signant l'enfermement, a oublié le lien subterrien qui le liait à son art. La voie des équilibristes s'ouvre par celle des fous, l'ignorait-il ? Tu vois, je traîne ici, parmi les canaux opaques de cette ville, et je plonge dans le théorème du peintre, de l'écrevisse, et de la folle.

Je ne serai pas là, à ta sortie, la semaine prochaine. Peut-être est-ce une lâcheté, sans doute une impuissance.

Je me suis octroyé le droit de quitter la rue de la Manutention, et cette ville qui me condamnait à t'attendre.

Je ne veux pas devenir une de ces silhouettes de poussière et d'argile abandonnées dans les villes détruites. Je reste aux Pays-Bas, il y a ici des laboratoires, des universités, des bars, des librairies, des lieux où la vie s'analyse et se ressource, dans sa reproduction, et sa perpétuation.

III

FERDINAND

CARNET DE RÔLES

1923, baron Waldis von Malenberg,
dans L'Étudiant *de Paul Wegener*

Maman a refusé de me faire ses adieux. Au petit déjeuner, elle ne prononça pas un mot, s'enferra dans une de ses minérales bouderies que j'ai appris à ne plus interrompre. Je la soupçonne d'être passée dans ma chambre avant que je ne parte, caresser l'uniforme d'officier de l'armée prussienne que je ne mettrai plus.

En traversant le jardin, j'ai cherché une dernière fois à surprendre son visage, à travers la fenêtre du salon. Elle se tenait de profil, assise sur notre canapé de satin, un livre ouvert sur les genoux. Si elle m'aperçut, elle n'en laissa rien deviner. J'ai repensé à sa terreur, tout aussi mutique, lorsque nous quittâmes Saint-Pétersbourg, pour fuir ce que d'autres appelèrent révolution. L'effondrement de

1917. Notre retour contraint en Allemagne. Notre arrivée ici, au Schloss de Hanovre, comme disent les gens de la ville. Si peu château fort pourtant, cette demeure bourgeoise et rococo, à hautes fenêtres et chiens-assis, colonnades et tilleuls, bouleaux et nymphes de bronze. Il fallut cinq ans à maman pour se familiariser avec cet endroit. Nous apprîmes ensemble, au cours de nos promenades, à guetter les clochettes des fuchsias à la mi-mars, ou la fraîcheur des bouquets de sapins à l'arrière de la maison. Ne se doutait-elle pas que je finirais par partir ? Sans doute pas ainsi. L'idée que je quitte aujourd'hui Hanovre au nom de cette étrange invention de lumière et d'optique, que je prête mon corps et mon visage aux chimistes du cinéma, ne l'écœure pas moins que l'avancée des Rouges en terre tsariste. « Tes pauvres illusions », disait-elle en m'observant sur scène, à seize ans, dans cette petite salle du théâtre de Hanovre ; « tes pauvres illusions auront ta peau ».

En arrivant à Berlin, je me suis rendu chez Paul Wegener, muni des recommandations de mon professeur de théâtre. La bonne m'a annoncé qu'il tournait un film, dans un nouveau lieu, à Babelsberg. J'ai trouvé l'acteur, avec toute l'équipe de *L'Étudiant de Prague*, à l'étage d'un hangar, au coin d'une rue de cette banlieue boisée à vent sec. On y construit, paraît-il, les plus grands studios d'Europe.

Ils étaient réunis, petit groupe d'hommes en costumes de laine et cigarettes au poing, sous les poutres d'un ancien atelier de menuisier. À leurs côtés, une caméra, une seule, tête penchée au sol, en cheval endormi. Je me suis présenté à Paul et Stellan Rye, le réalisateur. J'ai surpris une lueur concupiscente dans leurs yeux, lorsque j'ai prononcé mon nom. Von Hauser, troisième plus ancienne famille prussienne, comme l'assène maman aux nouveaux domestiques. Et voici un von Hauser prêt à endosser d'autres rôles que le sien.

Nous ne sommes pas nombreux à nous présenter à Babelsberg. Une poignée de curieux, d'acteurs au chômage, de flâneurs. Dans le milieu théâtral berlinois, on rit de cette idée de tourner un film d'art, à l'égal d'Ibsen, ou de Wedekind. Beaucoup se moquent de cette assemblée de bourgeois qui se lancent dans un jeu d'opticiens et de montreurs d'ombres à Babelsberg. Installeront-ils des magic mirrors au bord des lacs ? Iront-ils à Wannsee pour surprendre les filles en maillots de bain, ces nouveaux satyres qui prétendent à l'art ? J'ai entendu ces plaisanteries, elles furètent jusqu'à Hanovre. Mais comment osent-ils rire lorsque Paul Wegener se lance dans l'aventure ? Qui, aujourd'hui, en Allemagne, oserait contester le talent de Wegener, ce jeu qu'il inventa dans les théâtres de toute l'Allemagne, cette présence surnaturelle sur scène qui nous bouleverse tous ? Paul Wegener est assez colosse pour accoucher du cinéma.

Je ne serai pas payé, m'a précisé Paul, aucun de nous ne l'est. J'endosse le personnage de Malenberg. J'ai décidé en arrivant à Berlin d'accepter tous les rôles. Albert nous le répétait au dernier cours : il n'y a pas de mauvais rôle, il n'y a que de mauvais acteurs. Un rôle ouvre la voie vers un nouveau rôle. L'âne du *Songe d'une nuit d'été* mène à Peer Gynt. Un rôle est une porte. Le baron von Malenberg est une porte. Vers quoi ? Je l'ignore. Un baron. J'en suis tout de même déçu. J'ai étudié cinq ans l'art dramatique, et mon premier rôle est un aristocrate ! Une figure romantique, me précise Wegener en un de ses sourires de sphinx, un Werther perdu à Prague. Peut-être plairait-il à maman ? Non, persiste en elle une méfiance incongrue envers Goethe, et ses « zouaves » amateurs de ruines.

J'ai demandé, où tourne-t-on ? Toute l'équipe a ri, mais ici, où voulez-vous ? Ici, dans cet atelier vide dont l'unique fenêtre donne sur une forêt de bouleaux ? Ils ont peint des décors sur des murs de carton roulant ; des coursives de château, une salle de bal. Prague, à l'heure austro-hongroise. Métaphysique du décor, répète Paul à toute l'équipe : le cinéma est affaire de perte de repères, de transcendance, et de foi.

Me voilà, pour la première fois, placé sous l'œil de la caméra. Je patiente le long du mur, dans cette flanelle à bas prix dans laquelle ils ont taillé ce costume. Je sue comme un petit cochon dans un sauna. Que dirait maman si elle me voyait dans un tissu pareil ? Sait-elle même qu'il existe des tissus semblables, dans lesquels on taille des costumes ? Je ne l'appellerai pas tout de suite. Je la laisse seule avec l'autre, qui ne lui adresse pas un mot, reclus dans son bureau. Son spectre de compagnie.

Grete Berger s'avance vers moi dans notre bal de carton :

— Baron Malenberg ?

— Comment allez-vous, Margit ?

— J'ai l'impression que vous me suivez, baron.

— Vous êtes très en beauté. Voulez-vous danser ?

— Non merci, baron, une migraine terrible m'accompagne ce soir.

— J'en suis désolé. La chaleur peut-être, notre été ne nous épargne rien.

— En effet, baron. En effet.

Elle a tourné la tête. Je fronce les sourcils, me pare d'un air sévère pour habiller mon visage. En vain. Mon menton rond demeure candide. Peut-être devrais-je au contraire froncer le menton et les sourcils, accablé ? Ce personnage se débat en moi, sans parvenir à la cohérence. Et comment endosser Malenberg, en ne saisissant pas Malenberg ? Pourquoi suis-je venu jusqu'ici, sur les hauteurs de la ville, dans ce bal qui m'ennuie, si cette femme ne me regarde même pas ? Peut-être est-ce la nature de Prague d'ainsi pousser les hommes à tourner sur eux-mêmes, en toupies suantes. Cette ville de l'ennui et du cauchemar, racontait maman de retour d'un voyage. Il fut un temps où mes parents arpentaient ensemble l'Europe, pour quérir dessins rares et gravures. Prague, Budapest, Paris. Un ennui cauchemardesque pour maman : elles sont si compactes et semblables, me racontait-elle, les foules qui grouillent dans ces rues étroites.

Je retourne de l'autre côté de la salle de bal, feins de parler aux figures de l'aristocratie locale, potentats germaniques de notre province austro-hongroise. Nous débattons chasse et empire. Nous ne prononçons plus le nom du petit empereur français, il meurt à Sainte-Hélène. Je lui ressemble : je suis râblé, brun, alerte. Une évidence, depuis l'enfance, qui a pu faire rire dans nos salons de Pétersbourg : votre petit, il a quelque chose de l'aiglon français, non ? Un corbeau à tête d'aiglon dont le nom revenait dans les plaisanteries infinies de mon père à Pétersbourg, à l'ouverture des cocktails de printemps. Lorsqu'il sortait encore de son bureau. Lorsqu'il cherchait encore à égayer les assemblées. Regardez mon fils, il a hérité d'une tête de Bonaparte. *Wir haben ein Kaiser in der Familie.* Voici notre empereur. Et l'on riait, fou de mépris et de hargne pour ce petit homme sans héritage qui a fini par mourir sur cette île qui n'existe même pas sur nos cartes. Que le rire fût grinçant, je n'y prêtais pas attention, j'aimais qu'ils me regardent. Mais je ne crois pas que sur ce tournage, cette parenté physique ait un sens. Malenberg demeure Malenberg : un baron de l'empire finissant. Une poussière d'histoire en attente de la catastrophe. Sous ma redingote, une chemise à jabot me charge de dix années de plus que mes vingt ans. Et épaissit ma taille. Les costumes demeurent ici très codifiés. Nous perpétuons par chacun de nos gestes l'empire austro-hongrois. J'en suis une figure. Une figure rejetée par les femmes.

Grete Berger m'a salué avant la première scène. Je n'avais jamais rencontré une femme comme elle : même habillée, elle semble nue. Je la suis, elle ne me voit pas, elle sort de la salle de bal, emprunte une coursive, va retrouver l'autre. Ce rival que je croise chez elle, à la chasse. L'Étudiant, se fait-il appeler, sans autre nom que celui-ci. Paul Wegener incarne cet homme central. Un visage de lynx, épais et rude. Il semble bien plus vieux que mes vingt ans. Il révèle dans son jeu une virtuosité inouïe. À le voir jouer, je saisis ce qui m'a fait quitter le printemps éclatant de Hanovre ; je dois ici, à Babelsberg, me rapprocher de Wegener, essayer de surprendre sur ses traits, dans ses gestes, la nature de son jeu.

Il tourne autour de Grete Berger, impérativement la désire. Elle se grise à cette mue fauve qu'il exhale. Je suis dépourvu d'énergie, à côté d'un homme comme lui. Je ne suis qu'un baron, le baron Waldis von Malenberg, un baron sans père qui vit avec sa vieille mère, un baron qui a ouvert sa redingote parce qu'il fait si chaud en août à Prague, comme l'été du nord de l'Allemagne.

Wegener me regarde avec une férocité que je n'ai jamais croisée dans nos salons, une férocité moderne, d'homme que rien ne retient. Cet homme est né pour le cinéma. Son visage se révèle d'une nudité vive, sanglante. Il parle seul dans les coursives. Je l'ai surpris débattant avec le vent. Je dois protéger Grete Berger de lui. Mais elle ne me voit pas, mais elle ne m'entend pas, mais elle me méprise. Pauvre Malenberg, murmure-t-elle, lorsqu'elle dédaigne les dahlias blancs que je lui offre, pauvre Malenberg, il m'aime trop, il a un visage d'empereur-enfant, il doit mourir. Si maman me voyait, elle me murmurerait : Ferdinand, aimes-tu tant l'humiliation, pour la rechercher jusqu'ici ? Tu deviens comme ton père, offert au vent des sarcasmes et du mépris. *Luftmensch.*

Il est parfois des voies qui se tracent parmi les rotondes de buis et les canopées de résine. J'avais quatre ans, me roulais sur le sol du bureau de mon père. J'entamais un de ces longs caprices hurlants, qui laissaient les nurses impuissantes. Se succédaient en moi des vagues d'indignation tempétueuse que je ne parvenais à maîtriser. Ce jour-là, la crise ne cessait pas, personne n'osait m'interrompre, je tapais des pieds, mon visage était rouge vif, je tournais dans un sens et dans l'autre, me cognais aux pieds d'acajou du bureau, du fauteuil. Mon père m'a attrapé par le menton, m'a traîné jusqu'à la gravure, la *Femme-écrevisse*, suspendue au-dessus de son bureau, « tu vois Ferdinand, lorsque tu te mets en colère, tu ressembles à ça ». Il pensa sans doute me dégoûter de moi-même. Mon pauvre père manqua comme toujours de stratégie. Cette gravure, à laquelle j'avais si peu accès, cette gravure, seule créature dans notre maison de Hanovre qui pût se targuer de partager la vie de mon père, me murmura ma nature : monstre. Figure digne d'être montrée. Une promesse de vie, et d'éclat. Mon père, ce jour de mes quatre ans, m'offrit une chose rarissime, et implicitement interdite chez les von Hauser ; une vocation. J'étais à ses yeux une petite créature insupportable et terrible, je devins grâce à lui ce que je suis aujourd'hui, un comédien. Même méprisé par une femme, rejeté dans les coursives d'un palais de carton, point tremblant d'un empire condamné.

1923. L'ami dans L'Enchanteur du soir
d'Arthur Robison

Arthur Robison voulait me rencontrer. Je ne sais pourquoi, je ne sais comment, il attrapa mon nom et mon visage, dans une de ces soirées d'acteurs que je fréquente désormais. Un matin, près de la fin du tournage de *L'Étudiant*, je reçus un message : Robison veut faire votre connaissance. La rumeur courait qu'il se lançait dans la préparation d'un film au titre de poème français, *L'Enchanteur du soir.* Il me donna rendez-vous dans un bar sur une petite place de Charlottenburg, le long du métro. Une porte vitrée, un escalier fuyant en sous-sol. Robison m'attendait au bar, juché sur un tabouret, sous la fumée. L'homme m'a immédiatement séduit : il parlait et souriait peu, mais m'écoutait en pianotant sur le bois laqué de ses doigts jaunes. Nous n'étions pas seuls. De petites poupées blondes s'alignaient sur le canapé de velours beige le long du mur. Elles semblaient de toutes jeunes filles aux cheveux frisés, mauves et serrés, comme ces figures de porcelaine que collectionne ma mère dans sa *Puppenhaus*, au pied de son lit. Elle consacre des heures à réajuster les rideaux de dentelles, les minuscules armoires et chevets parmi lesquels elle place ses figurines aux cous fragiles et aux sourires peints. Cette simplicité de traits, au nom de je ne sais quelle alchimie, a ressurgi sur le visage de ces jeunes filles dans le bar de Charlottenburg. L'une d'elles est venue s'asseoir à côté de moi. Je suppose que le réalisateur lui avait proposé de nous rejoindre avant mon arrivée, en homme de scène. Elle goûta au rhum dans mon verre. Elle ne semblait ni gênée, ni intimidée d'ainsi se tenir à mes côtés. Ses fines jambes nues pendaient du tabouret. Elle portait mal une robe de nylon qui remontait sur sa cuisse, et finit, en initiée bouddhiste ou enfant ennuyée, par croiser les jambes sur son tabouret et attendre, sans impatience, la fin de notre discussion. Robison préparait un film d'épouvante, dans une haute maison de village, autour d'un couple aux habitudes interlopes. J'espérais le rôle de l'amant. Robison hocha la tête, me l'assura. Il partit lorsqu'il eut fini son verre. Je suis rentré à mon hôtel avec la fille. Elle n'était ni jeune, ni de porcelaine sous le plafonnier de la chambre.

Je tiens le cinquième rôle de *L'Enchanteur du soir.* Je ne sais si Robison, au cours de cette entrevue, me déclassa. Je le crains. Peut-être n'ai-je pas été assez von Hauser dans ce bar de Charlottenburg, peut-être me suis-je laissé décontenancer par la poupée frisée. Mais enfin, je joue dans un film de Robison, j'ai vingt et un ans. Que demander de plus ? Peut-être un nom, mon personnage n'en a pas, *der Freund.* L'ami.

Je retrouve le hangar de Babelsberg. Les travaux ne cessent pas, une dizaine de studios aux murs glissant sur des rails se succèdent déjà. Métaphysique du décor. Et physique de l'industrie.

Notre décor figure une place de village. Je m'avance en haut-de-forme, queue-de-pie et guêtres à la tombée de la nuit. Je marche entre deux amis, dépourvus de noms, comme moi, vers une haute maison bourgeoise. Autour d'un puits, traînent les gens du village, à peine surpris de nous voir, habitués sans doute à ce que des hommes comme nous se rendent dans cette maison offrir un public à ce qui s'y trame. Nous sourions comme si nous avions bu.

Je ne connais pas bien le couple qui m'invite. C'est ainsi que je suis l'éternel « ami », un homme qui passe de salon en salon, un homme qui s'amuse, passe ses nuits chez les autres, des inconnus souvent, puis rentre au petit matin, pourvu de récits, de visages, de noms propres. Ce rôle est à ma hauteur, ma vie à Berlin ne diffère en rien. Depuis que j'ai rencontré Wegener et les autres, nous sortons tous les soirs, passons d'appartement en appartement, rencontrons des écrivains, des journalistes, des dramaturges, et des comédiennes. Beaucoup de comédiennes. Nous partageons nos dernières cigarettes devant un café au lait et des *Pfannkuchen* à l'aube sur le Kudam. Et cette légère amertume de corps vite repus.

Je suis invité aux soirées parce que je suis de bonne compagnie. Et je fais des imitations : les cadors de Weimar y passent. J'excelle en Rathenau. Certains sont gênés de rire d'un homme assassiné. Mais je suis toujours réinvité. Je sais retenir les jolies femmes, accepte tous les jeux. Ne pars jamais avant la fin d'une soirée. Ne rentre jamais seul.

Sur le seuil de la demeure, notre hôte nous accueille. Il partage notre jeunesse, notre figure vigoureuse, notre griserie. Nous sommes semblables, si ce n'est cette chemise chiffonnée et ce visage creusé qui trahissent en lui une pulsion mal dominée.

Elle patiente, derrière lui. Mia Schechter. On m'a prévenu ; elle est virulente. Hargne de panthère en fond de cage. Mia. Elle m'enlace à mon arrivée. Était-ce écrit dans le scénario ? Le dôme pointu de son ventre insiste contre le mien.

Un autre invité se présente après nous, un jeune homme ravi, à face blonde ; *der Jüngling*. Gustav. Il est pourvu d'une beauté inverse à la mienne. Il est l'aurore sur un lac, je suis une soirée en ville.

Dans un salon haut éclairé à la chandelle, trois musiciens, un ensemble à cordes. Ils jouent, en boucle, Bartók. Comme partout en ville, Bartók, Schönberg, le rythme insensé de notre temps. Maman ne tiendrait pas deux jours dans leurs asymptotes. Même Rossini fait preuve, selon elle, d'une démence inaudible. Je la comprends, il y a des matins où je regrette aussi notre cadence, notre souveraineté. Dans le salon, deux serviteurs, porteurs de chandeliers, font tapisserie. Le maître des lieux a le goût du kitsch. Un autre est invité pour nous divertir : un montreur d'ombres. Nous sommes donc onze hommes, entourant une femme. Mia ne trahit aucune gêne. Elle porte un déshabillé blanc qui pourrait être une toge. La bretelle tombe sur son épaule lorsqu'elle passe d'un invité à l'autre. Vague air de patricienne. Elle a relevé ses cheveux sur des bras pleins, et des yeux aux reflets changeants, jaune et bronze, billes passées sous la lune. Elle se fait aussi mutine qu'égrillarde, timide que tyrannique dans son désir de s'amuser. Onze hommes pour une femme. Son amant ne la lâche pas des yeux. Cet homme et cette femme sont la pierre et la flamme d'un même briquet. Nous buvons autour de l'ensemble à cordes. Ce Bartók dézingue toute possibilité de détente.

Une femme pour onze. La bretelle tombe, la popeline glisse sur son sein droit.

Pour nous divertir, le montreur d'ombres propose ses premiers tours ; il lève les mains et sur les murs convoque crocodiles, lions, maris furieux. Nous applaudissons. Puis il dresse un drap dans le salon. Je suis une des trois ombres grotesques qui surgissent sur le rideau. Mon profil de corneille : vif, inquiet. Rires de l'assistance. Mia ne se moque pas avec les autres. Elle s'éloigne, nous la rattrapons. Nous l'entourons, nous approchons d'elle, tendons la main, il semblerait, de l'autre côté du drap, que nous saisissions la sienne. Je passe au second plan, cède la place au jeune homme blond, Gustav. Dans l'angle de la pièce, j'observe l'ombre de Gustav caresser le poignet de la femme que je convoite, leurs profils sur la toile blanche. Le mari se jette dans le rideau en taureau dans la muleta. Et attaque le vide. Mia n'a pas saisi, nous dévisage l'un après l'autre pour comprendre. Un air démuni de petite fille. Ce regard impromptu, cette interrogation brute que jette cette femme dans ce salon, sur le rythme systolique du violoncelle met à mal les règles des tournages : ironie et légèreté doivent parer à toute épreuve. Mais cette jeune actrice en semble incapable. Je ne sais pas ce qui va avoir lieu ici.

Après l'entracte, nouveau jeu d'ombres. Sur l'écran, Mia n'est plus Mia : haute, anguleuse, sans visage. Elle affiche cet émerveillement ininterrompu, cet impératif de joie, primaire et tribal, qui me gênent et m'aliènent. Je n'ai jamais été si attiré par une actrice. Souvent écœuré par ces femmes masquées, muselées par le plâtre dont on les enduit. Mais rien n'alourdit le visage de Mia. Seuls ses yeux sont graissés, comme les miens. La lumière coule sur les traits de Mia, l'asperge et cherche à la figer. Mais ses joues à peine creusées par les nuits, son menton aguicheur se débattent sous la tétanie. Les émotions y transpercent comme à travers un rideau de douche. Mia, le soir, quand nous rentrons ensemble en ville, dans le train de banlieue, souffle : « Ferdie, tu n'es pas mon genre, pas du tout mon genre. » Et elle sourit en jeune fille.

Elle ne minaudera pas longtemps. Je suis beau. Taillé en flèche, maître de mes gestes. Si ce n'est ce golfe qui avance sur mon crâne, et dessine un triangle vide sur le haut de mon front. « La hauteur von Hauser, son casque étincelant », murmurait maman en passant la main sur mes premiers golfes. J'ai demandé à la maquilleuse de me charbonner le crâne. Elle en a ri. « Personne ne fait ça, Ferdinand, mais enfin de quelle époque viens-tu ? Il est aujourd'hui des coiffeurs qui en ville replantent les cheveux perdus. » Nous en avons parlé longuement avec la maquilleuse. Je l'ai rejointe chez elle la première nuit de tournage.

Nous avançons vers la fin du film. Sur l'écran blanc, nous apparaissons, tous réunis : les onze hommes, la femme, dans le salon de réception aux allures de salle d'armes. Le rythme a changé, l'heure n'est plus à la fête. Le montreur d'ombres referme son piège sur nous. Nous sommes captifs de ce qu'il veut faire de nous. *Shadow player.* Le maître du jeu.

La suite ?

Je ne suis qu'un œil tétanisé. Je vois, j'assume de voir, ce que je n'empêche pas. Le mari poursuit Mia, qui s'enfuit à l'étage. Les deux serviteurs l'attrapent, et lui nouent les bras derrière le dos. Il est difficile de croire que cette femme en popeline, qui dansait sous mes yeux, marche entre ces deux hommes à chandeliers, les bras neutralisés, le menton baissé. Si aisément dominée.

Mais que cherche Robison ? Dans quel genre de film sommes-nous ?

Il n'adresse plus la parole à personne.

La suite ?

Mia est allongée sur la nappe de notre dîner. Les serviteurs ont débarrassé pour faire place au corps entravé. Elle ne se débat plus. Les musiciens ont cessé de jouer. Je me tiens contre le mur, parmi mes compagnons. L'amant arrive avec un couteau, procède à l'exécution. Je ne bouge pas, mais dans mon œil, coule une jouissance noire. Le crime a lieu.

Je ne sors pas de mon rôle, j'assiste à la cérémonie, jusqu'aux roses que l'amant disperse sur le corps de celle qu'il a tuée.

La fin ?

Je suis cette silhouette en haut-de-forme et cape de laine qui traverse à l'aube la place du village. On y dresse les tréteaux du marché. Je suis l'un des derniers à quitter la soirée : seul le montreur d'ombres partira après moi, heureux d'être parvenu à nous divertir. Je suis l'anonyme qui s'enfonce sous un pont, qui retourne à la succession des nuits, des fêtes, l'œil qui se ferme à la lumière, mais s'ouvre aux fictions d'enchanteurs de passage. Que dirait maman de ce que je suis en train de devenir ? Elle me cherche sans doute dans ses promenades au crépuscule dans le parc du Schloss, poursuit nos discussions parmi bouleaux et magnolias. La dernière fois que je l'ai appelée, du couloir de cet hôtel à Charlottenburg où je me suis installé, elle m'a fait dire par une domestique qu'il n'était plus nécessaire d'appeler, qu'elle était trop occupée pour parler au téléphone.

J'ai invité Mia à dîner pour fêter la fin du tournage. Elle était ravie. Je crois que je ne serai plus seul dans les jours à venir.

1926. Mark Smeaton dans Henri VIII et sa cour
d'Ernst Lubitsch

L'idée court ici : si tu joues avec Lubitsch, il te révélera. Il m'a fait appeler par son assistant. Il m'a donné le nom d'un rôle : Mark Smeaton. Une dizaine de pages de scénario me sont parvenues le lendemain. Lorsque Lubitsch sonne, le comédien accourt. À Babelsberg on lui a octroyé le plus vaste studio. Il y a recréé la cour d'Henri VIII. Hampton Court. Au sud de Londres.

L'idée court, si tu joues avec Lubitsch, il t'immortalisera. Et me voilà poète de cour, savonnette aux vers sucrés, à la prosodie creuse. Maman ne reconnaîtrait pas son fils. Elle doit être à cette époque de l'année au jardin. Les rhododendrons ont-ils déjà éclos ? Sans doute. Les rouges, les premiers à s'ouvrir début avril, s'épanouissent sous le tilleul. Elle taille les rosiers des colonnades, ne soupçonne pas son unique enfant en courtisan.

J'apparais pour la première fois dans le jardin royal de Court Hampton. Mon visage cireux singe l'éphèbe. Une fête se prépare à la cour. Une fête de printemps. Ne me cherchez pas assis au premier rang, auprès du roi, je ne suis pas Henrich Nomus, je n'ai pas la finesse de belette du jeune premier. Je me tiens dans le public, accompagne de ma mandoline muette les jeunes gens qui tapent dans des balles, sans nommer encore cela tennis.

Je prépare des vers pour le mariage du roi. J'attends mon heure, je crois qu'elle a sonné depuis qu'Anne Boleyn attire Henri VIII. Sa bouche étroite, sa face masculine excitent notre roi. Cette vache de Henny Porten, hautaine et admirable, oublie un matin sur deux de me saluer. Mia m'a prévenu : tu vas voir, elle se prend pour la reine de Babelsberg, surtout méfie-toi, elle peut se montrer méchante. *Eine blöde Kuh.* Peau de vache.

Je suis allé voir Lubitsch un matin avant le tournage, lui ai suggéré un peu plus de dignité pour mon rôle. Smeaton rivalise de vanité et de lâcheté. Peut-être, enfin, qu'il gagnerait à la nuance. Il a ignoré ma remarque, m'a tourné le dos. Si maman savait que je quémande à un petit juif de Berlin un rôle plus consistant… Mais maman ne répond toujours pas au téléphone. Elle fait dire aux domestiques qu'elle est au jardin, du matin au soir, le sécateur inépuisable. Les rhododendrons doivent être cette année sculptés en rubis.

Et qui, face à Smeaton, pour assurer le roi perpétuellement ivre ?

Lubitsch, comme tous les réalisateurs, a pris le parti du bœuf qui domine Babelsberg. Emil Jannings, la bête tonitruante, Henri VIII dans tous ses états. Il avale des pigeons rôtis et s'essuie les doigts sur les fesses des servantes.

« De quel ciel, ai-je volé le pouvoir…
J'étire les lèvres, la grenouille gonfle, gonfle,
j'articule et emplis ma poitrine… pour rencontrer une telle reine ? »

Henri VIII m'arrache la feuille des mains, la jette au loin. Il gueule que ma poésie ne vaut rien. Que je ferais mieux de cesser d'écrire. Mais qui peut supporter la manière dont joue Jannings ? Se croit-il poissonnier sur le marché de Hambourg ? À chacune de ses scènes, l'équipe retient son souffle. Jannings postillonne, je souris. Ainsi inscrit dans le scénario ; « au crachat du roi, Smeaton acquiesce ». Il ne sait pas jusqu'où je peux tendre l'autre joue. Il m'insulte, je baisse la tête. Il ne sait pas jusqu'où mon esprit de laquais jouit d'être humilié. Je suis devenu cet être docile et putride, Mark Smeaton, courtisan de Hampton Court.

Et la reine Henny ? Sa tête carrée, ses seins de petite vierge, sa bouche minuscule, guêpe posée sur son visage, qui se prépare à m'insulter à son tour. Jamais une femme comme elle ne domptera un von Hauser. Je sais tout de même d'où je viens. Cette femme qui se donne au bœuf, cette fille qui se dit reine, ne régnera pas sur moi.

Mia à la maison me dit que je prononce le nom de Henny en dormant. Elle pleure, raconte qu'à Babelsberg tout le monde se moque d'elle, de son acharnement à fermer les yeux sur mes aventures. Mais quoi, elle n'a qu'à partir ! Maman dirait, rien ni personne ne peut dominer un homme qui se sait souverain.

J'aime les femmes à têtes d'hommes, je n'y suis pour rien. Et je ne vaux pas moins que Jannings qui les rafle de tournage en tournage. J'aime aussi les femmes qui se croient installées, et qui ignorent la chute qui les guette. J'aime les femmes qui oublient qu'elles sont périssables. Mia est si consciente de sa fragilité. Mais Henny, non, Henny bafoue l'avenir qui la condamne. Pour combien de temps Henny Porten ignorera-t-elle l'irrémédiable chute de l'actrice ? L'instant où le masque craque, comme le tendon dans la cheville du danseur. N'a-t-elle pas surpris le scintillement de la hache les matins d'hiver, dans la cour d'Hampton Court ?

Sous les insultes de Jannings, je développe la rage des singes maltraités sur la piste des cirques, des eunuques qui se croient dieux chassés de l'Olympe : la jouissance anale et le goût du sang. J'ai des teintes de Iago sur mon visage si lisse.

J'approche de la fin du film. Mon avant-dernière scène : je suis un mauvais poète à genoux. Mark Smeaton, dans la salle du trône, face au roi, supplie. Sauve sa peau. Smeaton rampe, Smeaton bouffonne, Smeaton est né lâche, comme on naît faible, incapable, condamné. Rien ne parle en toi comme la nature, dirait maman, en replantant ses dahlias. Ses fleurs fétiches. Petites têtes et longs cous. Résistantes au gel. Sans parfum.

Smeaton plaide en pleurant. Je ne saisis plus le mouvement de cette planète de Hampton Court qui change à chaque instant, s'arrête et repart, boule jetée en l'air, rebondissant contre les murs du cerveau détraqué de notre roi. Je devais devenir l'homme de confiance d'Henri. Mais le fou m'a trahi, il se tient aux côtés du roi, ses grelots sont muets, peut-être bourrés de coton, pour ne plus interrompre les sentences du roi Jannings. Il me condamne.

Je dis que ce n'est pas moi, que je ne mérite pas d'être emmené par les deux gardes, je dis que c'est elle, Anna, moi je n'ai rien fait, je dois lui avouer la vérité, seule la reine est coupable. Je la juge traîtresse, la traite d'indigne du roi. Je sais qu'en temps de crise, le pathétique est prisé. En temps de crise, la langue se délie, s'emplit du vent mauvais des délires collectifs. Je me souviens de Pétersbourg en 1917, je me souviens de la peur de mes parents, je me souviens des appels à tuer qui longeaient nos grilles. De la volonté d'écrasement du peuple qui se professait chez nous. Du face-à-face haineux qui se révélait. De la fuite, de la terreur, de la rancune.

Mia a raison, Henny Porten est une garce, elle m'a ignoré jusqu'à la fin du tournage, depuis cet absurde incident.

Nous étions dans sa loge, je n'étais plus Smeaton, elle n'était plus la reine, je me suis approché, j'ai tenté de l'embrasser, de passer ma main sous sa collerette, caresser ses tétons sur le torse plat : elle m'a repoussé. Elle doit le payer. Elle préfère sans doute se donner à Lubitsch. Maman appelle les comédiennes, des filles à juifs. Les rhododendrons tiendront-ils jusqu'à la fin du printemps ?

Dans la dernière scène, Lubitsch ne m'amuse plus : je suis un visage saisi par l'œilleton d'une porte de prison. Mes boucles pendent autour de mon visage, comme si un poulpe avait été jeté sur mon crâne. Mark Smeaton, un nom que l'on grave déjà sur une pierre tombale dans le parc de Hampton Court.

Je suis une silhouette traînée par deux bourreaux masqués. Ma chemise est déchirée, mon torse et les angles de mes omoplates sont nus. La peau fine et mate de mon abdomen, si souvent léchée, embrassée, son odeur de pain grillé et de sperme a laissé place à un carton gris, zébré de sang. Il n'est pas de temps qui s'écoule pour un courtisan, qui ne soit purgé par les désirs de son maître. Je ne marche plus droit. Mes pieds zigzaguent sur la pierre de la cellule. À la première lueur entre les barreaux, je me jette en avant : comme le serpent coupé en deux et dont l'appendice frétille, sursaut de nerfs avant silence complet, je me précipite vers la caméra.

Si j'avais les mots, je raconterais la torture qu'ils m'ont infligée. La noyade, les coups, le viol. Pour que chacun sache ce qu'est Hampton Court. Pour hurler ce qui se trame sous les fêtes de printemps, et les convoitises de Henri VIII. Mais il est trop tard pour la vérité. Aucun son, aucune image ne remonte en moi, je suis la surface minérale d'un cerveau aspiré par la douleur. Je suis l'homme sans mots, Smeaton, le condamné à mort.

Au cours des semaines qui suivent le tournage, je me réveille la nuit en hurlant. Mia me caresse le front, me murmure que c'est fini, que le film est fini. Elle m'annonce que grâce à Lubitsch, je vais devenir un grand nom de Babelsberg. Les rôles pleuvront, je n'aurai qu'à choisir. Choisir ? Mais choisit-on qui l'on est ? Que sait-elle de la manière dont les rôles insistent en moi ? Maman comprendrait, maman a su, toujours, apaiser mes hantises, mais elle ne répond pas au téléphone. La saison est désormais à l'éclosion des dahlias.

Henri VIII a eu du succès en salles, mais personne ne m'a félicité pour mon rôle. Jannings et Henny ont raflé la mise.

1928. Le détective dans Mona Lisa s'envole
d'Arthur Robison

Je me suis décidé à rentrer à Hanovre. Je découvris la lettre de mon père dans ma loge au cours du tournage de *Mona Lisa s'envole*. J'attendais le premier prétexte pour quitter le plateau. Mon rôle de détective privé épuisait ses dernières ressources. Je tournais en rond dans ce Louvre en carton que les peintres avaient si mal reproduit. Je n'osais demander à l'un de mes congénères s'il s'était un jour rendu au Louvre, s'il savait les jeux de lumière dans les hautes salles de l'aile Richelieu. La lettre était courte : « Il est temps, écrivait mon père, que notre fils unique visite ses vieux parents. » Lui qui ignore la tendresse, devient convenu lorsqu'il la feint. Je suis rentré pour la première fois depuis mon départ. Les choses ont changé au Schloss de Hanovre. Le tilleul est à moitié couvert de gui, les rhododendrons débordent sur la colonnade, zigzaguent sur la pierre, jusqu'aux premières marches. Mon père est sorti de ce bureau où il reste tapi toute la journée pour m'accueillir sur le perron. Suite à une brève accolade, il a reconnu m'avoir écrit sur les conseils de maman. « Le désir de prendre de tes nouvelles, mon fils, mais aussi de partager avec toi nos préoccupations nationales. » Maman ne s'est pas montrée avant le dîner. J'ai fait le tour du jardin pour la surprendre au pied d'un rosier, ou dans l'ombre d'un buis, mais elle était sans doute dans sa chambre, à soigner sa maison de poupées, ou téléphoner. Elle a installé un appareil à l'étage. Elle n'a pu ignorer mes coups de fil, mais a trouvé la force de ne jamais me répondre. Elle m'impressionne beaucoup. Au dîner, elle portait un de ses twin-sets de cachemire perle qui éclaircissent sa permanente auburn. Nous n'eûmes pas le temps de parler, une réception était ensuite organisée.

Je n'avais jamais vu tant d'hommes dans notre salon ; aristocrates, militaires, industriels, de Hambourg, Munich, Francfort. Jusqu'aux frères de maman, les cinq réunis ; du petit habile au grand flegmatique. Ils accueillaient un prestigieux invité, Paul von Hindenburg. Le président du Reich se tenait dans un fauteuil près de la table de bridge, dans l'angle du salon. À quatre-vingt-un ans, il lui faut s'asseoir dès qu'il pénètre dans une pièce. Il ne disait rien, les yeux fixés sur l'abat-jour à franges de notre lampe Ming. Personne ne lui adressait la parole. Maman avait épinglé sur son pull une broche d'émeraudes et de diamants, assez lourde pour plaquer le cachemire sur son sein gauche, en soulignant le léger arrondi. Certains le remarquaient lorsqu'elle passait d'un groupe à l'autre, d'autres feignaient de ne pas voir. Lorsqu'elle apporta une coupe à Hindenburg, il regarda son sein près d'une minute, sans un mot. Ce sont pour des moments tels que celui-ci, qu'elle se consacre au prestige des von Hauser. Recevoir un président dans le salon de son Schloss. Le héros de Sadowa, assis là même où elle me lisait il y a vingt ans des traités de rythmique latine. Parmi les messieurs debout, deux mots tournoyaient en moustiques affamés : nation, et péril. Le péril de la nation, la nation du péril, le péril des périls, la nation des nations. L'Allemagne était une proie, un faon tremblant au fond d'une forêt. Les visages de ces hommes étaient accablés d'une tristesse qu'ils ruminaient de leurs lèvres trempées de malt, ou de champagne. La politique engagée à Berlin était si évidemment fausse, les intellectuels et journalistes si collectivement médiocres et corrompus, le système si prêt à s'effondrer, les voisins étrangers si désireux de nous dévorer, les Rouges si armés et puissants, que le sol national céderait sans aucun doute possible : les pilotis se brisaient déjà, et les villes, et le peuple, et la culture, et Rembrandt, le peintre des peintres germaniques que l'on citait pour faire plaisir à mon père, silencieux debout près de la fenêtre, et Beethoven, et surtout la terre, les campagnes, les forêts, s'enfonceraient dans le marais rouge et infect du cosmopolitisme. Dit judaïsme. Dit intellectualisme. Dit communisme. Dit libéralisme. Dit modernité. Le remugle infect de notre époque.

Mais au-delà encore de la montée des Rouges, des banquiers juifs, des intellectuels, de la catastrophe financière et nationale que ces hommes annonçaient avec fatalisme, la chose qu'ils semblaient d'accord pour exorciser et déplorer, la chose qui faisait trembler l'épingle de leur cravate, le mot qui blanchissait prématurément leurs phalanges, c'était l'individualisme. Cette arrogance inouïe de briser les scellés de la religion et du patriotisme de leur enfance et du paternalisme de leur gouvernance, pour oser s'ériger en individu libre-pensant. Cet individualisme gouailleur, voltairien, qu'ils percevaient un peu partout dans la société, et qui piétinait jusque dans les écoles la possibilité d'une grande nation. Eux, les enfants de siècles d'obéissance, de fondations et de foi, pouvaient-ils accepter la mise à feu de ce qui les avait construits ? Et l'on citait une nouvelle fois Rembrandt pour faire plaisir au maître des lieux, qui demeurait la tête tournée vers la nuit de notre jardin. Tout le monde ignorait ici la nature des travaux de mon père, sa minutieuse étude du tracé des gravures, non, lorsqu'ils citaient Rembrandt, ils avaient en tête le livre de Julius Langbehn, *Rembrandt éducateur*, qu'ils avaient lu à vingt ans, livre culte de leur génération dont ils récitaient des passages par cœur avec un vague air mélancolique. Chacun d'eux avait été si marqué par ce livre de leurs vingt ans, qui faisait de Rembrandt l'âme d'un peuple sensible, terrien, naturellement aristocrate, le peuple allemand. Contre les intellectuels et les libéraux, la technique et le cosmopolitisme. L'inverse du Juif, récitaient-ils à vingt ans, dans leurs groupes de jeunes, les Wandervögel. Ce livre dont ils relurent des passages à leurs soldats dans les tranchées de 14, pour qu'ils continuent à croire à la supériorité d'un peuple pour lequel ils allaient perdre la vie. À l'évocation de la guerre, Hindenburg n'a pas réagi. Un demi-sourire s'était dessiné sur ses lèvres, dans le dialogue silencieux qu'il poursuivait avec l'abat-jour. Quelques secondes plus tard, il tendit la main pour caresser les boules de soie qui pendaient de chaque côté de la lampe. Et je pensai alors, en regardant maman dressée à chaque phrase du groupe des messieurs, que nos promenades ne seraient plus jamais de simples promenades dans ce jardin du Schloss, puisque Hindenburg, le héros de Sadowa et de Tannenberg, était venu ici nous voir. Pour elle, pour son corps serein et son sein ce soir si plein, j'étais heureux.

Un industriel du Bade-Wurtemberg, je l'avais croisé dans la famille de maman à Dresde, prit la parole. Il murmurait qu'il était temps, peut-être, d'écouter ce qu'ils avaient à dire. Qui était ce « ils », personne dans ce salon ne l'ignorait. Hindenburg, à ce moment précis, grattait une invisible tache sur l'abat-jour. Je lui enviais l'abondance de sa chevelure blanche, qui se réinventait en hautes moustaches, me sentais nu à côté de lui, dans ce salon de messieurs, le front creusé par la calvitie. Je cherchai mon père. Il avait disparu. Je quittai le salon, sans que personne le remarque, traversai le couloir, l'aperçus, par l'entrebâillement de la porte de son bureau, nuque penchée au travail sur une série de gravures disposées sur la table. Au-dessus de lui, la *Femme-écrevisse* dansait impeccablement. Mon père poursuivait à l'évidence son grand-œuvre : *Réflexion sur les dessins de Rembrandt : le signe de la femme-écrevisse.* Il m'aperçut.

« La famille de ta mère a de plus en plus d'argent. Même en cette période de crise financière imminente, l'usine de Dresde fonctionne à plein régime. Non seulement l'acier, mais aussi le caoutchouc, importé d'Amazonie, et aussi d'Indonésie, sont exportés dans toute l'Europe. As-tu entendu parler du caoutchouc de Komodo ? Une île qu'ils disent avoir découverte et qui regorge de caoutchouc. L'île est vide, ils en sont les seuls exploitants. Le caoutchouc leur offre les moyens de soutenir ceux qui sortiront l'Allemagne du marasme ». Je ne sus s'il croyait à ce qu'il disait. Sourdait en lui une ironie morne qui aplanissait ses propos.

Maman était atteinte de migraine le matin de mon départ, ne se montra pas au petit déjeuner. Je suis reparti sans l'embrasser. Babelsberg me paraît si loin des préoccupations du Schloss. Ici, personne n'a de temps à perdre avec la politique. Si ce n'est peut-être pour s'en inspirer pour de nouveaux décors.

Nikita Roulawetjki est venu me voir sur le tournage de *Mona-Lisa s'envole.* Nous avons parlé russe. Nous nous sommes raconté les blagues habituelles de Pétersbourg. Il m'a annoncé qu'il préparait un *Othello*, m'a proposé le rôle de Roderigo. Un des plus difficiles et ingrats du répertoire. Chacun le sait, Roderigo est une guigne. Un rôle qui impose abnégation et endurance. Une sorte de maladie de peau qui vous poursuit après le tournage. Mais je ne refuse aucun rôle.

1928. Roderigo dans La chute d'Othello
de Nikita Roulawetjki

Ce matin, dans un studio du troisième étage, je suis Roderigo, le riche marchand de Venise qui ne porte que du velours et des pendentifs d'or. J'ai de l'argent, je me crois promis à un avenir. Je suis invité à la cour du duc. J'espère qu'on y annoncera mon mariage avec Desdémone. Je suis comme beaucoup d'hommes riches, occupé à plein temps par ma vie sentimentale. Mais Othello, le guerrier, vient bouleverser mon avenir. Jannings se donne à voir dans sa robe de chambre écarlate brodée. Est-ce Othello ou Sardanapale que feint notre cher maître ? Emil Jannings impose son corps impérial, et son visage noirci. Il est pachydermique et noir, je ne pensais pas qu'il pouvait surpasser la laideur déjà atteinte dans ses précédents films. Il ne m'a pas salué ce matin. Je crois l'avoir entendu rire en plateau lorsque je me suis présenté en hauts-de-chausses.

Il rit de nous tous, tyran hilare à Babelsberg, il se croit indétrônable. Il pourrait être un von Hauser, en a l'épaisseur, la constante inquiétude.

Dans cette cour du duc de Venise, je suis le seul à porter de longs collants clairs – mais pourquoi dois-je enfiler ces chausses qui révèlent mes cuisses forcies, ma démarche qui dévisse en compas ? Le sol aspire peu à peu mes jambes. Une culotte de velours bouffe autour de mes hanches, et une tunique grenat rehausse ma poitrine. Je l'ai demandée rouge, la costumière me l'avait prévue verte. Pour la première fois, j'ai renvoyé un costume. Elle m'a dit, mais la couleur, Ferdie, peu importe, tu sais bien que... Oui, je sais bien, mais enfin, il me la fallait rouge. Je ne pouvais entrer dans mon personnage que si elle était rouge, comme la tunique que je portais enfant au cours de nos vacances d'hiver à Zermatt, au pied du Matterhorn, dans le chalet de famille. Le 24 décembre, après le déjeuner, maman me passait la tunique de laine rouge aux manches évasées et au col brodé de perles que je ne quittais pas jusqu'au matin de Noël. J'acquérais, j'aimais à le croire, l'allure d'un Moïse indien, enfant trouvé devenu empereur du sapin et de l'aube neigeuse. Je rêvais de n'appartenir à personne, et de conquérir un royaume. Ma nuit de décembre, les heures parfaites de ma vie, dans ma tunique rouge à perles et broderies, voilà ce dont j'ai chaque année un peu plus besoin, de tournage en tournage, le rouge des matins de Noël, de tournage en tournage, le rouge de mon premier travestissement.

La costumière m'a apporté une tunique grenat découpée dans le costume que je portais dans *Madame Récamier*, l'année dernière. J'étais l'empereur dans sa robe de coucher. J'ai pris des bourrelets sur les hanches, elle l'a élargie aux ciseaux dans le dos, on ne voit pas l'encoche, mais la tunique compresse l'estomac lorsque je lève les bras. Adieu les gestes libres.

À l'annonce du mariage de Desdémone, j'aurais dû fuir la cour du duc, et ne plus me retourner sur cette jeune fille. Lya De Putti. Le visage de la *Dame à la Licorne*, des fesses de fille du quartier de la gare. Difficile en effet de quitter Venise sans la regarder une dernière fois. Et les canaux nous empêchent de fuir dans cette ville. Personne ne court la nuit, par crainte de glisser et de couler à pic. Je quitte la cour du duc, et je vais marcher sur le trottoir, près de chez Desdémone. Je m'avance debout, menton levé vers le projecteur, « tout est fini, je devrais me noyer ». Le long des murs roulants de notre studio, qui était hier Rome et la République défaillante, avant-hier la forêt féerique des Nibelungen, et le mois dernier Métropolis, je piste en vain la transcendance de Venise.

« Tout est fini ! » dois-je clamer une seconde fois devant le canal courant à mes pieds. Je me reflète dans l'eau, ses contrastes de gasoil, concentre mes traits en une seule ligne de désespoir. Tout est fini. Mes tempes poudrées, mes yeux cerclés de noir, mon corps disparaissent dans une cape sombre. Œdipe aux yeux crevés cherche dans sa mémoire son reflet. Sous cet unique projecteur, j'oublie la petite foule de techniciens qui attendent la suite, la caméra qui guette mon mot final pour me quitter, et zoomer sur Werner Krauss, notre Othello.

« Ferdie, tu traînes ? Et arrête avec cet air, ça fait vieille fille constipée. » Nikita Roulawetjki m'appelle Ferdie. Lubitsch a commencé, il continue. Je lui ai dit que je préférais Ferdinand, mais il s'en fiche. Je me venge, je l'appelle Roula dans son dos, Rouladenfleisch, une paupiette de porc qui se prend pour un bœuf. Que croit-il, qu'il peut ici, parmi nous, prendre ses aises ? Les Russes ont ce naturel paysan qui leur fait peiner face à l'aristocratie, mais Roula doit s'adapter, enfin, nous ne sommes plus dans les steppes. Les von Hauser n'ont jamais accepté les diminutifs. « Ferdie, t'es trop long dans le silence, tu dois passer au rire. » Je baisse le visage, la poudre s'effrite, dévoile les cernes, j'écarquille mes yeux graissés, sans cils ; je ricane.

Il m'a affublé d'un bonnet à plume de paon. Enfin, une plume de pigeon peinte en lapis-lazuli à bordure ivoire. Mes cheveux sont crantés jusqu'aux lobes, et séparés au centre du crâne par une raie droite. Un personnage ainsi travesti ne peut pas prendre part à une tragédie. Au mieux, il danse un menuet. Mourir d'amour ne m'est pas offert. Ne me le sera jamais. Sur aucun tournage, dans aucun récit. Bientôt, je serai trop vieux pour sauter dans un canal par amour : je sais déjà que les visages pointus des filles de seize ans finissent par se ressembler tous. Elles sont légion à se déverser du bus chaque matin pour tenter leur chance sous l'œil de la caméra. Babelsberg, galerie des Glaces pour les adolescentes.

Mia m'exhorte à cesser de regarder les jeunes filles, elles accentuent, dit-elle, ta nature dépressive. Ce mot lui plaît, elle s'en sert sans cesse : tu t'enfonces dans la dépression, Ferdinand, tu flattes ta dépression, Ferdinand... Fétiche de la psychologie. Maman n'emprunterait jamais ces mots d'infirmière.

Roderigo est un triste, pas moi. Sur le plateau, je me montre assez mélancolique pour me laisser manipuler par un demi-habile comme Iago. Werner Krauss. Son père était charcutier à Francfort. À la fin du film, Iago m'achèvera lorsque à terre je lui demanderai de l'aide. Nous avons répété la scène hier : Werner se penchait sur moi, sentait la bière et l'oignon, ses lèvres au bord des miennes, il risquait de m'écraser.

Lors du casting, Roula a refusé que je m'essaie en Iago. Tu n'as pas le poids de Iago, il a dit. Je serais trop léger ? *Luftmensch* ? J'accepte, je continue. Je m'habitue à la présence de Werner à mes côtés. Son haleine de saucisse à l'ail, et ses mains d'assommeur.

Iago, dans la petite foule de la cour de Venise, attire mon torse à lui, comme les petites filles tordent leurs poupées pour les embrasser. Il me souffle ses ordres. Je suis son pantin. Il m'a affublé d'un faux nez. Dans notre studio sobre et antique de Babelsberg, je ressemble à ces malades de la peste à longs becs blancs. Venise était ainsi peuplée de corneilles blanches et furtives, comme moi, figures qui malgré la mort imminente n'accédaient pas au pathétique, coincées dans l'entre-deux burlesque de leurs faux appendices. Le ridicule trace un cercle autour de l'individu, que la pitié ne pénètre pas.

Je suis raide. Comme me pousseraient depuis quelques années des planches de bois sous la peau, et un filin dans les nerfs. Je suis Roderigo, l'acteur cheminant vers la marionnette.

J'attends Cassio à la porte de sa chambre. Mon rival, le bellâtre. An honest man, disent les Anglais, dans leur étroite vision du monde. Le genre de rôle que l'on ne me confie jamais. Il arrive, il est saoul, je le harcèle, croasse autour de lui, il sort son épée, je dégaine, nous montons l'escalier, je sautille en volaille, esquive ses coups. Je ne sais pas me battre, n'ai jamais su, j'ai quitté pour cela la confrérie de l'université, je disais à maman, je ne peux pas y aller, je ne supporterais pas une cicatrice sur mon visage. Elle riait de ma peur : « Les marques de guerre donnent à la beauté du caractère, Ferdinand. » Qu'en sait-elle, son visage de lune, la lumière rentrée de sa peau, a-t-il été arrangé à la lame ?

Me voilà en Pinocchio sur les marches de carton d'une façade de bois, dans un studio glacial.

Ils se moquent de moi entre les prises. J'ai surpris Werner Krauss en train de singer mon personnage dès le premier jour du tournage. Je sais bien ce qu'il raconte sur ma manière de jouer, sur mes grands gestes. Ils n'ont même pas besoin de le dire, je lis en eux.

Lorsque la scène s'achève, je garde mon faux nez pour prendre un café avec l'équipe. Je m'impose, ils me regardent sans comprendre, évitent mes yeux, et se tiennent à distance. Je ne l'ôterai plus jusqu'à la fin du tournage, je veux que Roula, Emil, Werner et les autres se rendent compte du monstre qu'ils font de moi. On ne transforme pas les gens sans ensuite les supporter auprès de soi, affronter la laideur qu'on inflige chaque heure, de chaque jour, au troisième rôle d'*Othello*.

Mia a perdu un enfant, une seconde fois. Elle dit que je suis responsable de ses fausses couches. Elle dit que mes cris la nuit, mes fuites le jour, finiront par avoir la peau de notre couple. Mais elle ne part pas.

1930. The Man dans Champagne, *d'Alfred Hitchcock*

L'Anglais est venu à Babelsberg, s'est promené, est passé de tournage en tournage. Il paraît qu'à Londres, personne ne lui donne plus d'argent, il serait fini, dépassé. Il vient donc ici, dans notre « temple du cinéma européen », pour financer ses films. Il m'a fait appeler par son assistant, m'a proposé un rôle. Mia était ravie, adore ses films, y voyait là l'envol d'une carrière internationale.

Personne ne m'a donné le nom de mon rôle. « The Man », est-il écrit dans le scénario. Quand je lui ai demandé, « please, Mr. Hitchcock, could you tell me my name ? », il a haussé les épaules, et m'a fait répondre par son interprète – or personne n'a jamais contesté mon excellent anglais – que c'était bien là le principe essentiel du rôle, on ne sait ni d'où il vient, ni comment il se nomme. Il est « the Man », l'homme de passage. Il apparaît sur le bateau, auprès de Betty Balfour, *out of nowhere.* J'ai répliqué qu'il ne surgissait pas, puisqu'il ouvrait le film, et qu'il était bien délicat de ne pas donner de nom à un personnage présent dans près des deux tiers des scènes. Hitchcock a mis fin à notre conversation en prétextant une urgence. Je déteste son air fourbe et ironique de petit-bourgeois de banlieue. Il parle peu, mange et fume comme un homme sorti de prison. Maman le mépriserait au premier coup d'œil.

Mia m'a fait promettre de ne pas faire d'histoires sur le tournage. Hitchcock n'a pas entendu parler de l'affaire du nez sur *Othello.* Personne ne lui a raconté que la dernière semaine de tournage, je rentrais à Berlin en gardant mon appendice dans le train, les rues de la ville, jusqu'à ce qu'un policier d'Alexanderplatz m'arrête, et menace de m'enfermer. Ce qui, selon Mia, a nui à ma réputation, me faisant passer pour je ne sais quel hurluberlu. Mais enfin, combien sont-ils d'originaux parmi les réalisateurs ? Voulez-vous que l'on parle de Fritz Lang et de ses Suédoises ?

Même au générique, on me désignera comme « The Man ». J'apparais sur un bateau, un transatlantique. Je suis un profil né d'une coupe de champagne. Gros plan, le champagne coule, la caméra s'attache à mon œil noir. Elle descend, glisse sur un glaçon. Dans son reflet, une salle de bal, retenue dans le cube d'eau glacée. L'image dérive des bulles. Vous êtes plongé dans le verre, figé dans le glaçon, et peut-être n'en sortirez-vous jamais au cours de notre récit. L'homme derrière la caméra vous tient, fait de vous ce qu'il veut. Un Anglais sadique et inventif, cet Alfred Hitchcock. Je crois qu'il y a dans cette plongée en champagne une invention qui restera dans l'histoire des images. Histoire à laquelle je participe. Oui, j'y participe, chassons cette inquiétude dans mon œil gauche, anguille électrique sous le charbon de ma pupille.

J'ai vingt-sept ans. J'ai dompté mes boucles et les graisse en couronne brune, ma tête en est un peu plus ronde, mes traits, figés. Je porte la moustache. Je ne sais plus comment m'en est venue l'idée, je crois d'un réalisateur, Pabst, Lubitsch, Wiene, je les confonds, hommes de théâtre, de jurys, de soirées, hommes-orchestres qui me donnent naissance et mort à l'envi. L'un d'eux a dit autour de 1925 : « Von Hauser, tu vas passer à la moustache. C'est plus moderne, la moustache. » J'enfile des robes, des camaïeux, des casques, des hauts-de-forme, des moustaches. Avec Hitchcock, je tourne mon troisième film à moustache. Mon meilleur rôle depuis longtemps.

J'ai du mal à suivre, ne suis pas sûr de tenir jusqu'au bout du film. Je deviens affecté. Une dissonance à peine perceptible, comme les premiers tremblements d'un condamné. Je ne joue pas faux comme à vingt ans, lorsque j'en faisais trop, non, je sais m'adresser désormais à ce minuscule œil de la caméra qui vous dépèce au bistouri. J'ai plus de dix films derrière moi. Mais je joue faux comme une mécanique parfaitement huilée, un corps porté par la technique, faux comme la virtuosité et l'érudition. Faux comme le savoir qui veut être pouvoir. Je devrais dormir. Mais je me réveille la nuit, je tourne seul dans le salon jusqu'à l'aube. Mia ne veut plus partager mon lit.

Dans mon glaçon, les gens dansent au rythme de l'orchestre, nous traversons l'Atlantique, ils sont heureux, l'océan est calme. Wall Street risque d'éclater à chaque instant, ils l'ignorent encore. Pour certains d'entre eux, le champagne se retirera plus vite que les vagues sur les plages bretonnes. Le monde tient dans un glaçon, et quelques chiffres inscrits sur un tableau new-yorkais. Je suis assis au centre de la salle de bal, ma coupe à la main, en corneille posée dans un champ de fleurs. Je pue le mauvais présage. Mon accent allemand, mes tempes dégarnies, ma fine moustache. Figure d'une angoisse européenne, d'une peur inavouée, en attente. Maman me mépriserait de jouer le jeu fourbe des Anglais. Je ne l'ai pas prévenue que je tournais pour Hitchcock. Je sais qu'elle retire une partie de ses fonds placés dans les banques de Londres depuis la crise, les rapatrie en Allemagne. L'usine de Dresde se remet bien pourtant du choc boursier, l'île de Komodo produit un meilleur caoutchouc que l'Amazonie. « Miracle des terres vierges », a conclu mon père au téléphone, dans un ricanement. Mais les rumeurs courent et traversent notre maison de Hanovre, les Anglais auraient soif de la Prusse, de ses capitaux.

Hitchcock, dit-on sur le tournage, rejoindra bientôt Hollywood. La chance de ta vie, m'assure Mia chaque matin lorsque je pars tourner. La pauvre, elle, personne ne l'appelle plus. Elle a trop mauvaise mine depuis qu'elle enchaîne les fausses couches.

Betty me fait signe de revenir en plateau. Son visage de chat trop nourri. La petite Anglaise est un clown. Une invention baroque de Hitchcock. Est-ce qu'il couche avec elle ? Je ne crois pas. Il mange trop pour aimer le sexe. Je le comprends. Je ne parviens plus à désirer Mia, ni les comédiennes. Même devant la caméra. Je me demande si le cinéma n'a pas été inventé pour nous dégoûter des femmes.

Betty se donne tant de mal, son air d'idiote ravie, d'insouciante extravertie. Nous sommes là pour la faire vivre, princes consorts de Betty Balfour, facétieuse, presque démente dans sa joie, risible dans sa colère, adorable dans ses rébellions.

Au fur et à mesure du tournage, elle s'habille de plus en plus mal, cette pauvre Balfour. Hitchcock est sans imagination lorsqu'il s'agit de costumes. Aux hommes, il impose le smoking. Tristesse d'un monde de croque-morts. Je suis l'œil posé sur Betty, le crâne de Betty, elle parle avec son amant, elle refuse l'amour qu'il lui porte. La scène est longue, je les couve du regard, m'affirme sur ce balcon, en œil auquel on n'échappe pas. Et soudain, je ne sais quel mot inocule à l'actrice une électricité étrange ; elle ouvre la bouche, agite la tête, les épaules tremblent, ses tempes tournent d'un côté à l'autre en cheval harcelé par cent mouches, cette fille ne se contrôle plus, se lève, tremble comme un shaker, elle essaie de danser, redresse les mains, paumes au ciel, effet de Saint-Guy de ce spectre hoquetant, les gens qui l'entourent n'osent l'approcher, de crainte de se brûler à l'électricité qui la meut, mais elle poursuit, oublie la musique, le scénario, le film, danse. Il faut qu'il éteigne la caméra. Que Hitchcock fasse signe... Mais non, le tournage ne s'arrête pas, la caméra se rapproche de Betty, tête renversée, les yeux bientôt révulsés. Hitchcock intime aux figurants de poursuivre leurs rôles, les smokings discutent, les serveurs déposent leurs verres, et je suis toujours là, à l'étage, à observer ce volcanique tourbillon qui dévore une femme. Son jeune amant non plus n'a pas bougé, assis à la table, il la fixe. Cette comédie romantique bascule dans un genre inquiétant, celui du fou rire des jeunes filles. L'éclatement nerveux. Betty se croit au sommet d'une performance comique, ignore qu'elle s'effondre. L'Anglais ne l'interrompt pas, la veut ainsi, au bord de la fin.

Une crise. Certains réalisateurs cherchent à nous mener à cette extrémité. Ils nous pistent jusqu'à la démence, et lorsque nous atteignons ces territoires d'hystérie et d'impuissance, lorsque nos gestes, nos visages, nos regards ne nous appartiennent plus, lorsque, comme Betty, nous ne savons plus qui nous sommes, agrégats de nerfs portés à ébullition, ils commencent à nous aimer. Parce qu'à partir de ce moment-là, nous sommes prêts à accepter n'importe quel rôle.

J'ai parlé à Mia l'autre jour de la *Femme-écrevisse*. De la manière dont cette gravure m'obsède, même si je ne la vois plus. De la manière dont on la dissimule dans la famille depuis trois siècles. Elle n'a rien compris, m'a demandé une nouvelle fois de lui présenter mes parents.

1932. Le prince Popov dans Baronne Petrouchka
de Richard Oswald

Je suis le prince Popov. C'est ainsi qu'ils l'annoncent au générique du film : Ferdinand von Hauser, als *Prinz Popov*. Je suis le seul prince de *Baronne Petrouchka*. Non que ce titre garde un sens pour moi ; j'ai cédé mes titres à la caméra, comme tout le reste. Mais enfin, je suis sur ce tournage le prince Popov, descendant de la lignée des Popov, et le demeurerai jusqu'à la fin du film. Lorsqu'on m'a dit, Richard Oswald cherche un prince, je l'ai appelé et me suis proposé. Je n'ai plus de problème à essayer de me vendre. Même à un juif.

Je n'en ai rien dit à mes parents, je suis allé les voir la semaine dernière, à Hanovre. Ils ne m'ont posé aucune question sur mon travail. Ils voulaient surtout savoir quel était le climat politique de Berlin, ce qui se racontait dans les cafés, les soirées. Maman n'a pas changé, haute, si élégante, les années ne l'effleurent pas. Elle ne veut pas rencontrer Mia. Je lui ai pourtant annoncé que j'allais l'épouser. Elle a haussé les épaules ; « il n'est pas temps de mariage, Ferdinand ». Ils n'ont plus de doute maintenant sur le changement à venir. Une affaire de mois, affirment-ils. Maman m'a parlé d'action. D'un rôle à jouer pour les von Hauser, pour chacun d'entre nous. Je lui ai assuré que j'étais prêt à les aider.

Je suis allé rendre visite à l'officine du NSDAP de Charlottenburg. Maman me l'a demandé. Je me suis présenté, ils semblaient ravis de rencontrer quelqu'un du cinéma. Ils m'ont demandé des informations sur les juifs, leurs réseaux, les convertis. Je leur ai donné quelques noms, de réalisateurs, de techniciens, d'acteurs. Ils étaient déçus, les connaissaient déjà.

Je ne suis pas sûr qu'avant moi Richard Oswald ait déjà rencontré un membre d'une des plus vieilles familles d'Allemagne. Il feint d'ignorer ce que j'ai dit sur les juifs dans ma dernière interview au *Frankfurter Ring*. Ces mots, que beaucoup n'ont pas aimés dans le milieu : « Je suis un antisémite naturel. » Mia m'a dit, mais tu es fou,Ferdinand, qu'est-ce qui t'arrive ? Pourquoi veux-tu dire ça dans les journaux ? Nous n'avons jamais craint personne chez les von Hauser. Que dirait maman si je me lançais dans un double jeu, comme ces fourbes de Weimar, perpétuels négociateurs du vide ? Des idiots, des esprits creux, démocrates, qui ignorent jusqu'à ce qu'ils sont. Est-ce qu'un von Hauser aurait peur de parler ? Maman m'a envoyé un mot pour me féliciter de l'interview. La première lettre qu'elle m'écrit depuis mon départ de la maison.

Je lui ai répondu que dans ces studios où les montagnes s'élèvent et s'effondrent en un jour, dans ces studios où les forêts poussent sur du sel, et les villes glissent sur des rails, seules les valeurs qui nous constituent nous permettent de ne pas devenir des poupées de carton suspendues à des fils. Babelsberg n'est pas un territoire enclavé, Babelsberg retrouvera sa pureté, son essence secrète, comme le reste du pays.

Maman ne m'a pas répondu. N'en a sans doute pas eu le temps. Les rhododendrons craignent le gel du début d'automne.

Je suis sûr qu'Oswald a lu l'interview, mais lorsqu'il m'a appelé pour me proposer le rôle – le pauvre se débattait dans le cambouis de son accent viennois – il n'en a pas dit un mot. Les juifs illustrent chaque jour leur incompréhension du cinéma, de l'outil optique, par leur maladresse à l'utiliser, à combiner l'œil du peintre et le rythme secret de l'illusion. Lubitsch, Murnau, que restera-t-il d'eux ? Ce pauvre Lang et son *Metropolis* nous ridiculisaient en Amérique il y a sept ans. Dans ce film, il fait comme ce gorille, dans une nouvelle américaine que j'adore, qui massacre deux élégantes, sans le vouloir. Ou comme Murnau, qui a tenté de nous faire croire, avec la bête Jannings, qu'ils étaient du côté des premiers des hommes. Ce genre de bourgeois avide et financier, ce laquais de Rothschild, connaîtrait l'âme du peuple allemand ? Enfin, Lang et Murnau sont partis. Hollywood leur ressemble, son affairisme de singe. Personne ne les regrette ici. Oswald m'a invité à déjeuner avant le tournage, et m'a demandé comment j'envisageais le rôle de Popov. Je n'ai rien répondu, je n'envisage rien, enfin, j'ai bien perdu l'habitude d'envisager depuis mon arrivée à Babelsberg. Envisage-t-on d'être soi ?

J'ai accepté tout ce que m'a demandé Richard : le maquillage qui me donne soixante-dix ans, la démarche voûtée, les sourcils taillés en V, la canne, le zoom qui m'ignore, et les chants de ces Tsiganes qui m'assourdissent... Une porte, je n'oublie pas, chaque rôle est une porte. Popov est le mari promis à Petrouchka, qui règne sur ses terres, Popov est le propriétaire trahi, la victime de cette femme idiote, colérique, capricieuse. Il me demande de chanter. Je refuse. J'ai été formé par Albert Steinrück, j'aurais pu être un comédien du Berliner Ensemble de Gendarmenmarkt, je ne poserai pas en baryton de salon pour les beaux yeux d'un petit juif de Vienne. Sûr que Jannings n'est pas sommé de chanter.

J'ose croire que Popov est devenu russe grâce à moi. Mais je ne sais pas, peut-être était-il déjà russe dans l'opérette. J'aurais pu bien sûr l'écouter avant de tourner. Mais je n'écoute pas d'opérette. Je déteste l'opérette le principe même d'un opéra que l'on concentre et allège pour l'offrir au plus grand nombre, m'écœure. Mia dit que je n'aime pas l'opérette parce que je ne sais pas danser. Faux. Elle dit aussi que je n'aime pas l'opérette parce que je ne supporte plus la musique. Faux. Cette femme croit me connaître parce que nous partageons un lit depuis près de six ans, et que nous sommes parents de cinq enfants fantômes, mais elle ne sait rien de moi. L'opérette ce n'est ni de la musique, ni du jeu. As-tu déjà vu un chanteur d'opérette jouer correctement son rôle ? Mia dit que je méprise les chanteurs d'opérette parce que je méprise désormais tout le monde dans le milieu. Mia dit que je tourne aigre comme ces vieilles actrices qui ne désirent plus le désir, et mitraillent autour d'elles jusqu'au silence total. Elle ignore que je couche, lorsqu'elle n'est pas là, avec des actrices de deux fois son âge. Elle ignore qu'après cinquante ans, les femmes acquièrent une folle liberté. Maman est devenue attentive et joyeuse depuis qu'elle a vieilli. J'aime son évanescence à cinquante ans, la grâce de libellule dont elle a fait preuve lorsqu'elle m'a accueilli à Hanovre la dernière fois. Mia menace de me quitter, affirme que je deviens abject. Elle ignore la complète définition de l'abjection. Les systèmes qu'elle emprunte pour contaminer une existence. Mia dit que ma morgue – allez savoir où elle a trouvé ce mot ridicule, sans doute au cours d'un tournage d'un de ces mauvais films de cape et d'épée dont elle était autrefois le trophée – dissimule une terreur que je ne veux pas avouer, mais qu'elle sait reconnaître : son père trahissait la même en rentrant du front français en 18. Une façade tremblotante et aboyante, qui ne dupe personne. Elle ne sait rien de ce qui m'habite.

Mia aime la psychologie, l'opérette, tient mal sa fourchette, et ne connaît pas la dernière réplique d'Horatio, lorsque le soleil se lève sur le royaume d'Elseneur. Mais elle porte le blanc en reine, et zozote après avoir joui. Quand elle est trop émue, m'a-t-elle dit cette première nuit que nous avons passée ensemble, elle retrouve sa voix d'enfant. Et elle a souvent été émue par le bonheur que nous pourrions atteindre. Le reflet entr'aperçu de ce que nous pourrions être ensemble. Mia est sûre que je la quitterai pour ce qu'elle est, et ne parvient pas à devenir. J'aimerais qu'elle ait tort. J'aimerais lui dire qu'un visage de jeune louve comme le sien ne devrait pas s'inquiéter de n'être plus aimé. Mais une forme d'impuissance s'est installée en moi. Comme on se lève un jour et ne peut plus croiser les jambes, je ne sais plus dire ce que les autres attendent de moi. Je quitterai un jour Mia, comme j'ai quitté les autres avec lesquelles je la trompe : à l'instant même où elles croient vivre le bonheur parfait. Un matin, un dimanche peut-être, je lui dirai avec calme, légèreté même, qu'il n'est pas nécessaire qu'elle revienne chez moi.

Je n'aime pas être cruel. Mais je ne connais pas d'autres manières dans les affaires de désir.

Lorsque j'étais enfant, mes parents organisaient chaque jeudi de printemps dans leur jardin de Pétersbourg des cocktails, où ils invitaient la société tsariste et aristocratique, de la ville. Ils formaient alors un beau couple aux yeux de tous. Avant 1917, l'éternité était accessible dans ce jardin de villa surplombant la ville. Au printemps, les nuits rétrécissaient à une vitesse vertigineuse, nous restions tard dans la clarté déclinante des hortensias et des saules. Vers vingt-deux heures, peu avant la fin du cocktail, mon père proposait à une des femmes les plus saoules de découvrir la vue de la Volga, sous le peuplier au bout du jardin. Ces femmes savaient souvent ce qui les attendait en suivant mon père, je soupçonne même certaines d'avoir bu au cours des heures précédentes pour se préparer aux mains pressées du maître des lieux. Elles étaient épouses, mères ou veuves – mon père détestait les jeunes filles – invitées pour la première et dernière fois chez les von Hauser. Il en attrapait une par le bras, geste élégant de maître de maison, et rejoignait le promontoire, suivant le chemin dessiné par les torches plantées dans le gazon. Se percevant dans l'ombre, ils étaient en réalité placés dans un halo qui permettait, dans un angle précis du jardin, de les voir comme en plein jour. Mon père savait-il ? Sans doute, sinon pourquoi choisissait-il à chaque fois la même place ? Leurs silhouettes féminine et masculine s'affairaient l'une à l'autre sans trouble. Je suivais leurs gestes dans le ronronnement legato d'une léthargie de fin de cocktail, des voix qui s'étirent, des rires en spirales qui s'élèvent vers le ciel de Pétersbourg. Maman finissait par me rejoindre. Face à ces ombres paternelle et inconnue sous le peuplier, ces gestes outranciers de l'alcool et du désir, nous ne disions rien. Je ne distinguais du visage maternel qu'un pincement de lèvres, d'effroi ou de gourmandise, je ne sais, un pincement de plus en plus appuyé, qui imprimait dans la chair élastique la lame de l'incisive. Je me tenais à ses côtés, n'aurais pour rien au monde quitté mon poste d'observation, tenu par l'indicible jouissance de voir d'autres jouir. Ces soirs m'inculquèrent la nature et la puissance du spectacle. J'ai saisi dans ce jardin pour la première fois cette scène inexorable qui nous retient dans son emprise jusqu'à son achèvement. Les événements à l'écran scellent le destin des personnages, comme le nôtre. Ces gestes dans la lumière, à mi-chemin du rêve et du réel, font de nous les observateurs pétrifiés de notre passé, et de notre avenir. Notre impuissance consentie de public confère à la vision sa puissance. Mon père œuvrant dans le jardin de Pétersbourg, son ombre dévorant le gazon, le peuplier, le groupe ronronnant des invités, jusqu'au corps de la femme choisie, avait besoin de notre regard pour jouir, lui aussi. Lorsque maman cessa de le regarder, il cessa de la tromper. Ce fut ensuite le retour en Allemagne, l'enclavement de mon père dans ses travaux sur Rembrandt, l'étrécissement de son monde, au bureau, aux gravures. Au cours de ces soirs de printemps à Pétersbourg, j'appris que le spectacle et le désir étaient par nature des charmes à rompre, avant qu'ils ne nous emportent.

Je ne dirai rien de tout cela à Mia. Comment le comprendrait-elle ? Elle croit au cinéma avec ferveur. Elle dit, « tout est rongé par la violence en Allemagne, sauf le cinéma, qui nous libère de la guerre de la rue, et de cette haine qui monte dans les journaux, les débats, les regards ». Naïve enfant. *Frédéric II*, un film apaisé ? Un film d'ordre et d'harmonie ? Cet affrontement filial qui appelle le sang, et que des milliers d'Allemands chaque jour viennent voir dans nos salles de la UFA ? Jannings, la plus grande brute qu'il m'ait été donné de rencontrer, ne serait pas un général de guerre ? Et Werner Krauss ? Et *M le Maudit* ? La passion d'une ville pour son meurtrier, n'est-ce pas le cinéma qui confesse ce qu'il est ? Notre affaire d'ombres est un appel incessant à la guerre. Et c'est ainsi qu'il faut l'entendre, l'accueillir, le poursuivre. Une guerre contre le mensonge du présent. Comme mon père, sous le peuplier, cherchait chaque soir à se faire assassiner par ma mère. Pour que cesse l'atroce comédie de leur mariage. La violence nécessaire de la vérité, Mia la comprendrait-elle, elle qui aime les opérettes viennoises et le souffle bas d'Hubert Marischka ? Je ne sais plus pourquoi j'ai choisi de vivre avec cette femme. Peut-être pour ce visage coupé, tête de rôdeuse, plus fidèle à ses illusions qu'un labrador à la main qui le nourrit. Mia a cru que le désir qu'elle suscitait faisait d'elle une actrice, une Brigitte Helm, qu'elle adule, et dont elle désire, sans l'avouer, la mort. Logique sanguinaire de cette cité qui ressuscite le vampire de Düsseldorf, lance des chasses aux pédophiles dans des rues en carton, et acclame le diable, en salopette de gymnaste. Et les jeunes filles ? Mia ignore qu'ici le désir est l'huile qui permet à l'ensemble de glisser, huile que l'on verse dans les rails des décors et des visages, et qui imbibe, imprègne, et abîme. Et Dietrich qui abolit Helm, et Lorre qui succède à Krauss, l'huile les fait glisser vers l'oubli. Ce qu'elle appelle mon mépris n'est que vision claire des hommes et femmes qui m'entourent.

Mia me dit que je devrais cesser de cracher sur ce qui fait ma vie, retrouver l'amour de mon métier.

Un métier ? Mais un métier peut se quitter. Croit-elle que je puisse un jour cesser de porter ces têtes jacassantes en moi ?

Popov a eu du mal au début à trouver sa place en moi. Je le joue sans accent, pour lui ôter un peu de son ridicule. Ma plus longue scène me place auprès de la baronne, dans un de ces dîners surannés qui sied bien à Dorothea Wieck, notre baronne Petrouchka, et à sa prétention. Je porte un costume blanc, du gilet aux escarpins, imposé par Richard – il n'y a mon Dieu qu'un juif pour aimer le cuir blanc ! – et je dois débiter deux phrases de salon. Pas même des plaisanteries, des mots de circonstance, sur l'état du pays et la beauté de la baronne. Petrouchka, osseuse, incapable de sourire. Dorothea et son air de ne pas y toucher – qui pourrait imaginer cette femme en train de jouir ? Cette distance fait, paraît-il, son art. Le chef opérateur : « Recule Ferdinand, laisse le zoom avancer sur la baronne. » Dorothea et son menton pointu, chèvre narcissique. Pas un regard pour moi, même lorsque je m'adresse à elle, Dorothea demeure robotique, l'œil fixé à la droite de la caméra. Rigidité de débutante. Je n'ai rien à faire avec une baronne qui ne daigne pas me parler. A-t-elle oublié ce qu'elle doit aux Popov ? Richard ne m'adresse pas non plus la parole depuis le milieu du tournage. Les contes ont changé, le prince n'est plus celui qui vient, d'un geste, recueillir la victoire. Dans ce pays doux et anarchique de la baronne Petrouchka, ce pays où la chaleur des champs et des corps de paysans consume les étiquettes, ce pays où l'on chante et boit, et boit et chante, des terrasses de bistros aux lustres des palais, un prince en blanc ressemble à Aschenbach, l'âme errante de *Mort à Venise.* Je tourne sous des lustres qui m'aveuglent, pour ne pas voir les poitrines nues des hommes et femmes dans les champs, ces peaux vivantes, même dans ces décors mal peints de Babelsberg, ces peaux grasses et incandescentes, je les vois, et j'oublie la baronne qui chevrote, et je les vois, et je ne pense plus à Popov le sacrifié, et je les vois, et je suis mon père, dans le jardin, qui échappe à la lumière pour entrer dans son propre spectacle.

Je suis Popov, l'icône du renouveau du peuple allemand. Je ne l'ai pas compris tout de suite, non, mais au cours du film, j'ai su quelle porte m'ouvrait ce rôle-là ; Popov, le dernier vaincu d'un peuple humilié qui se relève, et retrouve sa dignité. Popov, le dernier des monstres engendrés par les Richards et consorts, qui va se retourner contre ses géniteurs, à la manière du si juste Frankenstein. Je suis l'homme providentiel. Horatio me l'annonçait déjà, je le jouais à dix ans devant la glace de mon armoire rouge – maman me disait, arrête de parler tout seul, tu es ridicule, Ferdinand – que savait-elle de ce que je préparais, elle qui n'a jamais su vivre, ni jouer à vivre ? Femme de l'ombre, voyeuse et jouisseuse de la vie des autres, que savait-elle de la lumière ? Je disposais des lampes dans ma chambre, et me plaçais à contre-jour, visage dans l'obscurité, poudré de la farine volée à la cuisine, je répétais, *So shall you hear / Of carnal, bloody and unnatural acts, / Of accidental judgements, casual slaughters, / Of deaths put on by cunning and forced cause...* Et la lumière baignait mon visage, le baptisait. Je suis prêt, invraisemblablement prêt, à entrer dans le rôle que le destin m'offrira.

1933. L'officier dans La mer fait l'homme
de Hans Hinrich

Ils m'ont volé ma voix. Je ne peux le dire à personne, parce que personne ne peut plus m'entendre distinctement. Lilli me demande d'aller voir un médecin. Mais je sais ce qu'elle trame. Il me dirait, arrêtez Ferdinand, reprenez-vous, personne ne vous a volé votre voix. Ce serait sans doute un médecin juif. À moins qu'ils aient déjà été tous licenciés ? Depuis cinq mois, le changement a commencé. Maman m'a appelée le soir de l'élection : nous y sommes. Mes parents ont invité leurs relations du parti nazi pour un grand dîner après les élections. Je n'ai pas pu venir, maman m'en a voulu. Mais qu'aurais-je fait sans voix ? Les hommes de Babelsberg cherchent à me faire taire. Ils m'ont volé ma voix, parce qu'ils me craignent. Ils n'ont pas volé la voix de Heinrich George, non, il trône dans *La mer fait l'homme*, il est le héros écrasé et digne, ils lui ont laissé sa voix, chuintante, arrangeante. Mais moi, ils m'ont volé ma voix. J'ai bien vu dans le film, mon corps, mon visage pourvus d'une autre voix. Les rats de Babelsberg musèlent ceux qui les menacent. Ils activent, mais pour quelques semaines pas plus, les rouages de leur machine dévorante. Mia a refusé de me croire, non Ferdie, c'est ta voix, mais c'est normal que tu ne la reconnaisses pas, le mixage la transforme. Elle me prend pour un idiot, comme si elle allait m'apprendre le cinéma ! Peut-être couche-t-elle avec ce fourbe de Hans Hinrich, et ses airs huileux de converti ? Ils sont tous convertis ou presque, à Babelsberg, c'est écrit dans le *Beobachter*, il n'y a que des juifs dans le cinéma allemand. Mais me comptent-ils parmi eux ? J'ai voulu écrire au journaliste, pour faire valoir mon témoignage. Mia m'a interdit de le faire. Ignore ces brutes ! a-t-elle hurlé dans notre appartement. Elle n'a pas pu m'empêcher d'envoyer une lettre à Hans Hinrich, pour lui dire mon regret d'avoir tourné avec lui dans ce film qui nous a plongés dans un marasme enchanté et socialiste du XIXe siècle, ambiance Victor Hugo, ou Heinrich Heine. J'ai compris dans quel piège j'étais dès notre première scène. Je me tenais sur le pont du bateau, ancré face à l'île Moon, je m'apprêtais à partir mener la première bataille d'une guerre nationaliste, et j'expliquais aux soldats la beauté de notre lutte : écraser le petit empereur français dégénéré qui se croit maître d'œuvre en Europe, rendre à notre Reich sa puissance. Hans Hinrich m'a interrompu, et m'a demandé de suivre le dialogue à la lettre : « Arrête de rajouter du texte, Ferdinand, s'il te plaît, tu nous fais perdre du temps. » Il était pitoyable, à me supplier de ne pas faire de l'ombre à son minable scénario. Comme si je n'avais pas compris sa stratégie d'infiltration de notre culture.

Ils m'ont volé ma voix parce que je parlais juste. Parce que je disais ce qu'ils ne voulaient pas entendre : l'empire se fera contre eux. Contre ce qu'ils représentent, de finances, de manigances. Il était là, avec ses manières de babouin judéo-latin comme dirait mon père, à me supplier ; Ferdinand, dis simplement ce que j'ai écrit pour toi... Ils ont eu peur de la puissance de mon amour de la patrie. Peur de ma sincérité. Les gens de Babelsberg ont toujours eu peur du peuple. Parce qu'ils savent que la vérité porte les foules qui appellent au retour du Reich. Il n'y a pas à Babelsberg plus haute hargne que celle qui s'exerce contre la volonté du peuple : ils m'ont volé ma voix pour me faire payer ma germanité.

Or, c'est ce vendu de Heinrich George que Goebbels a appelé pour *Le Jeune Hitlérien*. Il n'a pas pensé à moi, qui suis affilié au parti depuis quatre ans, moi qui suis allé à leurs meetings à Munich. Moi qui suis un von Hauser, de la famille d'un de leurs principaux financiers qui les reçoivent dans leurs salons, dans un Schloss dont ils ne concevaient même pas la beauté, et la couleur des rhododendrons au début du printemps, avant d'y être invités par maman. Moi qui sais que leur argent a aussi l'odeur du caoutchouc d'une île du Pacifique. Ils ont préféré Heinrich George. Ce saoulard, ce crapaud, cette figure décatie de l'Allemagne, qui danse avec les juifs à la fin des tournages. Il incarne le mauvais père dans *Le Jeune Hitlérien*, l'ordure communiste, un rôle pour lui c'est sûr, mais enfin, l'histoire retiendra qu'il a tourné dans le premier film officiel du Reich. Et pas moi. J'en ai parlé à Henrich, j'ai voulu savoir depuis quand il les soutenait, ce qu'il avait donné comme preuve de loyauté au régime, et s'il pouvait peut-être m'aider à tourner dans leur prochain film. Qu'a-t-il répondu ? « Mais toi, Ferdie, tu es le commandant de l'île Moon, souviens-toi, ta guerre contre Napoléon. Tu es sauveur de l'empire. » Il se moquait comme les autres, je sais qu'après il allait boire un coup avec Hans, pour casser du sucre sur mon dos. Je refuse désormais les invitations à boire avec les collègues. Je ne veux pas laisser un mot m'échapper. Je crains, si je bois, que mes pensées débordent sur la table.

La mer fait l'homme. Je ne suis pas allé à la première berlinoise. Je ne sors plus le soir. Ce fut le plus grand succès d'un film auquel je participe depuis trois ans. C'est-à-dire mitigé. On a écrit, « pathétique, mais non dénué de qualités ». Jamais pourtant il n'y eut un tel public dans les cinémas, que cette année. En 1933, dit-on, les Allemands veulent du rire, du sentiment, et de l'espoir. *La mer fait l'homme* retrace la chute d'un homme honnête. Mia était à la première, elle m'a raconté, au générique est écrit *Un film de Heinrich George.* J'ai entendu dire que Goebbels aimait Heinrich George parce qu'il était un antibourgeois authentique. Un homme destiné au peuple. Heinrich George, c'est la « République de Weimar à terre et piétinée six fois ». Voilà ce qu'aurait dit Goebbels au cours de cette réunion à Babelsberg la semaine qui a suivi leur élection, il y a cinq mois. Cette première réunion où il a invité ceux qui font le cinéma allemand. Jannings,

Krauss, George, Albers, Helm, et pas moi. Mia m'a appelé à Hanovre où je suis venu me reposer depuis un mois : « Goebbels t'a oublié. Ces gens sont aussi abjects que je le pensais. » Je ne pense pas que Goebbels ait oublié mon nom. Il s'agit sans doute d'une stratégie. J'étais à ce fameux congrès sur le cinéma de 1929, le premier congrès nazi sur l'art cinématographique, enfin de congrès il ne portait que le nom, nous étions au mieux cinquante dans la salle de la brasserie qu'ils avaient louée à Munich, mais des choses essentielles ont été dites. J'avais traversé le pays pour venir écouter Goebbels parler de l'avenir racialement intact du cinéma allemand, de la purification des esprits par les images, et m'étais présenté à la fin, je suis Ferdinand von Hauser, monsieur Goebbels, et je crois en ce que vous faites. Vous êtes un von Hauser, vraiment ? avait-il répondu, nous avons beaucoup d'estime pour votre famille. Près d'un million de marks versés par maman, au nom des von Hauser, sûr qu'ils ont de l'estime ! J'ai suggéré ma présence, spirituelle et charnelle, dans le cinéma de demain, le cinéma pur, le nouveau cinéma allemand. Il a acquiescé. Nous avons évoqué l'infestation de Babelsberg, nous comprenions bien lui et moi ce que nous entendions par là, et puis nous nous sommes quittés, conscients l'un et l'autre d'avoir trouvé un allié. Malgré, oui, je le savais, nos origines lointaines de classe. Je sais qu'il fut un temps où il affirmait qu'il ne serrerait jamais la main d'un aristocrate, ou d'un fils de banquier. Mais les temps ont changé. Il ne m'a pas adressé un mot depuis son entrée au gouvernement. Je dois trouver un moyen de lui faire signe.

Mia a dit, « tu ne sais plus qui tu es Ferdie, tu te détruis comme tu détruis ce qui t'entoure. Tu es comme cette corneille qui devient vautour pour dépecer une autre corneille ».

Des mots de juive. Depuis que sa mère, par accident, m'a révélé sa première confession, j'ai compris Mia, sa tendresse, ses raisonnements sans fin, son rire incessant, sa manière de se mêler de ma vie pour « mon bien ». Feinte d'une juive pour capturer un von Hauser, et l'abattre. Ils veulent des trophées comme moi, de vrais Prussiens dont ils accrocheraient les têtes aux murs de leurs appartements. Alors, ils prennent des filles, les plus jolies, les plus douces, comme appâts.

Mia savait-elle qu'ils allaient me voler ma voix ? Sans doute, elle m'a poussé à accepter le rôle de *La mer fait l'homme*. Je ne voulais pas, à cause de Heinrich. Mais elle a dit, « ignore-le, si tu joues comme avant, Ferdie, on ne verra que toi ».

Ils n'ont gardé qu'une scène sur les trois que j'ai tournées : la plus courte, dans le bureau. Moins d'une minute à l'écran. Ils ont plaqué la voix de quelqu'un d'autre sur la mienne. En un léger décalage du play-back.

Je suis allé voir le film incognito dans un cinéma du Kudam. Je suis rentré, j'ai bu, j'ai vomi, j'ai rebu. Deux bouteilles de schnaps. Mia m'a trouvé affalé au pied de notre canapé, tordu par une crise de foie, m'a nourri pendant trois jours à la cuillère. « Je t'ai trouvé un endroit, à la campagne, elle a dit, où ils prennent en charge les gens du théâtre, du cinéma, qui sont fatigués comme toi. »

Mia ne sait rien des responsabilités qu'implique le commandement de l'île Moon. Elle a essayé de m'éloigner de mon poste, sans doute pour que l'armée de l'empereur français nous prenne par surprise, et fasse couler notre flotte. Heureusement, j'ai trouvé les mots pour la chasser : « Je ne veux recevoir aucun conseil d'une juive, la prochaine fois, je baiserai avec une guenon, au moins elle fermera sa gueule. » J'essayais de prendre le ton de Heinrich George. Cette bouche toujours pleine, ses petites lèvres éructantes. Le génie du sordide. Elle est partie en claquant la porte.

Je suis seul maintenant, tout à la guerre que je mène depuis mon appartement. Enfin, je ne suis pas seul, ils se promènent depuis que Mia n'est plus là : the Man, Séchelles, Roderigo, le baron Malenberg... Smeaton, bien sûr, l'intranquille Smeaton. Ils se bousculent, et s'entre-dévorent certains jours, comme des chiens que je devrais plus souvent sortir. Peut-être est-ce le schnaps, ou la fatigue de mon commandement sur l'île Moon, mais je prends un temps fou désormais pour les distinguer, les saluer, les apaiser aussi : ils me confient leur colère, leur rage d'être si peu entendus. L'espoir qu'ils ont mis dans ce nouveau régime qui nous ignore. Je consacre mes nuits à leur parler. Mais cela ne leur suffit plus. Ils me disent qu'il faut partir, trouver des lieux plus calmes que Berlin, des lieux où nous pourrions hurler ensemble. Ils me disent qu'ils se sentent bien en sous-sol, dans le silence des maisons ou des catacombes, ils me demandent de descendre avec eux, de les suivre sous terre, là où chacun peut accomplir son destin. Dans la tranquillité d'un bureau sombre, par exemple, où danse une femme-écrevisse.

Ce matin, je suis allé chercher Mia à l'hôtel. Je l'ai suppliée de me pardonner. J'ai pleuré dans ses bras. Je lui ai avoué que je ne savais plus qui j'étais.

1936. Horatio, dans une composition personnelle

Beelitz. Mes parents ont intercédé pour que je sois soigné ici. Hitler a recouvré la vue entre ces murs. Le médecin a enfin autorisé Mia à me rendre visite, depuis deux semaines que je suis cloîtré dans cette chambre, au second étage de cet hôpital où l'on entend tousser jour et nuit les tuberculeux.

Le médecin a qualifié mon état de préoccupant. Il n'exclut pas, je l'ai entendu parler derrière la porte à Mia, de me transférer dans une institution du sud du pays où je pourrais rester une année, ou plus. Où je trouverais une activité, et vivrais parmi ceux qui me ressemblent. Et les tournages qui m'attendent ? Le médecin n'a pas répondu sur le cinéma.

Mia, ce matin, m'a raconté ce qui est arrivé la nuit de Noël. Ce rôle que je me suis attribué, sans parvenir à le mener jusqu'au bout. Les marques sur mon cou témoignent de l'étrange vérité de cette histoire dont je n'ai aucun souvenir.

Nous étions à Hanovre pour passer le réveillon. J'avais décidé de présenter Mia à mes parents. Nous nous étions mariés au début du mois, ils n'avaient pas pu venir. Je ne leur ai bien sûr rien précisé sur ses origines. Maman trônait à table, superbe, dans cette robe bleu nuit à col claudine, et ses boucles émeraude. Passion de maman pour l'émeraude, éloge des reflets chromes de ses tempes. Elle se montra vive, légère. Si sereine depuis que le pouvoir est passé entre les mains de leurs hommes. Mon père, nous l'oubliâmes vite : seul le tapotement de son index sur la nappe nous rappelait quelquefois à lui. Je l'interrogeai avant le dîner, sur l'avancement de son livre, il se lança dans un confus exposé sur le moment italien de Rembrandt, les années 1640, lorsque Raphaël devint le maître de Rembrandt... Je ne l'écoutais pas, Mia hochait la tête à chacune de ses phrases. Au cours du dîner, Maman me parla de leur quotidien, elle n'a pas jeté un œil, ni un mot à Mia.

Ils sont tous trois allés se coucher vers minuit. Je suis resté dans le salon de musique, ma pièce préférée. Derrière moi, l'escalier de chêne tournoyait vers la chambre de mes parents. J'ai bu beaucoup de vin rouge. J'étais épuisé par cette soirée. Sans doute me rendais-je compte que je n'aurais jamais dû amener Mia ici. Mais nous avions besoin de sortir de Berlin. Pour la première fois de ma carrière, je n'avais aucun tournage en vue.

Je remarquai un changement dans le salon de musique : la *Femme-écrevisse* était accrochée au mur du piano. Mon père l'avait sortie de son bureau sans que je m'en aperçoive. Plaît-elle à leurs invités du soir, ces hommes en uniformes qui prennent leurs habitudes au Schloss ? Ou mon père cherchait-il, par un nouvel éclairage, à la redécouvrir ? Je me souviens de l'avoir regardée longuement, en finissant le vin. Puis rien. Le trou blanc. Le réveil à l'hôpital, la difficulté à respirer, la trachée empêchée, la nausée sans fin.

Ma vieille édition de *Hamlet* a été retrouvée par terre dans le salon, à côté de la bouteille vide. Mia suppose que je travaillais mon rôle fétiche, Horatio. Le rôle qui ne m'a jamais été proposé. Je ne pense pas. Je ne lis plus Shakespeare. Je ne lis plus rien d'ailleurs. Si je devais aujourd'hui m'adresser à Horatio, je ne reprendrais pas ses mots, mais lui intimerais de foutre le camp, de quitter Elseneur, explorer de nouveaux territoires, et cesser d'endosser ce rôle d'ami fidèle et dévoué qui le ramène au centre du labyrinthe. Il n'y a pas de perspective à révéler, de mur à abattre à Elseneur. Quelle aube, quelle réforme, pour un royaume à la pourriture constitutive ?

Je suppose que j'ai attendu le milieu de la nuit, peut-être ai-je dormi, et me suis-je réveillé. Je serais monté vers trois heures dans ma chambre, chercher dans ma valise la ceinture de Hérault de Séchelles, que je portais dans *Danton.* Selon le médecin, la présence de cette ceinture dans ma valise est une preuve accablante de mon désir de suicide. Faux. Je ne pensais pas à mourir avant d'arriver à

Hanovre, j'ai seulement emporté cette ceinture en souvenir d'un de mes plus beaux rôles. J'ai atteint dans ce film un lieu de jeu difficilement accessible. Un comédien sait toujours lorsqu'il rend vie à un personnage. Un instant, Hérault de Séchelles, avant la guillotine, abolissait en moi ses contradictions. J'avais sans doute besoin de lui à Hanovre. Je n'ai même pas pensé à cette ceinture au cours du dîner. Mais au milieu de la nuit, j'ai pris conscience sans doute de ce qu'elle me suggérait.

J'aurais ensuite traversé la maison, longé les fauteuils de chêne sculpté et les fenêtres givrées, emprunté l'escalier de service, au fond de la cuisine, prenant soin de ne pas réveiller la bonne endormie dans le cagibi, traversé l'enfilade des caves, rejoint la dernière, la lingerie, où j'ai trouvé l'anneau. À quoi sert-il, je n'ai jamais su, peut-être à suspendre les robes de réception de maman en attente de repassage. La ceinture s'enroulait dans l'anneau, j'ai tiré une chaise, plié mon corps, bouclé le cuir autour de mon cou. Et moi qui me suis toujours tenu si droit dans chacun de mes films, moi dont on disait que je jouais avec une règle dans la colonne vertébrale, j'ai plié le dos, donné un coup de pied dans la chaise, jeté mes jambes dans le vide. Près d'une minute. La suite ? Réveillée par mon passage dans notre chambre, Mia me chercha partout dans la maison, aperçut la lumière dans la cave, entendit la chute de la chaise dans la lingerie, me trouva, attrapa mes pieds, les reposa inertes sur ses épaules, replaça la chaise, y grimpa, me tint contre elle, ployant sous mon poids, défit la ceinture, nous tombâmes ensemble sur le sol de la lingerie, mon corps sur sa poitrine, elle se cognait au béton de la cave, son poignet tordu, j'étais inconscient.

Elle m'a conduit aux urgences de Hanovre. Mis au courant le lendemain, mes parents ont repris les choses en main.

Mia tente de dissimuler son épuisement. Elle m'assure que mon retour à l'appartement va marquer le début d'une nouvelle vie, libérée de ceux qui obstruent notre paix. Ses paroles volettent, grasses et lentes, planent sur la viande avariée de mon cerveau. Après son départ, je m'endors. Je suis le souverain du poème, ma mémoire s'englue dans mille ans de combats perdus.

Le lendemain, mes parents me rendent visite.

Ils m'informent que le médecin de Beelitz me diagnostique psychotique à tendance délirante. Schizophrène. Selon lui, je suis inapte, et pour longtemps, à participer à la vie civile. Il propose que je sois intégré à un nouveau plan de prise en charge des malades psychiatriques qui s'ébauche au ministère de la Santé. Un plan développé dans quelques lieux en Allemagne, et que l'on appelle l'Aktion T4. Mes parents, pour des raisons qu'ils ne précisent pas, s'y opposent. Ils vont me faire transférer à la maison, à Hanovre. Pour les vacances, je pourrai m'installer dans une clinique privée, à Lausanne. Maman chuchote près de mon lit, passe la main sur mon front, « cette Mia et toi, vous vous faites beaucoup de mal. J'ai vu comme elle te fait peur. Il sera facile d'annuler ce mariage, pour ta guérison. Le cinéma t'a rendu fou, je t'avais prévenu, tu t'es laissé dévorer par cet atroce jeu d'illusions. Tu as refusé d'affronter le réel, tu en paies les conséquences. Tu serais resté auprès de nous, Ferdinand, à habiter cette maison qui est la tienne, tu aurais pu endosser le véritable rôle de ton existence. Mais tu es parti dans cette ville affreuse, t'es enfermé dans tes jeux d'ombres, et voilà ce qu'ils ont fait de toi : un malade mental. Ta femme a participé, nous le savons avec ton père, à te mener là où tu es aujourd'hui. Mais ne l'appelons plus ta femme, personne n'a jamais pris ce mariage au sérieux, il n'est plus la peine de s'appesantir sur les erreurs commises. La semaine prochaine, nous rentrerons ensemble à la maison, et là-bas, tu te sentiras en paix. »

1940. Le malade du Schloss

Non, je n'ai pas entendu la sonnerie de la porte ce matin.

Je ne prête pas attention aux visiteurs. Je n'attends personne, personne ne me requiert. Je vis dans cette maison de Hanovre comme dans une carcasse préhistorique. Je me déplace dans la spongieuse douceur de sa chair, passe des miroirs fumés aux murs glacés des pièces inhabitées qui s'effritent dans les verts et roses des toiles de Jouy. Hier, je suis resté longtemps dans une des chambres d'amis à détailler les chasseurs, flancs de chevaux et sursauts de faons sur les murs. Retournant ensuite dans ma chambre, cœur sec du squelette, je me suis accroupi sous la fenêtre, j'ai lu à voix haute les titres sur les tranches de la bibliothèque vert et rouge de mes neuf ans : *Hansel et Gretel*, *Le Chat botté*, *Le Vaillant Petit Tailleur.* Dans le contre-jour, j'imitai le geste du tailleur qui transperce les sept mouches en un seul coup, sept abdomens ailés saisis par son aiguille. Sept d'un coup, qui le croirait possible ?

Je ne quitte plus le Schloss. Non qu'il me soit interdit de sortir ; maman au contraire m'exhorte à me promener en ville à ses côtés, mais les rues ne m'offrent pas d'abri tel que cette maison d'os et d'ombres. Aucune place, aucun café de Hanovre ne rivalise avec la quiétude de notre charpente, des chiens-assis qui filtrent la lumière d'hiver, du salon de lecture à la moquette de tweed, de la cour carrée devant la cuisine, de l'ancienne écurie devenue garage, du tapis de mousse sous le tilleul, ou de la cabane du jardinier et ses traces sanglantes de fraises des bois sur les tranches des pelles. J'ignore pourquoi j'ai voulu quitter cet endroit il y a quinze ans. La folie qui m'a valu de partir, de laisser derrière moi cette maison pour Berlin la sordide, me semble aujourd'hui la conséquence d'un virus tropical, piqûre d'une mouche tsé-tsé qui m'emportait loin de ma nature. À trente-six ans, je prends conscience de la nécessité d'un foyer, un homme n'est rien sans lieu d'origine qui l'habite, terre première qui le nourrit, « le point d'équilibre », dit mon médecin, que je ne dois plus quitter. Je passe le plus clair de mon temps dans ce couloir du premier étage, parmi les rotondes et les niches creusées dans l'abdomen de la bête assommée. J'y marche, ou, lorsque je suis sûr de ne pas être interrompu, je m'y accroupis, et y avance à quatre pattes, pour sentir la terre tourner sous la pulpe de mes doigts. Au fond du couloir, la bibliothèque de mon père. Il accepte que je l'aide dans ses recherches. Je classe les dessins, et les catalogues. Le médecin m'encourage à ce genre de travail méthodique. Nous y étions, lorsque ce matin, paraît-il, on sonna à la porte. La bibliothèque est juste au-dessus de l'entrée, ses fenêtres donnent sur l'avant du jardin, et sur la rue qui longe le Schloss. J'ai remarqué le léger sursaut de la joue de mon père, l'oscillation du nerf sous la cornée. Le moindre bruit le dérange lorsqu'il travaille. Il a besoin, depuis vingt ans qu'il mène cette œuvre des *Dessins de Rembrandt, le signe de la femme-écrevisse*, de calme absolu.

Non, je n'ai rien perçu de l'agitation du rez-de-chaussée, si peu habituelle, en cette matinée de neige.

Nous étions sur le point d'examiner un nouveau dessin de Rembrandt, qui nous était parvenu de Berlin. L'un de ses amis, proche du ministère de l'Éducation du peuple, se l'était procuré pour maman. Beaucoup de dessins arrivent ainsi au Schloss depuis deux ans : un certain nombre de collections ont été démantelées, précisent les fonctionnaires du ministère lorsqu'ils sont de passage ici pour dîner. L'un d'eux souriait un soir sous l'effet du schnaps : « Tout Rembrandt ne peut pas être emmené à New York ! » Mon père les écoute à peine. Peu importe l'origine de ces dessins, tant qu'ils parviennent ici, au

Schloss, et intègrent le livre. Notre livre, oserais-je dire. Maman paie ce qu'il faut pour que nous en recevions chaque semaine des neufs.

Nous découvrions ce matin *Ponce Pilate se lavant les mains.* 1668. L'un des derniers dessins de Rembrandt. Sans doute une étude pour un tableau, que le peintre n'a pas eu le temps d'achever. Titus mourrait cette année-là. Il est acquis, m'expliquait mon père, que la mort du fils ébauche la mort du père : il n'y a presque aucune trace d'une poursuite de l'œuvre après 1668.

Non, je n'ai rien entendu de la porte d'entrée qui se refermait derrière les deux visiteurs.

Nous débattions de la place des hommes autour du gouverneur romain. Une foule sans visage, resserrée à la droite de Ponce Pilate. Dans ses dessins, Rembrandt a pourtant l'habitude de disposer la foule autour de la figure principale, ainsi de la plupart des scènes évangéliques ; « la Pêche miraculeuse », « la Présentation au temple ». Or, sur ce dessin, la foule était placée uniquement à la droite de Ponce Pilate. Je crus d'abord à un détail, mais mon père insista, il n'est pas de hasard dans l'œuvre de Rembrandt. Parmi ce public, qui observait l'homme se laver les mains, aucun visage précis n'était reconnaissable : l'un portait un casque et une lance, de l'autre, on discernait les traits écarquillés, la bouche à demi ouverte, les yeux blancs, seule saillie humaine de cette masse compacte.

Ils patientaient derrière un rideau relevé. De l'autre côté, Ponce Pilate. Ce rideau n'était pas un détail décoratif, je le sus tout de suite. Je ne le dis pas à mon père, il n'aurait sans doute pas compris, mais je reconnaissais dans cette foule sans visages, le souffle muet et charnel d'un public de théâtre, cette présence vivante et impénétrable que l'on perçoit sur scène, la foule taiseuse qui autorise et libère, et avec qui il faut faire corps, s'accorder à la montée du plaisir. Voilà ce qu'avait peint Rembrandt à travers Ponce Pilate : le drame secret du comédien. Cette crise qui m'avait touché, emporté et dépossédé, je la revivais dans les gestes et la solitude de l'homme au centre du dessin. Le gouverneur romain est le seul pourvu d'une véritable expression : sourcils tombés, lèvres closes, il tourne la tête vers la gauche. Ponce Pilate, de son œil désolé, cherche en se détournant du public à retourner de là où il vient, dans la coulisse de la scène, du pouvoir, de l'histoire. Quitter la représentation, et réendosser le costume de l'homme ordinaire, l'invisible passant.

Non, je n'ai pas entendu l'entrée des visiteurs. Les deux types de pas. Le pas, si lourd, de l'adulte. Et l'autre, aérien et hésitant.

Mon père me conseilla de me concentrer sur le centre du dessin, les mains de Ponce Pilate. Elles étaient grandes, démesurées par rapport au reste du corps du gouverneur. L'une au-dessus de l'autre, paumes symétriques. Ce n'était pas le geste d'un homme qui se lave les mains, mais de quelqu'un qui applaudit. Mon père acquiesça à ma remarque. Le visage de Pilate, son visage qui semble s'excuser et s'ennuyer de tout cela, se révélait donc celui d'un spectateur qui applaudit lourdement un spectacle dont il se lasse. Le spectacle de lui-même. Ou plutôt, du rituel qui lui incombe. Ponce Pilate est un homme qui n'assume pas le rituel. Mauvais jeu du hasard, qui aime tant les distributions bancales. Il est résigné. Il refuse de faire face au public, ne sait pas bien ce que l'on attend de lui. Mais, comme mon père le nota en l'énonçant, Rembrandt peut partout faire naître un rituel. Même de celui qui refuse le rituel, et n'accomplit qu'une parodie de rituel, un spectacle sans spectacle : des mains qui se lavent de n'avoir rien accompli, rien empêché, rien porté.

Non, je n'ai pas entendu lorsqu'elle m'a appelé. Elle a crié trois fois mon nom. Elle s'est approchée de l'escalier, et, montant trois marches, a hurlé, « Ferdie, descends Ferdie, tu me dois bien ça, descends Ferdie ! » L'autre, au pas furtif, s'accrochait à sa jupe. Mon père et moi nous tenions dans le coin de la bibliothèque, près de la cheminée, la *Femme-écrevisse* suspendue dans l'angle et nous ne perçûmes que le crépitement du petit bois, ce claquement des branches de bouleau sous les braises comme des balles tirées dans un matelas.

Non, je n'ai pas entendu la porte d'entrée se refermer après quinze minutes d'une scène que maman qualifiera de pénible.

Mais j'ai entendu dans le couloir de mon premier étage, l'ahanement saliveux, la course bancale, les mains qui touchent et font tomber les livres des étagères, jusqu'au premier coup délicat dans la porte de notre bibliothèque.

Un petit garçon. Qui sait marcher, mais sans vaillance. Il ne ressemble à personne de ma connaissance. Brun, trapu, une tête ronde, et des fossettes sur le haut des pommettes. Est-ce parce qu'il portait une de ces petites salopettes de laine, et un pull tricoté ? J'ai pensé aux poupées qui occupent les vitrines du centre-ville depuis le début du mois de décembre, ces figures peintes, aux ventres-ballons et regards sans paupières. Maman se présenta derrière lui, elle semblait gênée et ravie, la gêne luttant avec le ravissement, combat balayé par un sourire que je ne lui connaissais pas, un air taquin qui enchantait l'étroitesse reptilienne de son visage.

« C'est ton fils, Ferdinand, il s'appelle Ernst. » Je ne compris pas, cherchai derrière moi quelqu'un qui soit le véritable interlocuteur de ma mère, ne croisai que le regard baissé de mon père, occupé à souligner certains mots de notre étude. « Ton ex-femme vient de le déposer. – Mia ? » osai-je demander. Mais nous savions tous dans cette pièce de qui il s'agissait, n'ignorions pas qu'elle avait eu un enfant, elle avait écrit, demandé à me le présenter. Je ne l'avais jamais vu. Mes parents lui envoyaient une contribution financière régulière. Mon fils. « Elle doit quitter l'Allemagne pour quelque temps, elle nous laisse l'enfant en attendant. » Je levai les sourcils, « ah oui, elle doit partir ? » Une chaleur mauve monta aux joues de maman, elle attrapa l'enfant par la main, et, essayant de ne pas hausser la voix, me répéta, « oui, elle doit quitter l'Allemagne. Pour le travail sans doute ». Je cherchais un appui, ne désirais que rejoindre le couloir, et, dans un coin, me mettre à quatre pattes pour m'assurer que la terre tournait toujours. « Mais quel travail ? Elle ne travaille plus. » L'enfant se tortillait au bout de la main de maman, il avait deux, trois ans ? Il ne parlait pas, je l'enviais ainsi de ne devoir rien dire, moi qui devais mener cette discussion jusqu'au bout « Et pourquoi sans l'enfant ? » La lèvre inférieure de maman se tordait, j'étais ennuyé de la pousser ainsi à répondre à mes questions, « elle doit partir, tu sais bien, enfin, qu'elle ne peut pas rester ». Mia ne connaissait personne hors du pays. Je ne comprenais pas qu'elle ne parte pas avec son enfant chez ses parents, dans ce village de Hesse où ils tenaient une mercerie, près de la place centrale, aux ruelles médiévales. Ce village où elle m'emmenait au début de notre histoire, me tenant la main sur les pavés, et, me montrant la petite vitrine, chuchotait, « tu vois, un jour après le cinéma, je deviendrai marchande de boutons ». Alors pourquoi n'emmenait-elle pas ce petit qui posait son front sur le pouce osseux de sa grand-mère, dans son village, et sa boutique de boutons ? Je savais, depuis que j'étais revenu ici, qu'il n'était pas de plus sûr abri que le ventre serein du foyer familial. « Et comment va-t-elle partir ? Elle n'a pas d'argent. – Arrête de poser des questions devant le petit. Tu n'es pas content de le voir ? Je ne sais pas, Ferdie, où et comment elle va partir. Sans doute va-t-elle retrouver des amis riches à New York qui vont financer son voyage. » À New York, Mia ? Elle qui n'était jamais allée plus loin que Munich ? Elle qui ne parle pas un mot d'anglais ? Maman quittait déjà la pièce avec l'enfant, le garçon ne réclamait pas encore Mia. Mais le soir même, dans son lit, à côté de celui de maman, je l'entendrais appeler la sienne. Chuinter, comme ces oiselets lâchés en plein vol, qui piaillent à terre des sons vains de reconnaissance.

Non, en relevant la tête du dessin, après que la porte d'entrée s'était refermée, je n'ai pas reconnu la silhouette de Mia dans notre jardin. Je n'ai pas longuement détaillé ses collants de laine qui épaississaient à peine ses mollets, ce manteau de cachemire beige, col relevé, à l'américaine, qui effaçait ses hanches, son chignon mal maîtrisé dont les mèches s'échappaient en flammes autour de sa tête ronde. Tête de pomme, ployée au sol, comme ses épaules, menue figurante dans un film de détectives. Elle avançait, perdue dans ce manteau d'homme, descendait les marches une à une, puis accélérait le long de la nymphe des colonnades, marbre bleui par le froid. Elle ralentissait ensuite, la tête tournée vers la porte d'entrée, comme si elle parvenait à ressaisir l'empreinte laissée dans la brume par leurs deux corps dressés là dix minutes plus tôt, étreindre ces formes évanescentes de la mère et de l'enfant unis, spectres liés l'un à l'autre qui l'accompagneront jusqu'à la dernière lumière de son esprit.

Ses pas laissaient des empreintes dans la fine couche de neige qui fondraient à la nuit tombée, les empreintes d'un pied large et ovale. « Tu vois Ferdie », elle était nue, dans le lit, la première fois, « j'ai les pieds plats », elle avait vingt-trois ans, zozotait, « je ne suis bonne à rien, ni à danser, ni à chanter ». Et les mèches tombèrent, le chignon s'effondra lorsqu'elle rejoignit la rue, un coup de vent, les cheveux dévoilèrent quelques secondes la finesse de cette calotte d'os, de ce cerveau qui adjurait de faire demi-tour, de reprendre l'enfant, de l'arracher à cette maison qui puait le dinosaure crevé. Mais elle enfonça un peu plus la tête dans le col de son manteau, et avança jusqu'au coin de la rue, rejoindre la cohorte de ceux qui n'ont plus d'abri. Pas même une carcasse de dinosaure, bête morte d'ennui, de lâcheté, et de hargne.

Non, je n'ai rien vu, la neige s'est épaissie, le tilleul cachait cette femme prête à disparaître dans la ville.

1954. Le père

Ma mère a toujours refusé de prendre l'ascenseur. La semaine dernière, elle a glissé, dévalé les marches, crié, « foutu immeuble de merde », avant de tomber, en équerre, sur le carrelage du rez-de-chaussée. En cinquante et un ans, je ne l'ai jamais entendue jurer. Or, plusieurs voisins l'attestent, elle a dit, « foutu immeuble de merde », avant que la nuque lâche en un bref craquement. À croire que dans cette ville où personne ne la connaissait, elle a pu enfin libérer sa rage.

J'ai toujours cru que je mourrais, comme Rembrandt suite à Titus, de la mort de ma mère. J'ai appris la nouvelle au téléphone, je finissais de beurrer une brioche du petit déjeuner, je raccrochai, reposai ma brioche, rejoignis la chambre, et attendis, assis, en peignoir, sur le lit de mon appartement de Lausanne. Je guettais le froid, l'arrêt du battement de mon cœur, l'étincelle finale. Le tremblement ultime des doigts. Le tunnel blanc, mon existence qui défilerait, les visages perdus d'amis d'enfance, de ma maîtresse d'école, un rare sourire de mon père. Le retour de Mia. Rien n'a eu lieu. La mort ne tenta même pas de refroidir la pièce, le printemps s'annonçait, le coucou roucoulait. Peu avant l'heure du déjeuner, je me suis relevé, me suis habillé, ai fini ma brioche. Je suis parti animer l'atelier de théâtre de la clinique, comme chaque jeudi. Le lendemain, je n'ai rien dit à Hubert, mon psychanalyste. Cinq jours ont passé. Je me suis décidé à prendre le train pour Fribourg le mardi suivant.

Je me suis arrêté pour respirer les camélias du square public, face à son immeuble. Je suis sûr que ma mère, en dix ans de vie ici, n'a jamais respiré le parfum de ces fleurs. Des camélias offerts à tous, des camélias dont on ignore le nom du jardinier, ni la lignée originelle, l'enfer du camélia de square pour Frau von Hauser touche à sa fin. Elle est morte dans un pays, sur un continent qu'elle méprisait pour ses défaites, dans l'ombre javellisée de cette cage d'escalier – comment peut-on vivre, disait-elle, en habitant avec n'importe qui ? Disparaître en province

– nulle part – dans un immeuble d'après-guerre – un tombeau. Ma mère a trouvé une issue étrange à sa colère. Et une mort, non partageable.

Après 1917, ce fut 1944 qui mit fin aux rêves de toute-puissance de ma mère. Le champignon de la grosse Deutschland venait de s'effondrer sous les bombardements alliés et l'avancée des Russes, lorsque nous comprîmes qu'il fallait quitter Hanovre. Ma mère et moi ficelâmes sur le toit de notre Peugeot les derniers objets de valeur et quittâmes le pays, avant que la frontière rouge ne se dresse. L'enfant, Ernst, était avec nous. Il pleura beaucoup à notre départ. Mon père resta dans la maison pour réunir ses dernières notes, des *Dessins de Rembrandt*. Il s'approchait de la conclusion qu'il poursuivait depuis vingt ans, sentait, cet été-là, qu'il pourrait l'atteindre. Malgré nos supplications, il refusa de partir avec nous, mais il nous confia ce qu'il avait de plus précieux, la *Femme-écrevisse*. Ma mère la tenait contre elle, à l'arrière de la voiture, tout au long de la traversée du pays.

J'ai trouvé la gravure dans le placard de l'arrière-cuisine. Elle avait pris soin de l'emballer, mais la gardait, entre la poubelle et la table à repasser. Elle n'avait d'ailleurs rien suspendu aux murs de son appartement. Cette nudité illustrait cette province qu'elle subissait, en purgatoire d'une existence pleine de promesses historiques et de tableaux qui n'ont rien empêché.

En découvrant la gravure fétiche ainsi rangée parmi seaux et serpillières, je me suis demandé s'il n'y avait pas là un châtiment infligé post-mortem à mon père. Un « meurtre du fantôme » dirait Hubert, mon cher psychanalyste lausannois. Mon père, qu'a-t-il fait d'autre, sinon se cloîtrer dans le placard de notre existence, et de l'histoire ?

Il est d'ailleurs mort dans un placard, celui de sa bibliothèque, dans lequel il se cachait en prévision de l'arrivée des Russes. Lorsque l'intendant du Schloss lui intima à son tour de fuir, après avoir vidé la maison de tout ce qu'elle recelait de précieux, il déclara seulement : ce n'est pas une poignée de Russes qui vont me chasser de chez moi. Mon père prouva une dernière fois son fulgurant instinct : le Schloss fut bombardé par les Britanniques les derniers jours d'août 1944.

Je ne sais s'il eut le temps de percer ce fameux secret qu'il croyait déceler dans cette gravure, puisque les bombardements rasèrent le Schloss, le jardin, le tilleul, les buis, la nymphe, les tables de bridge, d'échecs, de backgammon, les lampes Ming, les abat-jour à pompons, les catalogues, les livres d'enfant, les dessins du maître, et le manuscrit, unique, des *Dessins.* Et je n'assurerais pas que ce jour de septembre 1945, lorsque nous nous retrouvâmes, avec une poignée de von Hauser, dans notre coin réservé du cimetière de Hanovre, que l'intégralité du corps de mon père gisait dans son cercueil. Rien n'exclut qu'un doigt, ou un orteil, de mon père ne soit demeuré dans les décombres, mer de gravats et de poussières au bord du Linden de ce que plus personne dans la ville n'osait appeler le Schloss.

Après la guerre, ma mère n'eut plus le courage de vivre avec moi. Une lourde charge, jugea-t-elle. Elle m'envoya à Lausanne, en clinique. J'y ai noué un accord tenable avec la vie. J'appris à vivre dans cette ville, au gré du ronronnement des tramways, et après une année, je pus m'installer dans un appartement, et travailler à mi-temps à l'atelier théâtre de la clinique. De l'enfant non plus, elle n'avait plus la force de s'occuper. Il fut comme tous les mâles von Hauser envoyé en pension à l'âge de dix ans. Au cours des vacances, ma mère et l'enfant venaient me voir de temps en temps. Mon fils, je n'y prête pas une grande attention. Il m'effraie même depuis qu'il est entré dans l'adolescence. Il ressemble d'année en année un peu plus à ma mère : le visage lourd et rond, la mâchoire qui occupe la moitié du visage, les cheveux lisses à reflets émeraude. Je peine à le regarder en face.

Il me sait malade. Mais ne m'a jamais interrogé. Cette maladie, ses grands-parents l'ont appelée « cancer » tout au long de son enfance. *Krebs*.

En allemand, *Krebs* ne dit pas seulement cancer, mais désigne aussi les petits animaux à pinces qui se nichent dans les rivières de tout le pays, ces écrevisses que l'on mange en Saxe comme en Bavière, en Hesse comme dans le Schleswig-Holstein, grillées au feu de bois, au curcuma ou en soupe au printemps. *Flusskrebs*. La bête à pinces tapie au fond de l'eau. La bête à pinces qui a vu tout ce que cette terre a accueilli comme actes humains. La bête à pinces qui n'oublie rien, puisqu'elle marche à reculons. *L'écrevisse a dévoré une partie de moi-même.*

Ernst m'attendait dans la chambre du fond de l'appartement de ma mère, assis sur le lit qui dut être le sien, lors de ses rares séjours à Fribourg. Une valise était posée devant lui. Ainsi, lourd et immobile, malgré ses dix-sept ans, il semblait un ange de céramique, une de ces statues grossières de beau roi mage dans les églises de village. Ses mains épaisses étaient posées sur ses genoux, les phalanges râpées par je ne sais quels combats d'adolescence. Plus homme que je ne le serais jamais. Il avait été formé parmi ces garçons de grandes familles allemandes, dans une demeure à la campagne, loin des villes, des procès, de l'effondrement. Non pas le Schloss, mais l'exil soigneux d'une éducation en tout point conforme à celle que j'ai connue à son âge : le grec et le latin, les cours d'échecs, les leçons du pasteur, la voile sur le lac, l'odeur du vernis sur le teck, et du Grünekohl, le silence des dimanches, l'invraisemblable idée d'une appartenance, et d'une élection.

Il me salua sans me regarder, je ne cherchai pas à l'embrasser. Je me suis rendu compte que je n'avais pas pensé à l'appeler depuis la mort de sa grand-mère. Il parla haut, les yeux fixes sur le mur de sa chambre : « Elle a déjà été enterrée tu sais. » Je tentai d'expliquer pourquoi je n'avais pas pu me rendre à temps au cimetière de Hanovre, pour l'inhumation. Lausanne, ma vie là-bas, la distance. Je ne sais s'il était ému, ou simplement étonné. Il haussa les épaules.

Nous savions qu'il retournerait en pension le lundi suivant. Je lui proposai de déjeuner en face de la gare. Fribourg adoptait ce contre-rythme villageois qui ralentissait chaque geste, chaque expression des quelques personnes que nous rencontrâmes : le couple de voisins âgés, les enfants de la cour, la serveuse, et sa fatigue viscérale. À la fin du repas, alors que nous buvions nos cafés clairs, je lui ai annoncé que nous passerions le week-end à Londres. Pour la première fois, il sembla sur le point de réagir, de m'interroger, d'entrer en dialogue avec moi. Mais il se refréna, haussa les épaules une nouvelle fois.

Que dire maintenant de ce voyage terminé, alors qu'Ernst est retourné à sa pension, et moi à mon appartement lausannois ?

Que dire de ce qui est arrivé à Londres, si ce n'est que mon fils et moi ne pourrons jamais en reparler ? Je ne regrette rien de ce qui a eu lieu. Je ne regrette même pas de n'avoir pu faire mieux. Pour un instant, le temps de ma brioche et de son émiettement sur ce cahier, je suspends mon jugement, et me protège de ma faute. Une seule question : s'il est acquis qu'une vérité longtemps tenue secrète s'étrécit et s'aiguise comme une aiguille, la fameuse aiguille à coudre du petit tailleur, si agile à saisir les ombres volantes : comment fait-on entrer le chameau dans l'aiguille ? Peut-on tordre sa nuque, lui taper sur la tête, ficeler ses pattes ? Le plier en quatre, et supporter ses cris ? Ernst fut un chameau au 224, Portobello Road. Une bête obtuse. Il n'a rien voulu entendre.

The Schechter Bookshop. Je l'ai nommé pour la première fois dans le train, nous traversions la Belgique. Je voulus attendre le dernier instant, peut-être le bateau, et le vent d'ouest qui m'eût porté en *Luftmensch*, mais je craignis l'écoute, la curiosité des passagers britanniques, leurs fouines, et j'ai préféré l'horizon blanc de ce ciel enraciné dans la terre. « Nous allons à Londres, visiter The Schechter Bookshop. Cette librairie est tenue par Joaquim Schechter. Le cousin de ta mère. Le dernier membre vivant de la famille Schechter. »

Le blanc lunaire de la Belgique n'y fut pour rien ; sa face de garçon, brune et viandeuse, mate et brillante sur les narines, sa peau creusée d'adolescent insomniaque et méprisant, sa tête qui ressemblait à tant d'autres, de garçon séduisant et batailleur, devint une feuille de papier percée de deux trous ; deux yeux effarés, deux yeux tétanisés, deux miroirs glacés de terreur. Il savait que sa mère était morte. J'ai pris conscience dans ce train, alors que nous étions l'un face à l'autre, sans un regard pour les dunes qui gambadaient par la fenêtre, que je ne le lui avais jamais annoncé. Je n'ai jamais pris le temps de faire face au garçon de sept, neuf, douze ans, et de lui dire qu'il ne reverrait jamais sa mère. Il savait pourtant, je l'ai compris à cette violence que révélait son visage. Était-ce ma mère qui le lui avait dit ? Ce ne pouvait être personne d'autre. Avait-elle emprunté ce ton pressé, agacé qu'elle ne réservait qu'à la vérité ? Mais les yeux de mon fils, ce bleu obscène, avouaient qu'il ignorait comment elle était morte. Comment Mia Schechter, et ses deux parents, Elisabeth et Walter Schechter, les marchands de boutons du village de Hesse, ont été arrêtés en pleine journée, attachés au plancher d'une camionnette aux fenêtres couvertes de papier opaque, puis embarqués dans un des convois apprêtés pour des milliers d'enfants, d'hommes et de femmes, à la gare de Francfort, à l'automne 1942. J'avais consacré une partie de ma vie lausannoise retracer leur itinéraire : me soigner et savoir, savoir et me soigner, ma vie d'après-guerre fut aussi simple qu'une plaie qu'on cautérise, puis qu'on avive. Dans ce train, face au regard de mon fils, il n'était pas question d'évoquer une douleur qui serait mienne lors de ses découvertes. Je lui ai dit ce que je pouvais dire sur le ton le plus sobre et détaché possible : la mort de ses grands-parents, à l'arrivée au camp, les trois semaines que Mia passa dans le camp, le typhus et la suite.

Le rayon diamantin de ses yeux incendiait mes paroles, il ne tremblait pas, il n'interrogeait pas, mais il entendait, tous les trois morts en trois semaines, les parents dès leur arrivée, ta mère, trois semaines, elle a tenu trois semaines, et là j'aurais voulu ajouter autre chose, lui parler de la voix de sa mère à chaque aube, de chaque nuit, je l'entends, désormais, m'appeler dans l'escalier, « Ferdie, descends Ferdie », sa nature tempétueuse, « Ferdie, tu dois descendre, Ferdie », cette indignation qui surgissait en elle par instants et que j'aimais parce qu'elle me jurait ainsi qu'elle était plus vivante que moi, « Ferdie, je veux te voir Ferdie », je le perçois comme si elle était penchée au bord de mon lit lausannois, son visage de jeune fauve, son souffle sur mes lèvres, « Ferdie, descends Ferdie ». Mais je ne dis rien à mon fils. Je sais que la lame bleue de son œil est destinée à me trancher la gorge. Et, tôt ou tard, elle y parviendra. Elle est morte, l'irradiante Mia, et je suis vivant, l'impotent Ferdinand. Quel est le plus scandaleux à ses yeux ?

Arrivés à Londres, nous n'échangions plus un mot.

Joaquim Schechter avait réussi, grâce à des amis de ses parents, à émigrer à Londres au début de la guerre, à douze ans. Il venait d'épouser, je l'avais appris au cours de mes recherches, une Chinoise, émigrée comme lui. Et ensemble, ils avaient ouvert cette librairie consacrée aux livres d'art, semblable à celle dans laquelle Joaquim avait grandi à Francfort. Mia ne m'avait jamais parlé de cette partie de sa famille, sans doute ne les connaissait-elle pas.

Je suis resté un long moment dans l'unique pièce oblongue de The Schechter Bookshop, à feindre de passer d'un livre à l'autre. Je demandai même à Zhou-Lai, joviale jeune femme ronde, un certain nombre de catalogues sur les dessins et gravures du Siècle d'or. On ne se refait pas. Elle appela Joaquim qui surgit d'un escalier en sous-sol et se présenta devant moi, une dizaine de catalogues dans les bras, de Dürer à Van Dyck. Il était aussi blond que Mia était brune, pâle qu'elle était olivâtre. Il semblait si jeune, maladroit, timide. Mais il y avait peut-être, dans la noisette dorée de l'œil, un manque d'assurance, un je-ne-sais-quoi de jeune fille, que le cousin empruntait à la cousine disparue.

Pendant près d'une heure, je consultai les catalogues de gravures qu'il me tendait. Ernst demeura à la porte de la librairie. Il refusa d'entrer. Peut-être y retournera-t-il un jour, au 224, Portobello Road. Peut-être ne voulait-il simplement pas apparaître, chez Schechter Bookshop, à mes côtés.

Je sus, à l'instant où je pénétrais dans l'ombre des livres, que je ne pourrais y prononcer mon nom. Qu'il y aurait eu scandale à convoquer ici la lignée von Hauser. Je ne sais pas si Joaquim connaissait le sort de Mia et de ses parents, je ne le pense pas, mais sans doute eus-je aussi peur de lui. J'arrondis le dos, plaquai un sourire avenant sur mon visage, clignai peu les cils, et lorsque Joaquim s'approcha de moi pour me demander si j'avais besoin d'aide, je lui tendis la main : « Oui, absolument. Je viens de Paris, je suis conservateur, et je voudrais voir un certain nombre de catalogues de gravures. Mon intérêt me porte sur la production flamande et néerlandaise du Siècle d'or. Mais seulement les gravures, les eaux-fortes. – Très bien, je vous propose dans ce cas-là de me suivre dans l'arrière-boutique », répondit-il de cette voix essoufflée, qui me deviendrait familière. Je savais que je reviendrais souvent dans cette librairie. « Quel est votre nom ? » osa-t-il, en me cédant le passage vers le fond de la librairie. « Mark Smeaton », répondis-je. Peut-être releva-t-il l'étrangeté d'un patronyme élisabéthain mais il n'en laissa rien paraître. Joaquim ne remit pas un instant en question mon nom, ou ma fonction. Il n'était pas homme à interroger.

Lorsque nous remontâmes Portobello et aperçûmes un taxi, j'attrapai Ernst par le bras et lui annonçai que nous rentrions à Victoria Station. Il retira son poignet d'un geste efficace, m'indiqua qu'il ne partirait pas avec moi : il rejoindrait seul la gare le lendemain. Il connaissait à Londres des amis qui l'hébergeraient et l'emmèneraient au train. Avait-il entendu mon petit jeu de rôle à la librairie ? Devais-je lui raconter comme je méprise mon nom depuis la fin de la guerre ? Ou nourrissait-il simplement la honte de son père depuis toujours ? J'avais su par ma mère qu'il m'avait fait passer pour plus malade que je n'étais auprès de la pension. Ils me croyaient impotent. Je lui souhaitai bon voyage, il haussa les épaules, et attendit que je monte dans le taxi noir, pour s'éloigner. Je n'avais plus croisé ses yeux depuis notre arrivée à Londres.

1999. Le grand-père

J'avais soixante-dix-neuf ans lorsque je fis ma première attaque à Lausanne. Elle me cloua dans un fauteuil roulant. La semaine suivante, Beatrice, ma compagne, mourait. Elle ne m'avait jamais quitté ces vingt dernières années, c'était idiot de lâcher ainsi au cours d'une opération bénigne à l'hôpital de Morges. Peut-être fut-ce là le meilleur moyen pour elle de se soustraire à un nouveau rôle d'infirmière, dont elle se sentait lasse, après une jeunesse consacrée à me sauver de moi-même. Nous ne parlions plus beaucoup, je vivais en la sentant auprès de moi. Elle, la plus jeune, partit sans prévenir. Les semaines qui ont suivi l'enterrement, je crus que je ne m'en remettrais pas. Je repris des forces, il est dit que je ne suis pas un client aimable pour la mort. Ernst dut m'accueillir. Il n'avait pas le choix, je ne pouvais pas vivre seul. Ce fut un sacrifice, sans doute l'unique qu'il accomplit dans son existence, de m'héberger auprès de sa famille, dans ce Paris qu'il avait choisi pour s'éloigner de moi. Il détestait ce que j'étais : ma vieillesse, mon snobisme, mon arrogance, disait-il. Il avait même changé de nom, Yves Crebsin. Naïveté de sa génération : l'auto-engendrement, le rêve de Frankenstein.

En arrivant ici, il fut acquis que je ne vivrais pas avec eux. Sa femme, Charlotte, me méprisa d'emblée avec la même constance que mon fils. Ils s'accordaient au moins là-dessus. Elle était enceinte de Lucie. Ils prirent l'habitude de me confier Grégoire. Il n'avait pas cinq ans. Ils organisaient beaucoup de fêtes, embauchaient une nounou pour le bébé, et envoyaient l'aîné chez moi. L'enfant les mettait mal à l'aise ces lendemains de soirée, de son air constamment sérieux. Et sans doute, me confier l'enfant, était-ce un moyen pour Ernst de ne pas me rendre visite, il m'envoyait son fils, marchandait ainsi son absence. Ce fut le marché chanceux de mon existence. Je ne savais pas à quel point j'allais aimer cet enfant. Ni à quel point il allait avoir besoin de moi. Il ressemblait tant à Mia.

La première fois, Grégoire entra dans mon appartement comme chez lui, attrapa ma main, me demanda qui j'étais, d'où je venais. J'étirai mes lèvres, commençai à lui jouer la comédie, n'ai plus cessé.

Je passais mes samedis et mercredis à m'occuper de lui, et le reste du temps parmi mes vidéos, mes biographies de cinéma et mes affiches de film. Je consacrais aussi de longues matinées à traîner au lit, la fenêtre ouverte sur la Seine, et le soleil de printemps. Je retrouvais ma chambre de Pétersbourg ouverte sur le fleuve, béance frémissante qui happe le regard.

Le 20 décembre de l'année 1998, nous approchions de la plus longue nuit de l'année. Grégoire fêtait ses vingt ans. Il m'avait demandé de passer la soirée chez moi. Je crus qu'il y tenait par pitié pour moi. Depuis ma seconde attaque, je peinais à parler. Lorsque je cherchais une phrase, ou un mot, les syllabes, les sons demeuraient suspendus dans mon esprit, mouchoirs nets sur un fil secoué par le vent. Les médecins m'annoncèrent que ma maladie, une dernière fois, réinventait sa démence. Le silence est une démence acceptable. Plus difficile pour les autres que pour soi. Ce soir de ses vingt ans, je lui avais acheté des cailles farcies, son plat préféré, et une tarte aux noix. Je n'osais lui demander pourquoi il était là, dans mon salon, le soir de son anniversaire, une coupe de champagne à la main, la télécommande dans l'autre. Seul avec un vieux qui ne parlait presque plus. Lucie était partie skier avec des amis. Les filles et les copains désertaient sa vie, un à un, comme les hirondelles quittent une branche fragile. Le téléphone ne sonnait plus rue de la

Manutention. Il devait s'en éloigner pour ne pas le jeter contre le mur. Ses copains ne voulaient plus le ramener chez lui ivre mort, subir ses insultes, ses histoires sans fin. Grégoire était désespéré. Il attendait je ne sais quelle intervention miraculeuse dans mon salon. Je lui laissai le choix du film.

Il avait choisi Alfred Hitchcock. Il disait que c'était mon plus beau rôle.

Dès la première image de *Champagne*, la soirée saisie dans le reflet du glaçon, un carré froid où s'agitent lointainement les êtres, Grégoire dériva. Il acquit la certitude que le film s'adressait, en un langage secret, à lui, garçon de la fin du XXe siècle. Mais je n'ai rien compris, j'avais vu tant de fois le film, je parvenais à demeurer insensible à chacune de mes apparitions, mes répliques, ma tête d'aigle prétentieux. Tout cela appartenait à un autre, un Ferdinand von Hauser de 1928, qui ne savait encore rien de lui-même. J'aurais dû observer Grégoire. J'eusse reconnu les halètements muets de son visage, les clignements de ses paupières, les sursauts de ses sourcils. Hamlet tournant sur les remparts d'Elseneur : le temps est sorti de ses gonds. Mais ce n'est pas le temps qui se dérègle, c'est Hamlet lui-même qui sort de ses gonds, chute hors du temps. Ce soir du 20 décembre 1998, Grégoire sortait de ses gonds. Et comme Hamlet, il crut au contraire qu'il percevait mieux que personne le secret du monde.

Le film s'était achevé. Je l'embrassais, m'apprêtais à éteindre, mais il avait murmuré, la tête baissée, sans doute pour me cacher les tics qui le parcouraient : je reste un peu ici avant de rentrer, ça ne te dérange pas, Ferdinand ? Il devait s'être disputé avec son père, me suis-je dit, depuis ses seize ans, ces disputes ne cessaient plus. Ernst surjouait une figure paternelle à laquelle j'ai toujours été étranger, moi l'absent, le fuyard. Mon fils me hait de ne pas avoir pu être cette autorité impérative et soucieuse. Jusqu'où poussera-t-il sa colère, comme le bousier, sa monumentale crotte ? Je m'éclipsai, en bon second rôle, et rejoignis mon lit.

J'ai perçu du bruit dans le salon vers deux heures du matin. Je me suis levé, sans allumer. Grégoire était debout, penché à la fenêtre ouverte. Il portait mon smoking. Enfin celui de *Champagne*, que je gardais ici, avec les autres costumes. Il lui allait sur mesure. Sur la table basse, devant la télévision, une bouteille vide de vin blanc. Il recula, se dressa dans le salon obscur, sans me voir et, penchant sa tête vers la gauche, s'adressa à une forme impalpable dessinée dans l'obscurité, « Betty, très chère, vous ne pouvez pas organiser ce mariage sans l'aval de votre père, Betty, votre avenir ne vous appartient pas, Betty, je vous trouve ravissante dans cette robe de diamants, mais Betty, arrêtez cette fête, le champagne vous épuise, Betty… » Betty Balfour. L'insupportable, brillante, et épuisante Betty Balfour.

Je l'appelai par son nom, il ne répondit pas, il continua à parler dans le noir, « vous êtes insatiable, Betty », je me plaçai derrière lui, l'appelai encore, il ne réagissait pas, poursuivait sa conversation avec le fantôme de Betty, je l'attrapai doucement par le bras, il se laissa faire, ses escarpins vernis, les gris de *L'Enchanteur du soir*, glissaient sur le tapis. Il ne cessait de parler, de prendre à parti les gens du cabaret, les spectres se démultipliaient autour de nous, « prenez soin de cette jeune femme, elle n'est pas une marchande de fleurs comme les autres, elle est sous ma responsabilité, je suis son ami, comprenez-vous ? Maître d'hôtel, avez-vous du papier ? Je dois donner mon numéro à cette jeune femme... ». Dans la chambre, j'ai téléphoné aux urgences psychiatriques de la Salpêtrière. Le numéro était inscrit sur un calepin, à portée de main. Dans le salon, il poursuivait, « Betty, avez-vous pensé à votre père ? » J'étais à peu près calme au téléphone, ils me promirent d'arriver dans l'heure. Un infirmier se présenta à la porte. Je ne le connaissais pas, un nouveau. Sa veste verte lui faisait un teint de fenouil. « Il ne faut pas le brusquer, il est en pleine crise de psychose, il ne se souvient qu'à moitié de qui il est », eus-je besoin de préciser. Comme s'il ne savait pas, cet infirmier, que le délire agissait par vagues, noyant le cerveau, puis se retirant, marée lente et salutaire, dévoilant une plage neuve, brillante sous le soleil de l'esprit rétabli, parsemée de débris de vérités, qui luisent en diamants au petit matin. Avant de partir, Grégoire me fixa de ses pupilles cendreuses, sans me reconnaître. Je retins une dernière fois l'infirmier : « Soyez délicat avec lui, c'est son anniversaire aujourd'hui. Il a vingt ans. »

Il ne m'écouta pas, attrapa Grégoire par le bras, comme s'il n'était qu'une cruche à anses que l'on se passe de main en main ; « on va se reposer, Grégoire, tu vas dormir un peu ». Je ne sais pas pourquoi cet infirmier fenouil l'a tutoyé. On ne m'a jamais tutoyé lorsque je me suis présenté à l'internement à la Salpêtrière. Il ne faisait pas encore jour rue de la Manutention lorsqu'ils montèrent à l'arrière du véhicule médicalisé.

Les infirmiers me racontèrent, le lendemain, l'arrivée à l'hôpital. Grégoire refusa d'enlever son smoking. Il regardait avec effroi ceux qui tentaient de le déshabiller. Il leur a fallu lui passer, sous la contrainte, le pyjama vert sans boutons ni élastiques. Les infirmiers le plaquaient au lit, tenaient ses mains de chaque côté du matelas, l'exhortaient à se calmer. Il répétait, « je suis l'homme dans le glaçon, l'homme du glaçon a besoin de son smoking, vous ne devez pas tuer l'homme dans le glaçon, personne ne peut tuer l'homme dans le glaçon ».

J'allai le chercher le lendemain. Je signai une dérogation, refusai l'internement. Il ne m'a pas jeté un regard dans le taxi médicalisé qui nous ramenait rue de la Manutention. Il m'a simplement demandé de ne rien en dire à ses parents. Il était encore temps de lui expliquer de quoi il était atteint. Mais je n'ai pas pu, je cachais ce que j'étais depuis plus d'un demi-siècle, je ne pensais qu'au chauffeur de taxi, qui, s'il m'entendait, découvrirait le genre de monstres qu'il véhiculait et, peut-être, nous ramènerait tous deux à l'hôpital pour y être enfermés. J'ai été un lâche toute ma vie.

J'ai cessé de parler. La voix a lâché, comme les freins dans une pente. Les mots que je n'ai pas prononcés, le récit que je ne suis pas parvenu à transmettre m'obstruent la gorge, en glaires qui m'étouffent.

Lucie m'a appris que Grégoire était parti à Londres sans la prévenir. Je doute un peu plus chaque jour qu'il revienne. Lucie a dix-sept ans, n'a pas encore compris qu'il la protège par sa fuite.

J'occupe mes journées en faisant le tri de mes affaires, puisque Grégoire ne reviendra sans doute pas recevoir l'héritage que je lui destinais. À lui qui aimait tant mes films, j'espérais confier les reliques de ma brève carrière à Babelsberg.

Je garde mes costumes dans le salon, ils sont trop nombreux pour occuper ma chambre. Ils s'alignent dans une haute armoire rouge, à marguerites sur les battants, dernière trace de mon enfance. Face à son miroir intérieur, j'ai essayé mes premiers rôles, Horatio, mon cher Horatio, le seul véritable héros, l'homme de raison. Les héros sont les survivants, pas ceux qui dialoguent avec des fantômes. Horatio doit échapper aux spectres harcelants sur les remparts de Hanovre. Horatio doit oublier ce qui a eu lieu avant aujourd'hui. Le château bombardé. Le royaume écrasé. La jeune femme décoiffée par le vent, un enfant à la main.

Je n'entends pas la sonnerie. Je suis à l'étage. Dans la bibliothèque avec mon père. Je n'entends pas les voix de l'entrée. Rien n'a eu lieu. Coupez, s'il vous plaît coupez, mais la pellicule tourne et imprime, les images se succèdent, s'agencent, se meuvent sur l'écran, dans l'obscurité, seuls les corps à l'écran survivent. Elle traverse le jardin, les collants de laine gris longent la boule de buis taillée la veille, et marquent une pause, à côté du tilleul, la main passe sur l'énorme tronc, comme pour s'assurer de la présence de cet arbre, la permanence de ce vivant viscéral et mâle, ce bois enraciné à qui elle vient de confier son unique enfant. Le seul qu'elle n'aura jamais. Les images se succèdent, s'auto-engendrent, la mémoire est un cinéma dont on ne peut sortir. Non, de la fenêtre de la bibliothèque, parmi les verts et roses des chasseurs de faons et de nymphes, je n'ai rien vu de Mia abandonnée par tous. Les images tournent et rongent mon cerveau, la main sur le tronc, les pas sur les marches, les collants gris, et le tilleul, l'ombre du tilleul qui ne recouvre rien. La mémoire n'a plus de pudeur, elle découpe de ses pinces le peu de lumière qui demeurait dans mon crâne.

Peut-être devrait-on m'enterrer dans l'armoire de Saint-Pétersbourg, dans la naphtaline d'une élite prussienne qui vivait parmi des meubles de poupées et soutenait le règne des tsars, des tyrans et des brutes.

Mes costumes sont soigneusement suspendus. Tuniques de velours de soie, culotte de laine, gilet, chemises à cols cartonnés ou brodés, manteaux en zibeline, napoléoniens ou élisabéthains, cape tsariste, fendue à l'arrière, costumes deux à trois pièces, pantalons de satin, culottes en popeline, hauts-de-chausses, costume de lin croisé…

Foule de personnages dans ces manches et jambes froissées par l'air, gonflées par le carbone. Foule de figures silencieuses qui se côtoient sans se faire face, incapables de se comprendre, arrachées à l'étroit et rose couloir de l'imaginaire collectif, foule docile et muette de corps sans têtes qui guette un geste, une main, une peau pour reprendre vie. Que murmure cette tunique à boutons d'ivoire et spirales à dentelles ? Son désir de retrouver la fête vénitienne, la chasse des femmes sur les ponts obscurs de la ville. Le veston à manches ajourées donnerait deux siècles de vie pour sentir une dernière fois la poitrine qui frottait contre elle, le bruissement des corps qui se frôlent. Ces costumes aux coutures lâches, aux dentelles vite piquées à la machine, ou aux hauts-de-chausses troués, costumes que l'on réserve aux seconds, troisièmes, quatrièmes rôles, révèlent le peuple auquel j'ai choisi d'appartenir : ces acteurs à peine accrochés par la caméra, et déjà délaissés par le plan-séquence. Éternels perdants, en amour comme au combat. Princes refusés.

Il y a des années, un soir glacial et tendre, au bord d'une nuit d'équinoxe, je me suis rendu au musée Galliera, à quelques centaines de mètres d'ici, avenue d'Iéna. J'y trouvai, dans la seconde salle, un habit d'enfant. Le costume appartenait disait-on au prince Louis XVII, après son arrestation à Varennes. Je crus d'abord à une blague morbide ; un habit royal, frac, gilet, mais taillé dans un coton marron, couleur brute des sacs de jute qui traînent aux halles, et rayé en uniforme carcéral. L'effroi naissait moins du tissu que de la taille du costume : la poitrine de l'enfant dépassait à peine la largeur d'une paume. Quel garçon de huit, neuf ou dix ans pouvait être si mince ? Louis XVII, peut-être mort de faim, enfant oublié dans sa cellule. L'aspirant au trône transformé en petit bonhomme de carton. Le jeune roi que l'on n'osa pas contraindre à l'uniforme carcéral, l'enfant à qui l'on fit croire, en le revêtant d'un frac, que son monde ne s'était pas effondré. Mais peut-être, et j'ai aujourd'hui envie de le croire, ce costume fut-il aussi l'expression de la tendresse de la couturière de la prison ; afin de ne pas terroriser l'orphelin, elle l'habilla en roi, geste maternel de la révolutionnaire qui piétinait l'histoire pour offrir la douceur de la fiction à un enfant, né au mauvais moment, au mauvais endroit. Sur les cols jaunis de mes costumes et leurs manches raidies par l'antimite, je reconnais les traces du mal-né qui livre sa vie au ridicule de vouloir exister.

« Ferdinand, tu avais le droit d'emporter ces costumes ? », m'avait demandé un jour Grégoire, alors que nous les passions en revue. Pour la première fois, je fus honnête avec lui ; non, j'aurais dû les laisser dans les loges de Babelsberg tel que le voulait le règlement pour les seconds, troisièmes, quatrièmes rôles. Mais j'en ai décidé autrement, je ne pouvais laisser mes personnages derrière moi, asphyxiés dans les oubliettes des studios.

Cette nuit d'anniversaire et de crise, j'aime à imaginer Grégoire, avant d'enfiler le costume de *Champagne*, essayant le manteau élisabéthain du *Marchand de Venise*.

La fausse fourrure à fleurs de lys noires glisserait sur ses épaules, en chiens endormis. Et le chapeau à plume de paon d'*Othello* s'ajusterait parfaitement à son crâne. Il passerait les hauts-de-chausses, le chapeau, la tunique de velours de Smeaton. S'enroulerait dans la robe de chambre de *Madame Récamier.* Le peignoir de l'empereur. Plus rêche qu'on le suppose à l'écran, plus fin aussi, une pelure aux reflets de soie. Et le haut-de-forme du *Montreur d'ombres* ? Non, pas le haut-de-forme, il ne trouverait en lui aucune possibilité de haut-de-forme. Il revêtirait alors l'uniforme de *1914,* pour atteindre la solennité ou la gloire du soldat des tranchées. Il prendrait un temps fou à en boutonner la veste, jusqu'au menton. Puis, apercevant le smoking de *Champagne*, il se déciderait enfin à devenir ce personnage hitchcockien, créature qui nous est aussi familière que redoutée, *the Man*. L'autre nom de personne.

12 avril 2000. Le dernier rôle

Elle s'est présentée juste avant l'heure du déjeuner, je n'ai pas été surpris, l'ai immédiatement reconnue, comme elle aurait toujours été là, dans le salon-cuisine, plus intime que la bouilloire ou les roucoulements des mouettes. Avait-elle les traits de Mia ? Je crois que oui.

Il était temps que la mort vienne. Après quatre-vingt-seize ans d'existence, la carapace repoussait sous la peau respirante. Nécrose, murmurait Grégoire en sortant de l'hôpital, il y a une nécrose en moi. En nous. Je lui laisse ce carnet de rôles, livre d'une vie. J'ai prévenu mon aide, Samuel. Il le lui donnera après l'enterrement. Il en fera ce qu'il veut. Ce qu'il peut.

Je serai le premier mort de Grégoire. Vingt ans, un âge raisonnable pour affronter un cadavre. J'ai été son premier mythe, je peux être sa première disparition. Je me demande ce qu'il pensera de mon visage sans vie. À six ans, il m'avait lancé, tu es beau comme un crocodile Ferdinand, au nom de ces doux caïmans que nous allions surprendre, dans le somnambulisme du vivarium du Jardin des Plantes. Je l'emmenais chaque samedi parmi ces bassins et aquariums, lui promettais la présence de dragons de Komodo qui, je le savais, n'arriverait jamais. Je lui apprenais là à désirer, et broder les formes de son imaginaire sur l'insignifiante réalité. Ces samedis, en rentrant dans cet appartement de la rue de la Manutention, il me demandait toujours, « raconte-moi, Ferdinand, ton arrivée à Berlin ». Un code entre nous, les trois coups du spectacle. Je lui racontais l'histoire, la première histoire qui enclencha toutes les autres : lorsque je quittai Hanovre à vingt ans, pour arriver à Berlin. « Mais pourquoi tu voulais partir de chez toi ? » Je voulais être acteur pour le cinéma et ce n'était pas possible en 1923, ailleurs qu'à Berlin. « Mais comment savais-tu que tu allais y arriver ? – J'aimais trop le cinéma, pour qu'il ne me le rende pas. Et j'avais une gueule, comme on dit aujourd'hui. » Grégoire acceptait de discerner dans ma vieille pomme les traces de ce visage typique des von Hauser de Saint-Pétersbourg, cette symétrie discrète qui s'est dessinée de siècle en siècle, pour s'animer en mécanique divertissante dans les films de Babelsberg. Une tête burinée, à la peau épaisse et aux yeux larges. Une tête d'écrevisse. Une tête qu'il a conjurée, de sa douceur ovale, ses pommettes hautes, son nez fin, son allure d'escrimeur. Ces samedis, je lui décrivais la lumière des plateaux qui coulait entre mes traits, les creusant à peine, comme une cascade dans une montagne dont on ne sait si l'eau sculpte la pierre, ou si la pierre oriente l'eau. Et puis je lui montrais les films, *L'Enchanteur du soir*, *Champagne*, *Othello*... Il apprenait que les reliefs des visages étaient les premières lignes à déchiffrer pour connaître les hommes. Les années suivantes, je me suis laissé porter par ce que je lui racontais, et par ce que je lui taisais. Je l'emmenais voir la *Femme-écrevisse* au Louvre, sans lui avouer qu'elle nous avait un jour appartenu, et que si elle était suspendue dans cette aile Richelieu, c'était parce que, il y a quarante ans, je l'avais donnée aux conservateurs. Je n'ai rien dit de la persistance de cette créature gravée en moi, en nous. Sa présence, que j'ai décelée en lui dès son entrée à l'âge adulte. La maladie suinte des mots retenus, et des vérités bafouées. Une hérédité spectrale sur son visage de jeune fille trahie. Une hérédité de nécrose.

Grégoire a été une chance de sauver ce que j'avais été. Ce que je n'ai jamais cessé d'être. Un pauvre fou. J'ai été interné après la guerre tous les deux mois, mais j'ai réussi à le cacher à tout le monde. Ernst n'a jamais su que je me rendais à l'hôpital pour me faire soigner la tête. Mais là où je m'apprête à passer, je suppose que je n'échapperai à personne, et surtout pas aux miens.

Avant de vous quitter, de suivre la visiteuse en manteau d'homme qui m'annonce le départ, j'aimerais vous interpeller, vous, vivants qui bénéficiez encore de la liberté de vos choix et de vos actes, vous qui êtes encore capables de formuler mots et phrases, vous parler de ces autres sur qui nous ne nous attardons pas, ceux qui n'ont jamais été internés, ceux qui n'ont jamais été considérés comme fous, ceux qui sont respectés, avant, pendant et après les guerres. Ceux qui se croient à l'abri de la *Femme-écrevisse*, ceux qui l'ignorent, qui lui jettent un regard dégoûté puis lui tournent le dos. Ceux qui prospèrent toujours, à l'entrée de ce nouveau siècle. J'aimerais savoir

Qui parmi vous ira demander des comptes aux von Hauser ?

Car ils sont encore bien vivants les cousins, oncles, tantes de Grégoire, et prêts à reprendre du service dès qu'on leur fera signe. L'argent du nazisme les tient à flot, comme ils ont tenu à flot le nazisme à l'époque. Où sont-ils depuis la fin de la guerre ? Cinquante ans à ne plus se retrouver dans le château de Hanovre, à vivre dans des villes où ils n'avaient pas d'histoire, des villes médiocres face à des visages médiocres, feindre d'épouser les éoliennes, la social-démocratie, le multiculturalisme, feindre de croire à l'Union européenne et à la repentance nationale, cinquante ans à tout encaisser, l'homosexualité et l'avortement, les Noirs et les juifs au pouvoir, et l'accueil délirant de l'islam en terre chrétienne, ils jouèrent le jeu, assouplirent leurs rituels, aimèrent le cinéma américain, et formèrent leurs enfants dans des lycées privés mais mixtes, cinquante ans à caresser des chevalières dans les banlieues parisiennes, californiennes, londoniennes, belges, monégasques, cinquante ans à lancer leurs corps souples, mats et sombres dans des aventures financières, infailliblement vaines à côté des mille ans de chevalerie des von Hauser. Cinquante ans à cesser de penser à la politique, pour n'idolâtrer que l'argent. Mais le désir d'histoire ressurgit doucement au début de ce millénaire, comme un murmure dans le clan von Hauser. Un promoteur von Hauser, que pèse-t-il face à son ancêtre chevalier sous Charles Quint ? Ils savent bien, les von Hauser, que l'histoire est un fleuve qu'ils descendent sur une barque d'ivoire, secoués, mais jamais renversés, une barque d'ivoire qui ne se brise à aucun récif, mille ans de von hauserie vous cuirassent et vous immortalisent, alors cinquante ans à se planquer dans les démocraties républicaines, qu'est-ce que c'est ? Il sera bientôt temps, ils le pressentent en cette année 2000, comme une première soirée fraîche d'août annonce l'automne, il sera bientôt l'heure de revenir. L'Europe, la démocratie, la tolérance, la paix, une affaire de mode, ils le savent bien les von Hauser, qui boivent l'histoire comme le sang du Christ. Le Reich a duré douze ans, la démocratie républicaine cinq fois plus, mais toute chose a une fin.

Qui ira demander des comptes aux von Hauser ?

Ils sont parfois pourchassés, ces von Hauser, par une ou deux motos de paparazzis : l'une d'entre eux est top-modèle, sort avec la fille d'une star de rock, elles vivent toutes deux à New York, mode de vie glamour et trash. Elle a quitté un acteur de Hollywood pour cette fille de rocker. Sait-elle, la si belle enfant, que son grand-père posait devant des fosses pleines de cadavres de juifs ukrainiens ? Bien sûr, qui peut encore l'ignorer ? Hé quoi, personne n'est coupable, l'histoire est un voile invisible qui ne ternit pas son beau visage, à peine lui confère-t-elle une sournoiserie prussienne adorable et sensuelle, l'argent, seul, circule de cette époque-là, à New York, Londres, Monaco, protégé des impôts et de la justice.

Qui ira demander des comptes aux von Hauser ?

Aucun procès n'a été lancé contre eux après la guerre, personne n'est allé fouiller dans les archives de leurs familles pour compter les millions qui ont permis, de Hanovre ou de Dresde, aux trains de circuler, aux enfants, femmes et hommes d'être gazés, au front de l'Est d'être réapprovisionné en balles pour tuer les familles ukrainiennes, hongroises, polonaises, creusez un trou et mettez-vous devant, dos à nous, un par un nous vous tuerons, Heinrich von Hauser, caporal décoré par le gouvernement, y veille, le meurtre de masse a un coût, des financiers, des investisseurs, des capitaux qui circulent, personne n'est allé demander d'où vient l'argent à ceux qui sont devenus aujourd'hui promoteurs, mannequins, banquiers, ou gestionnaires de fonds, à Genève ou Monaco, à ceux qui financent des projets français, et dînent chez des Parisiens, de Bruxelles ou Monaco, ceux avec qui l'on trinque à la liberté. Oui la liberté de posséder et de jouir. Et pour celle-ci, il n'est pas question de verser un euro aux États démocratiques et républicains. Et personne ne se demande

Qui ira demander des comptes aux von Hauser ?

À la chute du Mur, en 1989, la première urgence des États démocratiques fut de rendre biens et propriétés aux von Hauser spoliés par les communistes, justice capitaliste impérative. Et ceux-là mêmes qui vivent à Monaco, à Andorre, à Ibiza, Bruxelles ou Londres, enfants et petits-enfants d'antisémites et racistes « naturels », riches de l'argent « naturellement » investi dans le nazisme, et « naturellement » recueilli du nazisme, puis « naturellement » retrouvé à la chute du Mur, ne versent pas un sou à ces États démocratiques qui leur ont permis de retrouver cette fortune. À quoi bon payer des impôts pour ces bons à rien de démocrates, ces bons à rien qui ne pensent qu'à laisser entrer sur notre territoire des millions de Noirs et Arabes, alors franchement, ces États mous et leurs frontières molles d'Union européenne molle, ils n'auront pas un euro, de toute façon, les euros sont passés dans nos appartements : vingt-deux millions d'euros, notre appartement à Monaco, vue sur mer, vingt-deux millions à l'achat, comptez dix de plus à la vente, dans quinze ans, et sur ces trente-deux millions,

Qui ira demander des comptes aux von Hauser ?

Ils savent que sur ce fleuve de l'histoire qu'ils descendent, ils accosteront de nouveau à des rives qui leur seront agréables, et peut-être plus tôt encore qu'ils ne l'espèrent, des terres fertiles qui, comme les précédentes, se cacheront sous l'arbre de la victoire du peuple. Il suffit d'un ou deux idiots utiles et avides qui savent parler au peuple, des demi-habiles qui permettront à la majorité, ennuyée et malheureuse comme une fille enfermée dans sa chambre, de se croire libérée. Ils quitteront alors leurs refuges de Monaco, de Genève ou de Londres, et revenant dans cette Europe qu'ils n'aiment qu'à genoux, bouche ouverte et yeux bandés, ils viendront arroser leurs nouvelles rives propices. Ils dépenseront l'argent retenu pour nourrir une parole haineuse, qui se répandra de sites en réseaux sociaux, ils arroseront le nouveau féodalisme qui émergera du mensonge et de la bêtise. Ils n'ont jamais cessé d'y croire, abrutir les masses, et leur faire téter de la mystique, Dieu vit pour vous, Dieu meurt pour vous, tétez complots et Nouveau Monde, tétez Europe blanche et libérée du péril noir, jaune, bleu, tétez, tétez, voilà pourquoi ils ne donnent pas un sou aux États démocratiques, voilà pourquoi Monaco et Genève ont été créés pour qu'ils puissent attendre à l'abri que les États démocratiques s'effondrent, pour qu'ils puissent mettre de côté dans des grottes creusées par les flux et reflux d'une Méditerranée qui les protège, et leur chante leur retour possible, sans jamais leur murmurer

Qui ira demander des comptes aux von Hauser ?

Ils ressortiront la machine antilibertaire, une machine simple que l'on installera dans les écoles et les mairies, pour ceux qui refusent les biberons mystiques, une machine vieille comme Kafka et Euripide, mais retapée pour le XXIe siècle : on y place l'aspirant à la liberté démocratique, on referme le couvercle érigé de pics sur sa poitrine, et l'on y injecte l'électricité. Double effet : on grève le corps, et on le brûle de l'intérieur, avec un peu de chance, il pourra être réutilisé, reversé en cendres sur la Méditerranée, qui, dans ses reflets de cadavres, acquerra une teinte neuve, en phase avec le teint de nos amis monégasques. Et l'on appellera cette machine, sismographe, électrochocs.

Qui ira demander des comptes aux von Hauser ?

Ni Lucie, ni Grégoire. L'histoire se débrouillera sans eux. Ils sont trop jeunes, trop romanesques pour devenir justiciers. Ils doivent se mettre en route, abandonner le bord de la Seine, quitter les trembles, le clapotis mousseux du fleuve. Et mon corps bientôt froid.

Après avoir copié la *Femme-écrevisse*, Grégoire à dix ans avait essayé de recopier la gravure que j'ai suspendue au-dessus de mon lit. *Les Trois Croix*. Scène sombre à l'extrême dans le jour blanc.

Une crucifixion. Le Golgotha. Trois silhouettes agonisantes sur leurs croix. Un autre personnage se distingue au premier plan : un cavalier toscan à cheval, qui longe les croix. Un livre est ouvert devant lui, posé sur l'échine du cheval. Il lit, tête baissée. Sa tunique claire. Son ostensible absence à la situation. Grégoire tentait de toutes les manières possibles de reprendre la silhouette du cavalier, sans jamais retrouver cette raideur fragile de son allure.

Le cavalier toscan arrive sur le Golgotha, lorsque, au « milieu du jour, la nuit est tombée sur la terre ». Il n'a pas choisi le bon moment pour entrer dans le récit. Son habit Renaissance raconte qu'il n'est ni de la bonne époque, ni de la bonne histoire. Il n'appartient pas au Golgotha, il ne tient pas de rôle dans cette scène. Il est dressé sur son cheval, dans ce lieu où l'humanité subit sa métamorphose, éteint le jour, réinvente le temps. Et lui ne saisit rien de ce qui a eu lieu. Il ne jette pas un regard aux corps martyrisés des deux brigands, et du Christ. Il est l'impromptu. Celui que le peintre a voulu imposer dans l'instant où Dieu impose la nuit. À l'instant où le monde se couvre de sa honte, comme un oiseau dissimule sa gueule sous son aile sombre, le peintre ose introduire le Quattrocento, la jeunesse, le livre. L'impromptu. Celui dont on ne sait d'où il vient, celui dont on ne sait où il va. Le cavalier toscan baisse les yeux. On ne déchiffre pas le titre de son livre. Peut-être le titre est-il encore à venir.

Qui demandera des comptes aux von Hauser ?

Il y aura toujours le cavalier toscan. L'esprit du lieu.

ÉPILOGUE

Paris, Tuileries, juin 2019

On ne remarque d'abord que sa bouche. Sans doute parce qu'elle y a apposé ce brillant de télévision qui transformerait n'importe quelles lèvres en viscères diamantins. Sur l'écran installé sous le plafond, dans ce bar des arcades de la rue de Rivoli où il boit une bière en terrasse, Grégoire découvre que sa sœur est devenue une femme. Quinze ans qu'ils ne se sont vus qu'en coup de vent, dans des restaurants bruyants, parmi des cris d'enfants.

Elle parle avec une ferveur inconnue. Le présentateur face à elle l'écoute, dans cette émission du crépuscule, cette émission où l'on accueille les gens qui ont des « choses à dire » et « n'ont pas peur de les dire ». Lucie von Hauser a écrit un livre « fort, superbe, courageux, jubilatoire, indispensable ».

Apparaît et disparaît entre les lèvres de Lucie un ivoire sombre de grande fumeuse. Contraste entre les dents brunes, et le rose enfantin de ses lèvres. Elle ponctue ses affirmations de plissements expressifs et guerriers. Elle martèle les mots aux instants dramatiques, comme elle assumerait le rôle de la princesse vengeresse et opprimée au centre de l'opéra chinois. Son sourire constant accentue la férocité de la justice qu'elle rétablit. Elle répète plusieurs fois le titre de son livre : *La Trahison du petit homme*. Grégoire l'a acheté le jour de la parution. Il l'a fini dans une pâtisserie de la rue de Clignancourt, pendant la cuisson des cannelés. Le cannelé, plaisir du jeudi, l'acheter sortant du four, le manger en deux bouchées, gober la pâte vanillée, molle et pleine comme un œuf, laisser le moelleux brûlant ballotter dans l'estomac, craquer les contours caramélisés entre les dents. Le pâtissier le connaît, presque un ami. Enfin non, une des ombres qui peuplent son existence. Un de ceux à qui il rend visite, lorsqu'il sort de chez lui : le jeudi, les cannelés, le mardi, le Lavomat, le mercredi, le psychiatre, le vendredi la bibliothèque, le samedi, le Louvre, puis le bar de Rivoli, la bière, nous y sommes.

Dans *La Trahison du petit homme*, il a reconnu sa sœur à chacune des pages : la rigueur alliée à ce charme qui lui permettait de jongler avec les idées, de saborder les contradictions, de sauter d'une référence à l'autre sans jamais craindre l'erreur, ou plutôt défiant l'erreur, méprisant ce monde de l'exactitude qu'on avait tenté de leur imposer à l'école. Lucie a choisi la bataille, et non la fuite. Contre qui ? *Le petit homme. Le grand menteur.* Avec qui ? *Tous ceux qui sont prêts à me suivre pour rétablir la justice.*

Elle dit ainsi, *je ne fais que rappeler la simple vérité*, et son calme même est celui de la missionnaire s'adressant aux aborigènes, avec la supériorité naturelle de celle qui vient du pays où l'on sait, le pays où l'on vit juste, pense juste, et voit juste.

Lucie révèle ce soir à la télévision, dans son chemisier de popeline blanc et ceinturon de satin noir, une allure de vestale.

— Qu'est-ce qui vous permet d'affirmer que Rembrandt est, je reprends le sous-titre de votre livre, *un imposteur* ?

— Parce que c'est un homme qui a consacré sa vie à mentir.

— Vous voulez dire que depuis bientôt quatre siècles, nous attribuons à Rembrandt une œuvre qui n'est pas la sienne ?

— En partie oui, c'est bien là le résultat de mes recherches. Le Projet Rembrandt avait déjà mis en évidence au début des années 2000 un certain nombre d'attributions hasardeuses, je ne fais que franchir la dernière étape de leur démarche.

— Non, ce que vous affirmez va bien au-delà : le Rembrandt que nous vénérons aurait dépouillé une autre artiste de son œuvre, se serait approprié le génie d'une autre. Rembrandt serait un criminel ? Nous avons fondé notre culture picturale moderne sur un salaud ?

— Je crois, oui, que Rembrandt fut une nature perverse et manipulatrice, dont le narcissisme a permis une distorsion du réel. Il est cependant aussi le fruit d'une société qui, à la même époque, n'hésitait pas à décimer les populations autochtones des pays qu'elle disait « découvrir ». Une société qui a engendré la nôtre. Rembrandt n'a fait qu'exercer une spoliation qui était en tête de proue du patriarcat d'Amsterdam.

— Enfin, vous allez très loin dans votre accusation : Rembrandt aurait manipulé, trompé, et provoqué la mort d'une femme ?

— Oui, c'est bien ça. Elle s'appelait Margot Dircx von Hauser, et a été la gouvernante du fils de Rembrandt, et sa maîtresse pendant cinq ans. C'est elle qui, à partir de 1643, a révolutionné la gravure de Rembrandt, et a opéré ce tournant fondamental du peintre vers de nouvelles représentations et portraits. C'est elle qui a fait entrer dans le monde de Rembrandt ce qui dans ses toiles nous touche encore aujourd'hui : cette bestialité qu'il octroie aux visages, dont le sien. C'est Margot, ça. Rembrandt était bien trop occupé à peindre des hommes d'importance, pour sentir l'animalité de qui que ce soit.

— Rembrandt ne s'intéressait donc qu'au pouvoir ?

— Rembrandt dans les années 1640 traversait une crise, créatrice et financière. Depuis *La Ronde de nuit*, il s'était enfermé dans une logique mondaine et spéculative, une obsession de l'argent, insatiable. Nous sommes au début du capitalisme contemporain, il se fait à l'image de ceux qu'il peint, il engrange visages et réputations, spécule sur le vide de ces représentations. Il signait à la chaîne des portraits de notables d'Amsterdam, sans prendre un moment pour repenser son style. Il n'y avait aucune chance pour lui, dans ce cadre-là, de se renouveler. Alors qu'elle, Margot, lorsqu'elle se lance, n'a rien à perdre : elle est une gouvernante, pas même la femme du peintre, elle emprunte les instruments d'un autre, elle a toute liberté de faire vivre sa singularité.

— Et cette femme porte le même nom que vous. Est-ce aussi pour cela que vous avez voulu ainsi la mettre en lumière ? C'est une sorte de vengeance quatre siècles plus tard ?

— Non, c'est un hasard que cette femme soit une lointaine ancêtre.

À cet instant, Lucie jette un bref, mais grave coup d'œil à la caméra. Comme le dictateur cubain s'assure que le peuple sourit à ses plaisanteries.

— Pourquoi selon vous Rembrandt va-t-il laisser Margot, cette femme qui n'est personne, intervenir dans son atelier, sur son travail…

— Parce que cette femme qui n'est personne comme vous dites a quelque chose qu'il n'a pas.

— Mais peut-être est-ce lui qui transmet et révèle ce quelque chose à cette femme ?

— Si vous préférez le croire.

— Ce n'est pas une question de croyance, mais de faits incontestables…

— Il n'y a rien d'incontestable lorsqu'il s'agit de rendre hommage à un individu spolié, piétiné comme le fut cette femme…

(Longs applaudissements dans la salle, les tempes du présentateur rougissent sous la poudre.)

— Reprenons, vous dites donc que Rembrandt va laisser cette femme intervenir dans son travail…

— Non seulement il va la laisser faire, mais il va voir dans le talent de sa maîtresse une aubaine pour s'affirmer comme un nouveau peintre, et s'extirper de ce système de créances qui l'étouffe. Il va lui donner ses instruments, la faire travailler le soir, et ensuite poursuivre ses dessins, achever ses œuvres.

— C'est-à-dire les œuvres d'après 1650 ?

— Oui, les œuvres qui ont marqué un tournant, et qui ont fait de Rembrandt, Rembrandt. Ensuite, après le départ de Margot, il n'aura plus qu'à reproduire ce qu'elle a initié. Après, il devient son imitateur.

Défilent à l'écran *Le Cavalier polonais*, *Le Festin de Balthazar*, *Bethsabée au bain*, l'autoportrait de 1652, le *Portrait de Jan Six*, *Aristote contemplant le buste d'Homère…*

— Vous pensez qu'aucune œuvre d'après 1650 n'a été créée hors de l'influence de cette femme ? Même *Les Trois Croix* ?

— Je le pense en effet.

— Mais alors pourquoi cela ne dure-t-il pas ? Pourquoi Rembrandt va-t-il se séparer de Margot ?

— Parce que Margot va se rendre compte de ce qu'elle apporte au Peintre, et réclamer son dû. Il la chassera de chez lui, gardera les œuvres.

— Et elle, que devient-elle ?

— Elle n'a aucun recours, Rembrandt la fait enfermer dans un asile pour femmes, et elle meurt quelque temps plus tard. Qui prenait alors la parole d'une femme, d'une gouvernante, d'une veuve qu'on n'a pas voulu épouser, au sérieux ? Mais le drame s'est poursuivi, puisque aujourd'hui, près de quatre siècles plus tard, il est toujours difficile de faire entendre la vérité. Beaucoup me jugent radicale, mythomane...

— En effet. La plupart des historiens et des biographes de Rembrandt ont contesté votre approche, certains ont dit que vous avanciez dans l'histoire de l'art avec, je cite l'article du professeur oxfordien David Schamy, « un manque total de rigueur et de précision, piétinant les faits avec l'ivresse de la militance, et le cynisme du storyteller »...

— Je comprends que l'institution soit mal à l'aise face à mes découvertes. Il faudrait que ces professeurs acceptent d'avoir été bernés. Et je ne parle pas du problème d'évaluation des œuvres en circulation, une affaire colossale. On préfère donc garder la tête dans le trou, en espérant qu'au-dessus la cavalcade passe. Mais la vérité n'est pas près de retomber dans le silence.

— Contre votre thèse, certains historiens avancent tout de même de solides arguments, historiques, mais aussi scientifiques : les études aux rayons X ont certifié l'authenticité de la signature de Rembrandt, et les dates sont antérieures à celles que vous avancez. Il y a tout de même quelques problèmes dans votre démonstration...

— Très peu de gravures de Rembrandt ont été imprimées dans leur première version sur papiers à filigranes, les premières estampes sont donc impossibles à dater. Quant à la signature, elle ne prouve rien : Margot acceptait que son amant signe ses gravures, non seulement parce qu'elle l'aimait, mais aussi parce qu'elle n'avait pas d'autre perspective de reconnaissance que de passer par le nom de Rembrandt van Rijn pour faire voir son travail. Vous savez, il y a l'approche scientifique, et celle de l'émotion, de l'intelligence émotive, si souvent négligée dans la conception de l'art aujourd'hui. Et les lecteurs savent que je touche juste. Ils le savent en eux, intuitivement. Il est difficile de l'entendre, pour ceux qui ont été bernés par leurs propres illusions. Mais cette parole n'a plus aucune raison d'être étouffée, je crois qu'elle l'a été trop longtemps, pardon de vous le dire, aussi par des gens comme vous.

— Des gens comme moi ?

— Oui, des gens qui exercent cette fameuse solidarité du pouvoir, qui n'est plus tenable à notre époque.

— Mais Rembrandt n'était-il pas un artiste avant toute chose ?

— Justement, revenons à l'art, une gravure me bouleverse : la si mal nommée *Sanglier.* Il s'agit d'une laie, mais vous remarquerez que la postérité a gardé le « sanglier »...Une laie est attachée au premier plan, livrée au boucher derrière elle. Je ne crois pas que Rembrandt aurait ainsi mis en valeur une laie, à l'encre noire, qui par sa présence, immense, et sa souffrance calme efface le monde qui l'entoure. N'oubliez pas que Rembrandt est l'auteur du *Bœuf écorché,* ou de la *Nature morte au paon*, il aime représenter les animaux morts, baignant dans leur sang. C'est là son idée de la représentation de la violence : le sacrifice et son spectacle achevé. Ce *Sanglier* n'appartient pas à la même sphère. Il y a un hurlement dans la résignation de cette laie, une colère inouïe dans l'immobilité de cette femelle, qui m'a saisie la première fois que je l'ai vue à Amsterdam, et ne m'a plus quittée. Il n'est pas possible que la même personne ait réalisé *Le Bœuf écorché* et *Le Sanglier*.

Grégoire se détourne de l'écran. La nuit avance dans les Tuileries, les gardiens sifflent parmi marronniers et tilleuls. Des enfants se cachent dans le parc à jeux, deux d'entre eux grimpent à l'échelle du toboggan. Une petite fille lance le tourniquet en un dernier tourbillon. Lucie et lui n'ont pas rompu, ils ont simplement cessé de se parler. Elle l'a appelé une ou deux fois d'Amsterdam ou de Paris, elle travaillait déjà sur son histoire de Rembrandt. Il ne lui a rien dit de ce qu'il avait découvert en lisant le carnet de Ferdinand à sa sortie de l'hôpital. Elle ignore l'essentiel de son histoire familiale. Elle ignore ce que la femme-écrevisse a représenté pour les von Hauser. La secrète maladie que cette bête incarne, et que Rembrandt a su voir. À l'écran, Lucie n'a plus d'âge. À force de se nourrir de la viande crue de ce qu'elle appelle vérité, elle est passée dans un présent éternel, le temps n'y a plus cours, elle connaît le XVIIe comme le XXIe siècle, tout lui appartient, les murs sont ceux du patriarcat, la vérité, partout, toujours, rajeunit les êtres, et vieillit les sceptiques. Seule la foi demeure, *prenant la loi en toi-même, vivante, ô destin inouï, tu vas descendre chez Hadès.*

Il reconnaît la colère de l'enfant qu'elle fut, l'enfant qui ne saisit pas, alors tape contre les portes fermées. Elle continue à taper fort sur des portes qui s'ouvrent, béantes, sans qu'elle parvienne à voir précisément ce qui se dessine dans l'ombre. Mais Lucie a toujours préféré imaginer que savoir. Dénoncer qu'entendre. La colère qui rougissait ses joues d'enfant s'est transformée, refroidie, cristallisée dans les veines de l'adulte pour former la sculpture aiguisée de la femme. Le sang doit couler, il sera celui du Peintre, du maître, du grand mensonge de l'art qui trahit, et produit des victimes. Des martyrs qui *briseront enfin le silence.* Elle l'a répété quatre fois dans cette émission, *il est temps de briser le silence.* Cristal jeté au sol, débris éclatants qui scintillent dans la popeline translucide de la chemise de Lucie. Elle n'accepterait jamais de descendre d'une lignée de fous.

Œdipe erre, sans regard, parmi les ruines d'un empire qu'il a cru juste et droit, offrant à celui qui l'observe *un douloureux spectacle.* Mais de ce spectacle-là, sa fille Antigone n'est jamais repue. Parce qu'elle ignore la nature de la guerre qui s'est jouée avant elle. Antigone vit dans la nuit, et croit combattre en plein jour. Grégoire a lu *Antigone* devant une fournée de cannelés. Antigone est en colère parce qu'elle est née trop tard. C'est là le fondement de sa rage : elle n'a pas eu droit, comme ses frères, à la guerre. Elle est née quelques années avant la chute. Elle a grandi dans des récits de guerre, et elle, rien, niet, on lui a dit, tu arrives après la bataille, tu vas te marier, et construire la paix. Elle aussi, comme ses frères, requérait le droit de sentir le sang, de défier un homme, un pouvoir, un empire. Participer au spectacle.

Sur le plateau de télévision, le public applaudit de nouveau. Le présentateur sourit, tendu, ne cache pas sa surprise, ni sa gêne face au succès de celle qui lui fait face.

— On dit qu'avec l'argent de ce livre, vous avez voulu acquérir une gravure particulière de... De qui dois-je dire désormais ? De Dircx von Hauser ?

— Oui, enfin, je vais la récupérer dans trois mois. Le Louvre a accepté de me la céder. J'ai regretté que cette affaire soit à ce point médiatisée, mais en effet, je suis contente de retrouver la *Femme-écrevisse*. Cette gravure devrait être une source de malaise pour quiconque la voit, et entend ce qu'elle nous raconte. Margot y a dessiné la vision que Rembrandt se faisait d'elle. Elle nous confie dans cette gravure le calvaire qu'elle subit, et l'idéologie qui va lui coûter la vie. Je vais vous avouer un petit secret : cela fait près de vingt ans que je réfléchis à cette gravure, je ne comprenais pas pourquoi elle m'interpellait ainsi, jusqu'à ce que je découvre l'existence de Margot.

La *Femme-écrevisse* apparaît à l'écran, accompagnée d'*Adam et Ève*.

— Vous voyez, le corps de l'Ève est exactement le même que celui de la femme-écrevisse. Celui d'une femme dans la force de l'âge comme on dit. Or, l'Ève classique, de Dürer par exemple, a plutôt dix-huit ans. Rembrandt n'aurait jamais eu l'audace de faire d'Adam et Ève un vieux couple fatigué dans le jardin d'Éden... Margot, oui, elle représente son propre corps. Mais ce qui est intéressant, c'est que si le corps de la femme-écrevisse est celui d'Ève, sa tête...

— Monstrueuse.

— Animale. Mais vous l'avez dit, monstrueuse au regard de la plupart. Ce visage de bête sans doute emprunté à la créature au-dessus d'Ève...

— Le serpent ?

— Qui n'en est pas un. Qui est une créature indéfinissable et archaïque, puisque ce que nous avons nommé serpent après la Chute du jardin d'Éden, n'a pas encore été condamné à ramper. Peut-être un dragon, comme ceux que l'on peut trouver encore en Indonésie. Mais enfin la femme-écrevisse a les mandibules, et les antennes, et les yeux de ce dragon.

— Vous voulez dire que c'est un mélange d'Ève et de Satan, cette femme-écrevisse ?

— Oui, une vision sans imagination de la femme, telle qu'elle régnait au XVIIe siècle, et dans l'esprit de Rembrandt, comme de l'ensemble des hommes au pouvoir. Une vision qui permettait, sans culpabilité, de trahir et de faire disparaître celle qui était aux yeux des hommes aussi animale que dangereuse... Margot, dans la *Femme-écrevisse*, nous lance : regardez ce qu'il est en train de faire de moi !

L'élégante jeune femme à la télévision ne trahit aucune nervosité, ne cherche même pas ses mots, elle coupe la tête d'un maître de l'Occident moderne, la pose sur le plateau de télévision, avec la sûre habitude d'un maître d'hôtel qui dépèce un loup de mer. Grégoire allume une cigarette, elle n'a rien compris de ce que signifie la femme-écrevisse, pourquoi Lucie ne parvient-elle jamais à se taire ?

— Qu'allez-vous donc faire de la *Femme-écrevisse* ? La cacher ?

— La cacher non, mais la montrer seulement à ceux qui seront capables de la voir en toute connaissance de cause. En sachant l'abjecte réalité qu'elle révèle. Voilà pourquoi je l'ai acquise, pour la transmettre à mes enfants et leur expliquer ce qu'elle signifie.

Le genou de Grégoire s'est accéléré, cogne le plateau de formica, et fait trembler son verre de bière. Il éteint la télévision, se penche vers les Tuileries, le ciel lui est interdit par les arcades, il n'aperçoit plus les enfants dans le jardin, ni n'entend le grincement du tourniquet. Leurs rires ont été avalés par la nuit de printemps qui réclamait son lot d'ombres, réminiscence d'un temps où l'on terminait la saison claire en remontant les pantalons, et en partant dans les rivières pour chasser ces bijoux bleu et rouge enfouis dans le sable, qui pinçaient les orteils, et agitaient, en vain, leurs pinces dans les seaux de plastique. Le temps des illusions, et des monstres chéris de l'enfance. Mais aujourd'hui, le monstre, aussi inoffensif qu'il semble être, revient dans la famille von Hauser. La gravure va être transmise à des enfants qui portent le même nom que lui. Des von Hauser qui croiront, comme il a cru, aux histoires qu'on leur raconte. Et si ces enfants von Hauser échappaient à cette histoire de femme-écrevisse ? Le tourniquet grince dans le parc à jeux.

Paris, Château-Rouge, juillet 2019

Merci madame d'être venue si vite. Vous voulez boire un café ? Oui, je sais que vous n'avez pas beaucoup de temps. Je vous ai vue à la télévision la semaine dernière, et ma femme a lu votre livre, elle était bouleversée. Quand on pense à ce qu'on nous cache, je veux dire, c'est comme le 11 Septembre ou la crise de 2008, ma femme et moi, on n'est pas idiots, on sait ce qui s'est vraiment passé. Je ne sais pas si j'ai bien fait de vous appeler. Grégoire m'avait dit, un jour, que vous ne vous parliez plus. Mais enfin, dans des circonstances comme celles-là, il fallait bien appeler quelqu'un. Je ne pense pas qu'il revienne, je vous le dis franchement. Il n'a pas quitté le quartier en dix ans, donc s'il a décidé de partir, c'est qu'il est parti. Vous connaissez Château-Rouge ? Oui, c'est un quartier qui a beaucoup changé ces trente dernières années, mais, pour y être né, je peux vous dire qu'il y a ici une âme forte. Vous êtes venue en voiture ? Il y a pas mal d'affaires à prendre, des vêtements, des livres. Sinon, je peux vous appeler un taxi-camionnette. Je veux pas être pressant, mais si vous pouviez faire place nette, ce serait bien utile pour ma femme et moi. N'y voyez aucune brutalité, nous aimons beaucoup votre frère. Grégoire était plus que le locataire de la chambre pour nous. Qu'il disparaisse ainsi, c'est aussi un choc pour nous. Du jour au lendemain, sans rien emporter. Plus de dix ans il a vécu ici, vous pensez bien qu'il a fini par faire partie de nos vies. Mais le temps passe, et ma femme a commencé l'autre jour à s'énerver, elle a dit que si vous ne veniez pas cette semaine, elle allait tout jeter. Votre frère un jour, il avait bu, il m'a dit : mais pourquoi t'as épousé une peau de vache, Pierre ? C'était le genre de blague qu'il pouvait faire. Mais non, elle est pas méchante ma femme. Elle n'a jamais voulu mettre Grégoire à la porte, il a passé dix-sept ans chez nous comme locataire, et même s'il était comme il était, enfin vous imaginez un gars qui à la fin ne sortait presque jamais de sa chambre ? Enfin, même s'il était comme il était, elle aurait pu s'inquiéter, mais elle n'a jamais parlé de le renvoyer. Tant qu'il payait tous les mois, elle disait rien. Elle a le sens des réalités, vous voyez, alors que moi je suis un peu plus comme votre frère. *Luftmensch*, comme il disait, j'ai un peu trop de vent qui souffle dans ma tête. On s'entendait bien avec Grégoire, je lui avais même montré ma collection de comics américains que je garde dans une autre chambre de bonne à côté de la sienne, et il était vraiment intéressé, curieux de savoir ce que je ramenais des puces, que je vendais, ou que j'échangeais et on buvait des bières, souvent, là-haut. Il avait même appris à les connaître,

Spider-Man, Captain America, Musclor, les premières versions des années cinquante… Je vous le dis, nous sommes du même tempérament, on est des gens secrets tous les deux, du genre à pas faire de vagues, mais à cogiter quand même, le genre de gosses tranquilles en fond de classe qu'on oublie, le genre à observer ce qui nous entoure, le genre Columbo, le flic qui voit quand les autres ont rien vu. D'ailleurs, le vendredi, il était pas contre descendre dîner avec nous et regarder le polar du soir, les *Hercule Poirot* qu'on adore ma femme et moi, on est des inconditionnels de David Suchet, il a cette classe naturelle de l'intelligence, vous êtes d'accord, non ? Eh bien au début, je pensais que Grégoire ne regarderait jamais ce genre de films avec nous, il citait tellement de cinéastes que je ne connaissais pas, des Suédois, des Coréens, des Allemands, pas notre genre à ma femme et moi, et puis, quand il n'a plus pu aller au cinéma, il a pris l'habitude de regarder avec nous, on était bien tous les trois, le vendredi devant la télé. Il était content de notre routine. Ma femme elle disait, il vit tranquille aux frais de la princesse, elle parlait de vos parents madame, c'est vrai qu'ils payaient le loyer chaque mois sans faire d'histoires, c'est une drôle de chose de rester dans une chambre, pendant dix ans, à dessiner, et tout ça aux frais de la princesse. Ma femme, elle avait même fait des recherches, les von Hauser, c'est quand même quelque chose, surtout en Allemagne, c'est quoi six, sept châteaux que vous avez encore là-bas ? Oui, je sais votre famille est grande, ma femme, elle avait même dessiné votre arbre généalogique, comme ça, un week-end. Mais bon, allez pas croire qu'on était passionnés par votre argent. Dans notre rapport à Grégoire, ça ne changeait rien. On savait bien qu'il avait pas le choix. Qu'il ne pouvait pas vraiment travailler. Il en avait de la vie en lui pourtant, vous l'auriez vu manger mes omelettes. Mais voilà, il pouvait pas vivre vraiment comme les autres. Le problème, c'est quand il a cru qu'il était temps de changer. De réessayer. C'est toujours là que ça bascule, quand on se dit qu'on aurait pu avoir une autre vie, et puis on se dit que c'est pas trop tard, qu'on a que quarante ans, on commence à espérer autre chose, à se croire capable d'autre chose, on se dit que c'est qu'une affaire de volonté, qu'il y a bien des gens qui ont escaladé l'Éverest avec trois doigts, alors pourquoi pas moi ? Et on se force à sortir de sa chambre, à se promener dans les rues, à regarder les autres, leur manière de vivre, de sourire, de boire des cafés, de partir travailler ou d'embrasser des filles, là oui, c'est foutu, parce qu'on veut y goûter aussi, rien ne l'interdit on se dit, et on s'aventure de rue en rue, et puis on arrive au métro, et là on se dit, pourquoi je retournerais pas chez moi ? Même si on sait que dans ce quartier qui nous a vu naître, on ne doit pas retourner, surtout pas. Grégoire racontait souvent l'histoire de ce marchand qui quittait sa ville parce qu'il y avait croisé la mort, et qui vivait loin de chez lui, sous une nouvelle identité, il se demandait s'il était heureux, mais enfin, ça se passait dans un pays arabe, et donc je lui disais on peut pas se comparer à ces gens, ils ont des mœurs très, très différentes des nôtres, et là, il me regardait l'air fatigué, si fatigué. C'est triste qu'il ne vous ait pas parlé de tout ça. J'aimerais pouvoir vous en dire plus sur les derniers jours qu'il a passés ici, mais nous n'étions pas là, nous étions à Majorque. Il a rien emmené, pas un vêtement, pas même un livre. J'ai simplement retrouvé deux bouteilles de vin rouge, vides, sur la table. Peut-être qu'il est parti parce qu'il commençait à faire beau, et juillet à Paris est une sorte de féerie, tout y est marionnettes et fête foraine. Peut-être que la fille n'y est pas pour rien. Quoi, quelle fille ? Alicia bien sûr, l'Anglaise. Il ne vous a même pas parlé d'elle ? Elle venait le voir deux ou trois fois par an. Ils allaient se promener tous les deux. Pardon de vous le dire, mais ma femme et moi on n'a jamais vraiment compris ce que l'Anglaise venait chercher en lui rendant visite. Vous le savez, Grégoire n'est plus vraiment beau depuis quelques années, il a beaucoup grossi, l'alcool, ou les médicaments, il se lave peu, je ne sais pas, en plus il se laisse pousser la barbe, il ressemble à ce chanteur californien qui est mort à Montmartre dans sa baignoire, comment s'appelle-t-il déjà ? Bon, peu importe, mais elle continuait à l'appeler, à venir le voir, et lui aussi une fois par an allait à Londres. Une femme magnifique. Elle ne faisait rien pour être belle, elle ne se maquillait pas, portait des lunettes, ne cachait pas ses cernes. Comme si elle voulait devenir aussi repoussante que lui. Un beau rêve qu'ils partageaient : devenir un couple aux cheveux gras ! Elle venait toujours en pantalon et les cheveux attachés, mais elle n'y pouvait rien, les gens la dévisageaient dans la rue, elle avait de plus en plus d'allure. Grégoire ne pouvait pas se protéger de ces murmures qui le harcelaient, qui lui sifflaient qu'elle n'avait rien à faire avec un type comme lui, un type au sourire triste, un type en pantalons de velours et baskets usées, un type qui avait l'air de pas avoir dormi depuis des années. Alors, quand il y a six mois son fils a eu une bourse pour aller étudier aux États-Unis, à Chicago, elle a voulu le suivre, et ouvrir une boutique de disques là-bas. Ma femme elle l'a vu venir à dix kilomètres, la fuite de l'Anglaise : un sanglier ne s'installe pas au bord d'une mare sans eau, elle disait. Alicia a pourtant demandé à Grégoire de venir avec eux. Vous vous rendez compte comme cette femme était étrange, elle était prête à emmener quelqu'un d'aussi abîmé que votre frère, à Chicago. Grégoire m'en a parlé, je lui ai bien sûr conseillé de refuser, il n'allait être qu'un poids pour elle, et l'Amérique ne fait pas de cadeau aux hommes comme votre frère, *the Land of plenty*, oui mais surtout pour ceux qui ont la niaque, comme Alicia et son jeune fils, avec leur énergie commune, ils étaient faits pour conquérir les États-Unis, mais enfin, quelqu'un comme votre frère, c'était une blague, non ? Il a été raisonnable, il n'est pas parti avec elle. Bon, ça a été un coup dur, il a eu un peu de mal à reprendre notre routine habituelle après le départ d'Alicia et Tom, il a même refusé de dîner avec nous pendant plusieurs semaines, il restait enfermé dans sa chambre. On a dû appeler son psychiatre, il l'a fait interner, Grégoire a été placé quelques semaines en hôpital psychiatrique, et quand il est revenu, il était sous de nouveaux médicaments, il était très calme, ça allait beaucoup mieux. Il dormait la plupart du temps. Il ne parlait pas d'Alicia, ni du garçon, et je ne crois pas qu'il les ait appelés, depuis leur départ.

Je vois, madame, que vous n'étiez pas au courant de leur histoire, et je suis désolé d'être celui qui vous la raconte. Mais même si sa disparition pourrait faire croire le contraire, il n'était pas si malheureux. Il avait surmonté leur départ. Je m'arrête, je parle trop, comme dit ma femme, les marchands de somnifères seraient en faillite avec moi. Enfin, merci d'être venue aujourd'hui, parce qu'on ne peut pas garder ses affaires, et croyez bien qu'on n'imaginait pas qu'il accumulait autant de choses dans sa chambre. Tous ces dessins, ces calques, ces collages, toujours cette bête, je vous jure, il en faut du désir pour reproduire cette bête pendant quinze ans, peut-être une par jour, à croire qu'il essayait de comprendre quelque chose à la copier, mais qu'y avait-il à comprendre que ce que vous, vous avez écrit dans votre livre sur cette bête à tête d'écrevisse ? Évidemment, c'est un peu triste que ce soit vous, et pas lui, qui ayez découvert l'histoire de la gravure, parce que enfin, un succès comme le vôtre, ça lui aurait fait du bien à Grégoire, même si je le connais, il aurait pas aimé, un succès sur l'histoire d'une fille morte pauvre et malade et un peintre disparu depuis quatre siècles, il aurait pas aimé, non, il aurait dit que c'est du beurre sur des cadavres, enfin non, ça c'est plutôt ma femme qui l'aurait dit comme ça, je vous dis, on s'entendait pas trop mal tous les trois. Lui il aurait dit on peut pas savoir ce qu'il y avait dans ce couple, on peut pas juger, qui on est pour juger, il disait des choses comme ça souvent, qui on est pour savoir, qui on est pour juger ?

Enfin voilà, faites ce que vous voulez, prenez les dossiers, mais surtout ne laissez rien traîner, sinon ma femme s'énervera, elle déteste le chaos, toute forme de chaos. Il faut dire que quand on est rentrés de vacances, ces papiers jetés dans tous les sens dans sa chambre, c'était comme si une tornade avait soufflé dans une imprimerie. Enfin une tornade avec des dents. Il a dû tout déchirer avant de partir, tous ses dessins. Il y en avait partout. Sur le sol, dans le lit, dans la douche. J'avais l'impression, c'était horrible, mais j'ai tout de suite pensé qu'on avait éventré des épouvantails de papier. Ma femme a pris plusieurs jours pour faire le ménage. Quoi, vous auriez aimé voir ces bouts de dessins ? Je suis désolé, on n'a pas pensé que ça pourrait vous intéresser. Mais quoi, vous imaginez que tout ça avait un sens pour votre frère ? Pardon, mais je crois que vous faites fausse route. Je veux dire, peut-être que ce qui est important, c'est qu'il les ait détruits, non ? Bon, voici ses vêtements et ses livres, il faut que vous les preniez aujourd'hui, nous avons déjà reloué la chambre, c'est une affaire de santé financière, vous voyez, parce qu'à part cette chambre-là, et cinq ou six autres dans les rues à côté, on n'a pas d'autre revenu, ma femme et moi, et c'est pas qu'on aime l'argent, mais on est comme tout le monde, on a besoin de vivre.

Alicia, c'est moi, oui, c'est moi, je t'appelle. Mais tu dors. Je pense qu'il fait nuit chez vous, je ne sais pas, c'est si loin, Chicago, c'est sûr que tu dors, je suis nul, je t'appelle et tu dors. Tu sais, l'autre jour, je suis allé en forêt, pas très loin d'ici, j'ai pris le train, je sais pas quel est l'idiot qui a parlé du silence des forêts, ça grouillait partout, tu les aurais entendus, les insectes, les sangliers, les cerfs, les fougères, ça sifflait, couinait, un ramdam pas possible. Mais j'ai vu aussi des rivières, des reflets au fond des rivières. Tu te souviens de cette sentence chinoise que tu me répétais avant de partir : si tu demeures où tu es né, tu finiras fou. Mais Alicia, tout le monde ne peut pas fuir. Il en faut bien des gens pour rester, pour tenir les murs, pour arpenter les forêts, pour creuser le sol. Il en faut des mains pour dénicher ce qui se dissimule dans le lit des rivières, ce qui s'agite et file à reculons, ce qui, si on ne l'arrête pas, nous fera tous basculer. Je vais te laisser, bientôt il fera nuit chez moi. Mais quand tu viendras, nous irons en forêt, sur une colline, à moins d'une heure d'ici. Avec Tom. On marchera tous les trois, jusqu'au bord des rivières. Tu te souviens de la chanson de Ray Charles qu'on aimait écouter à la fermeture ; old man river, he don't say nothing, but he must know something… *ça bippe, ton répondeur m'arrête, je crois qu'il aime pas quand je chante. Je raccroche. Tu dors. Et puis je suis comme le vieux de la chanson, j'ai pas grand-chose à dire de plus.*

Beaucoup de monde à l'aile Richelieu. Lorsqu'il entre, on le remarque. Murmures d'un groupe de Japonais à son passage. Peut-être est-ce son blouson qui scintille en papier de bonbon. Ou cette casquette sombre à inscription blafarde d'un nom de jazzman. Il avance vers moi, cheville nerveuse, regard harponnant. Ses gestes précis, son œil s'avèrent très étrangers aux errances cotonneuses des visiteurs de midi. Je le reconnais. L'enfant qui me copiait, une fois, dix fois. Le si beau garçon qui ne parvenait pas à me fuir. Il s'est alourdi, le parquet grince à chacun de ses pas. Il porte la barbe, et des golfes se sont creusés dans sa chevelure. Il s'arrête face à moi, détaille mon visage, mon corps, mes gestes, respire lourd. Les cavités de ses globes oculaires se creusent lorsqu'il se penche sur moi. Ses pupilles tournent, minuscules, comme ces flippers de poche où des billes glissent dans les yeux, le nez, la bouche d'un clown. Son souffle tambourine à ma surface. Il me regarde comme s'il s'apprêtait à me gravir. Cherche un point d'accroche. Une certitude dans mon corps.

Rien ne semble l'appeler en dehors de cette salle. Il me fixe, hoche le menton, entrouvre ses lèvres fines et goulues, cherche ses mots, son front se plisse, l'os frontal dessine son galbe sous la peau. Sur le mur du musée, s'enfuit son ombre d'éternel étudiant.

Il sent l'huile de moteur. Est-il venu motorisé ? Ou est-ce sa sueur que je confonds avec l'huile, ne sachant plus, confinée ici depuis si longtemps, distinguer la peau de la mécanique ?

Il y a du jasmin dans son huile de moteur. Un jardin à fleurs blanches où bourdonnent ces lourds animaux à ailes courtes, comment les appelez-vous déjà ? J'entends le zzz… du frelon lorsqu'il agite la tête. Depuis combien de temps n'ai-je pas vu un jardin ? Il recule. Sa main remonte vers la poche effilée de son jean. En sort un flacon. Une petite bouteille de verre à étiquette savante et opercule d'aluminium. Il le perfore du pouce – léger plop de l'aluminium qui crève –, le jette sur moi en ouvrant la bouche. Il semble avoir trouvé ce qu'il voulait dire, mais je n'entends plus : une lame entre dans mon ventre jusqu'à ma gorge, un couteau me dépieute, je suis un poulet tournant sur une broche brûlante. Il m'asperge encore. L'acide coule sur moi, me recouvre, me lamine. Le flacon tombe à terre, cloutch, un flacon, vide, qui glisse sur le parquet, cloutch, j'entends, mais je ne vois pas, cloutch, je perçois ses pas, le bois qui geint sous son poids, ses kilos de plomb qui m'ont attaquée, il s'enfuit, l'air se compresse et s'élargit après son départ, une houle cherche à m'emporter, à m'arracher au feu, à l'acide qui fouaille et me scalpe des cuisses à la tête. Je brûle de l'intérieur, dévorée. Le gardien hurle, les visiteurs s'accroupissent, mains sur la tête, face aux murs. Pourquoi aucun ne souffle sur moi pour m'éteindre ? Je suis une brûlure qui laboure. Pourquoi ne surgit-il pas une ambulance comme j'en entends vingt par jour hurler rue de Rivoli ? Et mon meurtrier qui s'enfuit, ne se retourne même pas pour voir comme je me consume.

Mon corps nu fait pschitt. Un incendie sans flammes. Une minute, et mon regard disparaîtra à son tour. *Ses yeux bestiaux. Cette créature me fixe de ses yeux bestiaux.* Qui osait me qualifier ainsi, moi, la plus inoffensive des bêtes ? Mon papier gampi, ma douce écorce s'empoisonne et brûle sans crépiter, comme vous mourez sans bruit d'une rate enflammée. L'acide passe dans mes fibres, ronge ma pulpe, mon ivoire à reflets moelle expurge un gris de dinosaure, de mammouth, de licorne : de créature disparue. Cela durera jusqu'à ce que je ne devienne qu'un morceau de papier méconnaissable, irrécupérable ; l'acide est insatiable. *Une mémoire qui brûle est un feu de joie.* Quelqu'un a assené cela, mais qui ? Je ne sais plus, je n'ai qu'une minute, les souvenirs s'effondrent. Je dois savoir, chercher, trier. Les visages, les mots, les murmures, les images de mon existence se heurtent comme des mouettes qui volent bas sur la plage, elles se cognent, les ailes s'entremêlent, sans savoir si elles se battent ou se congratulent, bec à bec, tac-tac-tac… Quatre siècles s'agitent en moi.

Ceux qui m'ont adulée, accrochée, désirée, possédée, interrogée, analysée, adorée, dissimulée, copiée, décrochée, falsifiée, montrée, vendue, revendue, volée, offerte, sont presque tous morts. Et vont remourir avec moi. Retomber dans mon trou. *Une mémoire qui brûle est un feu de joie.*

Mais je ne sais pas mourir. Personne ne m'a appris. Qui inculque à une gravure la manière de se préparer à la fin ? Par quoi commence-t-on ? Quel souvenir, quel moment de mon histoire faut-il en premier lieu sacrifier ? Quelle odeur, quel bruit fait une mémoire lorsqu'elle brûle ? Un bruit sourd et creux, une explosion subaquatique, et les souvenirs remontent à la surface crevée. Comme les poissons sur les canaux, les mois de peste à Amsterdam. Tu te souviens des poissons, toi, le Peintre, qui me fixes de l'autre bout de la pièce, sous tes paupières basses et ton bonnet blanc ? Tu te souviens de l'odeur ignoble qui remontait jusqu'à nos fenêtres ? Leurs ventres jaunes que toute la ville observait en pressant le pas. Les poissons demeuraient à la surface, monstrueuse satire de la pêche miraculeuse, surabondance de chair empoisonnée, une fortune que personne n'osait toucher, pas même les plus affamés. La peste entrait dans la ville par l'eau. La ville se décomposait sous nos yeux. Comme moi, une surface qui se détruit.

Le Peintre, tu as fait clac, dans cette Église pharaonique du centre de la ville. Clac et dans le trou, auprès de tes trois enfants, tes deux femmes, ton frère, ton paon. Les clacs et les trous suivirent après toi, d'Amsterdam à Munich, Londres, Bruxelles, Hanovre, Paris.

J'aurais préféré brûler à midi au bord d'un océan africain : prendre feu à l'instant où le rayon perce mon papier, brûler d'une traite, superbe incendie, sacrifice rituel noyé par les vagues. Je n'ai jamais vu l'Afrique. Je disparais dans cette salle 33 du Louvre, sous l'affolement de la foule, les détecteurs de fumée qui entament leur tintouin, la course des militaires qui traversent notre étage, kalachnikov au poing, cavalcade héroïque. Ils arrivent trop tard, mon assassin est parti.

La fumée m'emballe et m'aveugle, je distingue de plus en plus mal mes coreligionnaires : Bethsabée dans sa chambre d'or, la Vénus et l'enfant joueur dans ses bras, le vieux Matthieu et, derrière son épaule, l'adolescent Titus en ange goguenard… Et le bœuf écorché. Le seul que je serai heureuse de quitter. Moi qui ne suis que papier et encre, une chose si légère, aérienne, qu'ai-je à voir avec ses chairs, tendons, cartilage, boyaux ? Je meurs sans douleur, hors des bleuissements des viandes. Fumée sans pourrissement.

Une minute ? La durée du temps de morsure, ce laps de secondes que met l'acide à agir sur la plaque de bronze, à fixer, ou détruire le dessin. C'est ce qui me reste pour finir juste. En une minute on ne peut espérer la voie royale bordée de baobabs et d'élégantes. Face à moi, le Peintre, tu me regardes mourir. Je te vois à peine sous l'ombre granuleuse de la peinture, ce flou sous lequel tu t'es dissimulé à la fin de ta vie, comme on court dans le brouillard. Pourquoi ne t'a-t-il pas attaqué toi ? Il n'a pas osé. Si ça avait été toi, ton autoportrait, il aurait eu les caméras du monde entier braquées sur lui. Et il ne veut pas devenir quelqu'un, il veut s'effacer, je me souviens de l'enfant discret, recueilli qu'il était, il veut disparaître, se soustraire aux regards, peut-être n'a-t-il jamais rien souhaité de plus. Mais moi ? N'ai-je pas rêvé un jour d'être plus connue que *La Joconde* ? Viendra-t-on me filmer, me photographier, lorsque je ne serai qu'un trou ? *Une mémoire qui brûle est un feu de joie.* Est-ce toi, le Peintre, qui as dit cela ? Je ne sais plus, le passé est une plage exposée au grand vent : les images, les gestes, les mots y volent en tous sens.

Paris, juillet 2016-septembre 2019

REMERCIEMENTS

Merci à mon éditeur Charles Dantzig, pour la force de sa lecture, la richesse de ses conseils, et son amitié. Ce livre lui doit beaucoup.

Merci à Vincent, Milena et Aurélien d'être de si précieux compagnons dans la vie.

Ce livre s'est aussi écrit sous la veille constante d'un jeune homme disparu à l'été 2002. Un Parisien au nom prussien qui aimait le jazz, Londres, les eaux-fortes du Louvre, et les femmes brunes. Ce jeune homme, avant de mourir, laissa une dizaine de poèmes, en guise de salutation. Certains de ces vers figurent dans ce livre. C'est donc à lui que revient le dernier mot poétique.

Partance

Désormais, je n'ai plus que la Vie en supplément
Après elle, le verbe ne sera plus.

Je retombe dans les remous incessants d'une mer grise,
condamné à de vagues projets.

L'infortuné hasard s'est épris de moi, les voix me soufflent ses mots insensés.
J'ai été créé pour que des cimetières jaillisse la fumée des offrandes perdues.
Mon malheur me renvoie aux premiers jours où se tordent les malentendus originels.

Désormais ordonné, le flux de ma vie s'en est parti ailleurs, regagnant l'horizon taillé dans le bronze de mon angoisse.
Le mal s'en mêle, car, ignorant, il ne sait plus où frapper.
Les bleus à l'âme, je fais pénitence avant le bond final.

Grégory VON ALTEN

DANS LA MÊME COLLECTION

JÉRÔME BASTIANELLI, *La vraie vie de Vinteuil*, roman
NICOLAS CANO, *La séquestration*, roman
PHILIPPE COSTAMAGNA, *Histoires d'œils*, essai
PIERRE DUCROZET, *Eroica*, roman
ALEXANDRA FRITZ, *Branques*, roman – *Les Évadées*, roman
ORIANE JEANCOURT GALIGNANI, *Hadamar*, roman
GÉRALDINE KOSIAK, *Chez nous*, récit
CLÉMENTINE MÉLOIS, *Sinon j'oublie*, roman – *Dehors, la tempête*
SÉBASTIEN MINISTRU, *Apprendre à lire*, roman
LAURENT NUNEZ, *Si je m'écorchais vif*, essai – *L'énigme des premières phrases*, essai
LOÏC PRIGENT, *"J'adore la mode mais c'est tout ce que je déteste"*, pépiements – *"Passe-moi le champagne, j'ai un chat dans la gorge"*, pépiements

REVUE LE COURAGE N° 1 *Littérature 2015*
REVUE LE COURAGE N° 2 *Les salauds*
REVUE LE COURAGE N° 3 *Âge d'or / Âge de fer*
REVUE LE COURAGE N° 4 *Minorités supérieures*
REVUE LE COURAGE N° 5 *Orphée, retourne-toi !*

Cet ouvrage a été achevé d'imprimer
par CPI Firmin-Didot au Mesnil-sur-L'Estrée
pour le compte des éditions Grasset
en octobre 2020.

Composition Maury-Imprimeur

N° d'édition : 21731 – N° d'impression : 161026
Premier tirage, dépôt légal : septembre 2020
Nouveau tirage, dépôt légal : octobre 2020
Imprimé en France